莎士比亚悲剧集

Shakespeare's tragedies

[英] 莎士比亚◎著　朱生豪◎译

煤炭工业出版社
·北　京·

图书在版编目（CIP）数据

莎士比亚悲剧集 /（英）莎士比亚著；朱生豪译．--北京：煤炭工业出版社，2016（2022.3 重印）

ISBN 978－7－5020－5135－8

Ⅰ.①莎… Ⅱ.①莎… ②朱… Ⅲ.①悲剧—剧本—作品集—英国—中世纪 Ⅳ.①I561.33

中国版本图书馆 CIP 数据核字(2015)第 309442 号

莎士比亚悲剧集

著　　者　（英）莎士比亚
译　　者　朱生豪
责任编辑　刘少辉
责任校对　郭浩亮
封面设计　新吉乐夫
封面插画　严义胜

出版发行　煤炭工业出版社（北京市朝阳区芍药居 35 号　100029）
电　　话　010－84657898（总编室）
010－64018321（发行部）　010－84657880（读者服务部）
电子信箱　cciph612@126.com
网　　址　www.cciph.com.cn
印　　刷　唐山楠萍印务有限公司
经　　销　全国新华书店

开　　本　710mm × 1000mm 1/16　**印张**　16　**字数**　220 千字
版　　次　2016 年 1 月第 1 版　2022 年 3 月第 5 次印刷
社内编号　7986　**定价**　58.00 元

目 录

李尔王

剧中人物

李　尔　不列颠国王
法兰西国王
勃艮第公爵
康华尔公爵
奥本尼公爵
肯特伯爵
葛罗斯特伯爵
爱德伽　葛罗斯特之子
爱德蒙　葛罗斯特之庶子
克　伦　朝士
奥斯华德　高纳里尔的管家
老翁　葛罗斯特的佃户
医生
弄人
爱德蒙属下一军官
考狄利娅一侍臣
传令官
康华尔的众仆
高纳里尔、里根、考狄利娅　李尔之女

扈从李尔之骑士、军官、使者、兵士及侍从等

地　点

不列颠

第　一　幕

第一场　李尔王宫中大厅

肯特、葛罗斯特及爱德蒙上。

肯　特　我想大王对于奥本尼公爵比对于康华尔公爵更有好感。

葛罗斯特　我们一向都觉得是这样；可是这次划分国土的时候，却看不出来他对这两位公爵有什么偏心；因为他分配得那么平均，无论他们怎样斤斤计较，都不能说对方比自己占了便宜。

肯　特　大人，这位是您的儿子吗？

葛罗斯特　他是在我手里长大的；我常常不好意思承认他，可是现在惯了，也就不以为意啦。

肯　特　我不懂您的意思。

葛罗斯特　伯爵，这个小子的母亲心里可明白，因此，不瞒您说，这小子的母亲还没有嫁人就大了肚子生下他来。您想这应不应该？

肯　特　能够生下这样一个好儿子来，即使一时错误，也是可以原谅的。

葛罗斯特　我还有一个合法的儿子，年纪比他大一岁，然而我还是喜欢他。这畜生虽然不等我的召唤，就自己莽莽撞撞来到这世上，可是他的母亲却很迷人，我们在制造他的时候，曾经有过一场销魂的游戏，这孽种我不能不承认他。爱德蒙，你认识这位贵人吗？

爱德蒙　不认识，父亲。

葛罗斯特　肯特伯爵，从此以后，你该记着他是我的尊贵的朋友。

爱德蒙　大人，我愿意为您效劳。

肯　特　我一定喜欢你，希望我们以后能够常常见面。

爱德蒙　大人，我一定尽力报答您的垂爱。

葛罗斯特　他已经在国外九年，不久还是要出去的。陛下来了。

喇叭奏花腔。李尔、康华尔、奥本尼、高纳里尔、里根、考狄利娅及侍从等上。

李　尔　葛罗斯特，你去招待招待法兰西国王和勃艮第公爵。

葛罗斯特　是，陛下。（葛罗斯特、爱德蒙同下）

李　尔　现在我要向你们说明我的心事，把那地图给我。告诉你们吧，我已经把我的国土划成三部分；我因为自己年纪老了，决心摆脱一切事务的牵萦，把责任交卸给年轻力壮之人，让自己松一松肩，好安安心心地等死。康华尔和奥本尼两位贤婿，为了预防他日的争执，我想还是趁现在把我的几个女儿的嫁奁当众分配清楚。法兰西和勃艮第两位君主正在竞争我的小女儿的爱情，他们为了求婚而住在我们宫廷里，也已经有好多时候了，现在他们就可以得到答复。孩子们，在我还没有把我的政权、领土和国事的重任全部放弃以前，告诉我，你们中间哪一个人最爱我？我要看看谁最有孝心，最有贤德，我就给她最大的恩惠。高纳里尔，我的大女儿，你先说。

高纳里尔　父亲，我对您的爱，不是语言所能表达的；我爱您胜过自己的眼睛、整个的空间和广大的自由；超越一切可以估价的贵重稀有的事物；不亚于富有淑德、健康、美貌和荣誉的生命；不曾有一个儿女这样爱过他的父亲，也不曾有一个父亲这样被他的儿女所爱；这一种爱可以使唇舌失去能力，辩才无所效用；我爱您是不可以数量计算的。

考狄利娅　（旁白）考狄利娅应该怎么好呢？默默地爱着吧。

李　尔　在这些疆界以内，从这一条界线起，直到这一条界线为止，所有一切浓密的森林、膏腴的平原、富庶的河流、广大的牧场，都要奉你为它们的女主人；这一块土地永远为你和奥本尼的子孙所拥有。我的二女儿，最亲爱的里根，康华尔的夫人，你怎么说？

里　根　我跟姐姐是一样的，您凭着她就可以判断我。在我的真心之中，我觉得她刚才所说的话，正是我爱您的实际的情形，可是她还不能充分说明我的心理，陛下我厌弃一切凡是敏锐的知觉所能感受到的快乐，只有爱您才是我的无上的幸福。

考狄利娅　（旁白）那么，考狄利娅，你只好自安于贫穷了！可是我并不贫穷，因为我深信我的爱心比我的口才更富有。

李　尔　这一块从我们这美好的王国中划分出来的三分之一的沃壤，是你和你的子孙永远世袭的产业，和高纳里尔所得到的一份同样的广大，同样的富庶，也同样的佳美。现在，我的宝贝，虽然是最后的一个，却并非最不重要；法兰西的葡萄和勃艮第的乳酪都在竞争你的青春之爱；你有些什么话，可以换到一份比你的两个姐姐更富庶的土地呢？说吧。

考狄利娅　父亲，我没有话说。

李　尔　没有？

考狄利娅　没有。

李　尔　没有只能换到没有；重新说过。

考狄利娅　我是个笨拙的人，不会把我的心涌上我的嘴里；我爱您只是按照我的名分，一分不多，一分不少。

李　尔　怎么，考狄利娅！把你的话修正修正，否则你要毁坏你自己的命运了。

考狄利娅　父亲，您生下我来，把我教养成人，爱惜我、厚待我；我受到您这样的恩德，只有恪尽我的责任，服从您、爱您、敬重您。我的姐姐们要是用她们整个的心来爱您，那么她们为什么要嫁人呢？要是我有一天出嫁了，那接受我的忠诚的誓约的丈夫，将要得到我的一半的爱、我的一半的关心和责任；假如我只爱我的父亲，我一定不会像我的姐姐们一样再去嫁人的。

李　尔　你这些话果然是从心里说出来的吗？

考狄利娅　是的，父亲。

李　尔　年纪这样小，却这样没有良心吗？

考狄利娅　父亲，我年纪虽小，我的心却是忠实的。

李　尔　好，那么让你的忠实做你的嫁奁吧。凭着太阳神圣的光辉，凭着黑夜的神秘，凭着主宰人类生死的星球的运行，我发誓从现在起，永远和你断绝一切父女之情和亲属的关系，把你当作一个路人看待。啖食自己儿女的野蛮人，比起你，我的昔日的女儿来，也不会更令我憎恨。

肯　特　陛下！

李　尔　闭嘴，肯特！不要来批怒龙的逆鳞。她是我最爱的一个，我本来想要在她的殷勤看护之下，终养我的天年。去，不要让我看见你的脸！让坟墓做我安息的眠床吧，我从此割断对她的天伦的慈爱了！叫法兰西王来！都是死人吗？叫勃艮第来！康华尔、奥本尼，你们已经分到我的两个女儿的嫁奁，现在把我第三个女儿那一份也拿去分了吧；让骄傲，她自己所称为坦白的，替她找一个丈夫。我把我的威力、特权和一切君主的尊荣一起给了你们。我自己只保留一百名骑士，在你们两人的地方按月轮流居住，由你们负责供养。除了国王的名义和尊号以外，所有行政的大权、国库的收入和大小事务的处理，完全交在你们手里；为了证实我的话，两位贤婿，我赐给你们这一顶宝冠，归你们两人共同拥有。

肯 特 尊严的李尔，我一向敬重您像敬重我的君王，爱您像爱我的父亲，跟随您像跟随我的主人，在我的祈祷之中，我总把您当作我的伟大的恩主！

李 尔 弓已经弯好拉满，你留心躲开箭锋吧。

肯 特 让它落下来吧，即使箭镞会刺进我的心里。李尔发了疯，肯特也只好不顾礼貌了。你究竟要怎样，老头儿？你以为有权有势的人向谄媚者低头，尽忠守职的臣僚就不敢说话了吗？君主不顾自己的尊严，干了愚蠢的事情，在朝的端正人士只好直言极谏。保留你的权力，仔细考虑一下你的举措，收回这种鲁莽灭裂的成命。你的小女儿并不是最不孝顺你的一个；她不会说得天花乱坠，可并不就是无情无义。我的判断要是有错，你尽管取我的命。

李 尔 肯特，你要是想活命，赶快闭住你的嘴。

肯 特 我的生命本来是预备向你的仇敌抛掷的；为了你的安全，我也不怕把它失去。

李 尔 走开，不要让我看见你！

肯 特 看明白一些，李尔；还是让我像箭垛上的红心一般永远留在你的眼前吧。

李 尔 凭着阿波罗起誓！

肯 特 凭着阿波罗，老王，你向神明发誓也是没用的。

李 尔 啊，可恶的奴才！（以手按剑）

奥本尼、康华尔 陛下，请息怒。

肯 特 好，杀了你的医生，把你的恶病养得一天比一天厉害吧。赶快撤销你的分土授国的原议；否则只要我的喉舌尚在，我就要大声疾呼，告诉你你做了错事啦。

李 尔 听着，逆贼！按照做臣子的道理，听着！你想要煽动我毁弃我的不容更改的誓言，凭着你的不法的跋扈，对我的命令和权力妄加阻挠，这一种目无君上的态度，使我忍无可忍；为了维护王命的尊严，不能不给你应得的处分。我现在宽限你五天的时间，让你预备些应用的衣服食物，免得受饥寒的痛苦；在第六天，你那可憎的身体必须离开我的国境；要是在此后十天之内，我们的领土上再发现了你的踪迹，那时候就要把你当场处死。去！凭着朱庇特发誓，这一个判决是无可改移的。

肯　特　再会，国王；你既不知悔改，

囚笼里也没有自由存在。

（向考狄利娅）

神明庇护你，善良的姑娘！

你心地纯洁，说得恰当。

（向里根、高纳里尔）

愿你们的夸口变成事实，

假树上会结下真的果子。

各位王子，肯特从此远去；

到新的国土走他的旧路。（下）

喇叭奏花腔。葛罗斯特偕法兰西王、勃艮第及侍从等重上。

葛罗斯特　陛下，法兰西国王和勃艮公爵来了。

李　尔　勃艮第公爵，您跟这位国王都是来向我的女儿求婚的，现在我先问您，您希望她至少要有多少陪嫁的奁资，否则宁愿放弃对她的追求？

勃艮第　陛下，照着您所已经答应的数目，我就很满足了；想来您也不会再吝惜的。

李　尔　尊贵的勃艮第，当她为我所宠爱的时候，我是把她看得非常珍重的，可是现在她的价格已经跌落了。公爵，您看她站在那儿，一个小小的东西，要是除了我的憎恨以外，我什么都不给她，而您仍然觉得她有使您喜欢的地方，或者您觉得她整个儿都能使您满意，那么她就在那儿，您把她带去好了。

勃艮第　我不知道怎样回答。

李　尔　像她这样一个一无可取的女孩子，没有亲友的照顾，新近遭到我的憎恨，咒诅是她的嫁奁，我已经发誓和她断绝关系了，您还是愿意娶她呢，还是愿意把她放弃？

勃艮第　饶恕我，陛下；在这种条件之下，决定取舍是一件很为难的事。

李　尔　那么放弃她吧，公爵；凭着神明起誓，我已经告诉您她的全部价值了。（向法兰西王）至于您，伟大的国王，为了重视你我的友谊，我断不愿把一个我所憎恶的人匹配给您；所以请您还是丢开了这一个为天地所不容的贱人，另外去找寻佳偶吧。

法兰西王　这太奇怪了，她刚才还是您的眼中的珍宝、您的赞美的题目、您的老年的安慰，您的最好、最心爱的人，怎么一转瞬间，就会做出这么罪大恶极的行为，丧失了您的深情厚爱！她的罪恶倘不是超乎寻常，您的爱心绝不会变得这样厉害；可是除非那是一桩奇迹，我无论如何不相信她会干那样的事。

考狄利娅 陛下，我只是因为缺少娓娓动人的口才，不会讲一些违心的语言，凡是我心里想到的事情，我总是不愿在没有把它实行以前就放在嘴里宣扬；要是您因此而恼我，我必须请求您让世人知道，我所以失去您的欢心的原因，并不是什么丑恶的污点、淫邪的行动，或是不文明的举止；只是因为我缺少像人家那样的一双献媚求恩的眼睛，一条我所认为可耻的善于逢迎的舌头，虽然没有了这些使我不能再受您的宠爱，可是唯其如此，却使我格外尊重我自己的人格。

李　尔 你不能在我面前曲意承欢，还不如当初没有生你的好。

法兰西王 只是为了这一个原因吗？只因天性不是能言善辩，不能把心里想做到的形之于言？勃艮第公爵，您对于这位公主意下如何？爱情里面要是掺杂了和它本身无关的考虑，那就不是真的爱情。您愿不愿意娶她？她自己就是一注无价的嫁奁。

勃艮第 尊严的李尔，只要把您原来已经允许过的那一份嫁奁给我，我现在就可以使考狄利娅成为勃艮第公爵的夫人。

李　尔 我什么都不给；我已经发过誓，再也不能挽回了。

勃艮第 那么抱歉得很，您已经失去一个父亲，现在必须再失去一个丈夫了。

考狄利娅 愿勃艮第平安！他所爱的既然只是财产，我也不愿做他的妻子。

法兰西王 最美丽的考狄利娅！你因为贫穷，所以是最富有的；你因为被遗弃，所以是最可宝贵的；你因为遭人轻视，所以最蒙我的怜爱。我现在把你和你的美德一起攫在我的手里；人弃我取是法理上所许可的。天啊天！想不到他们的冷酷的蔑视，却会激起我热烈的敬爱。陛下，您的没有嫁奁的女儿被命运抛给我；她现在是我的分享荣华的王后，法兰西全国的女主人了；沼泽之邦的勃艮第所有的公爵，都不能从我手里买去这一个无价之宝的女郎。考狄利娅，向他们告别吧，虽然他们是这样无情无义；你抛弃了故国，将要得到一个更好的家乡。

李　尔 你带了她去吧，法兰西王；她是你的，我没有这样的女儿，也再不要看见她的脸，去吧，你们不要想得到我的恩宠和祝福。来，尊贵的勃艮第公爵。（喇叭奏花腔。李尔、勃艮第、康华尔、奥本尼、葛罗斯特及侍从等同下）

法兰西王 向你的姐姐们告别吧。

考狄利娅 父亲眼中的两颗宝玉，考狄利娅用泪洗过的眼睛向你们告别。我知道你们是怎样的人；因为碍着姐妹的情分，我不愿直言指斥你们的错处。好好对待父亲；你们自己说是孝敬他的，我把他托付给你们了。可是，唉！要是我没有失去他的欢心，我一定不让他受你们的照顾。再会了，两位姐姐。

里　根 我们用不着你教训。

高纳里尔 你还是去小心侍候你的丈夫吧，命运的慈悲把你交在他的手里；你自己忤逆不孝，今天空手跟了男人去也是活该。

考狄利娅 总有一天，深藏的奸诈会显出它的原形；罪恶虽然可以掩饰一时，却免不了最后出乖露丑。愿你们幸福！

法兰西王 来，我美丽的考狄利娅。（法兰西王、考狄利娅同下）

高纳里尔 妹妹，我有许多对我们两人有切身关系的话必须跟你谈谈。我想我们的父亲今晚就要离开此地。

里　根 那是十分确定的事，他要住到你们那儿去；下个月他就要跟我们住在一起了。

高纳里尔 你看他现在年纪老了，他的脾气多么变化不定；我们已经屡次注意到他的行为的乖僻了。他一向都是最爱我们妹妹的，现在他凭着一时的气恼就把她撵走，这就可以见得他是多么糊涂。

里　根 这是他老年的昏悖；可是他向来就是这样喜怒无常的。

高纳里尔 他年轻的时候性子就很暴躁，现在他任性惯了，再加上老年人刚愎自用的怪脾气，看来我们只好准备受他的气了。

里　根 他把肯特也放逐了；谁知道他心里一不高兴起来，不会用同样的手段对付我们？

高纳里尔 法兰西王辞行回国，跟他还有一番礼仪上的应酬。让我们齐心合力，决定一个方策；要是我们的父亲顺着他这种脾气滥施权威起来，这一次的让国对于我们未必有什么好处。

里　根 我们还要仔细考虑一下。

高纳里尔 我们必须趁早想个办法。（同下）

第二场 葛罗斯特伯爵城堡中的厅堂

爱德蒙持信上。

爱德蒙　大自然，你是我的女神，我愿意在你的法律之前俯首听命。为什么我要受世俗的排挤，让世人的歧视剥夺我的应享的权利，只因为我比一个哥哥迟生了一年或是14个月？为什么他们要叫我私生子？为什么我比人家卑贱？我的健壮的体格、我的慷慨的精神、我的端正的容貌，哪一点比不上正经夫人生下的公子？为什么他们要给我加上庶出、贱种、私生子的恶名？贱种，贱种，贱种？难道在热烈兴奋的奸情里，得天地精华、父母元气而生下的孩子，倒不及拥着个毫无欢趣的老婆，在半睡半醒之间制造出来的那一批蠢货？好，合法的爱德伽，我一定要得到你的土地；我们的父亲喜欢他的私生子爱德蒙，正像他喜欢他的合法的嫡子一样。好听的名词，“合法”！好，我的合法的哥哥，要是这封信发生效力，我的计策能够成功，看着吧，庶出的爱德蒙将要把合法的嫡子压在他的下面，那时候我可要扬眉吐气啦。神啊，帮助帮助私生子吧！

葛罗斯特上。

葛罗斯特　肯特就这样放逐了！法兰西王盛怒而去；陛下昨晚又走了！他的权力全部交出，依靠他的女儿过活！这些事情都在匆促中决定，不曾经过丝毫的考虑！爱德蒙，怎么？有什么消息？

爱德蒙　禀父亲，没有什么消息。（藏信）

葛罗斯特　你为什么急急忙忙地把那封信藏起来？

爱德蒙　我不知道有什么消息，父亲。

葛罗斯特　你读的是什么信？

爱德蒙　没有什么，父亲。

葛罗斯特　没有什么？那么你为什么慌慌张张地把它塞进你的衣袋里去？既然没有什么，何必藏起来？来，给我看；要是那上面没有什么话，我也可以不用戴眼镜。

爱德蒙　父亲，请您原谅我；这是我哥哥写给我的一封信，我还没有把它读完，照我已经读到的一部分看起来，我想还是不要让您看见的好。

葛罗斯特　把信给我。

爱德蒙　不给您看您要恼我，给您看了您又要动怒。哥哥真不应该写出这种话来。

葛罗斯特　给我看，给我看。

爱德蒙　我希望哥哥写这封信是有他的理由的，他不过要试试我的德行。

葛罗斯特　（读信）“这一种尊敬老年人的政策，使我们在年轻的时候不能享受生命的欢乐；我们的财产不能由我们自己处分，等到年纪老了，这些财产对我们也失去了用处。我开始觉得老年人的专制，实在是一种荒谬愚蠢的束缚；他们没有权力压迫我们，是我们自己容忍他们的压迫。来跟我讨论讨论这一个问题吧。要是我们的父亲不被惊醒，你就可以永远享受他的一半的收入，并且将要为你的哥哥所喜爱。爱德伽。”哼！阴谋！“要是我们的父亲不被惊醒，你就可以永远享受他的一半的收入。”我的儿子爱德伽！他会有这样的心思？他能写得出这样一封信吗？这封信是什么时候到你手里的？谁把它送给你的？

爱德蒙 它不是什么人送给我的，父亲；这正是他狡猾的地方；我看见它塞在我的房间的窗眼里。

葛罗斯特 你认识这笔迹是你哥哥的吗？

爱德蒙 父亲，要是这信里所写的都是很好的话，我敢发誓这是他的笔迹；可是那上面写的既然是这种话，我但愿不是他写的。

葛罗斯特 这是他的笔迹。

爱德蒙 笔迹确是他的，父亲；可是我希望这种话不是出于他的真心。

葛罗斯特 他以前有没有用这一类话试探过你？

爱德蒙 没有，父亲；可是我常常听见他说，儿子成年以后，父亲要是已经衰老，他应该受儿子的监护，把他的财产交给他的儿子掌管。

葛罗斯特 啊，浑蛋！浑蛋！正是他在这信里所表示的意思！可恶的浑蛋！不孝的，没有心肝的畜生！禽兽不如的东西！去，把他找来；我要依法惩办他。可恶的浑蛋！他在哪儿？

爱德蒙 我不知道，父亲。照我的意思，您在没有得到可靠的证据，证明哥哥确有这种意思以前，最好暂时忍一忍您的怒气；因为要是您立刻就对他采取激烈的手段，万一事情出于误会，那不但大大妨害了您的名誉，而且他对于您的孝心，也要从此动摇了！我敢拿我的生命为他做保，他写这封信的用意，不过是试探试探我对您的孝心，并没有其他危险的目的。

葛罗斯特 你以为是这样的吗？

爱德蒙 您要是认为可以的话，让我把您安置在一个隐蔽的地方，从那个地方您可以听到我们两人谈论这件事情，用您自己的耳朵得到一个真凭实据；事不宜迟，今天晚上就可以一试。

葛罗斯特　他不会是这样一个大逆不道的禽兽？爱德蒙　他断不会是这样的人。

葛罗斯特　天地良心！我从来没有亏待过他，他却这样对我。爱德蒙，找他出来；探探他究竟居心何在；你尽管照你自己的意思随机应付。我愿意放弃我的地位和财产，把这一件事情调查明白。

爱德蒙　父亲，我立刻就去找他，用最适当的方法探明这回事情，然后再来告诉您。

葛罗斯特　最近这一些日食月食果然不是好兆头；虽然人们凭着天赋的智慧，可以对它们做种种合理的解释，可是接踵而至的天灾人祸，却不能否认是上天对人们所施的惩罚。亲爱的人互相疏远，朋友变为陌路，兄弟化成仇人；城市里有暴动，国家发生内乱，宫廷之内潜藏着逆谋；父不父，子不子，纲常伦纪完全破灭。我这畜生也是上应天数；有他这样逆亲犯上的儿子，也就有像我们陛下一样不慈不爱的父亲。我们最好的日子已经过去；现在只有一些阴谋、欺诈、叛逆、纷乱，追随在我们的背后，把我们赶下坟墓里去。爱德蒙，去把这畜生查清楚；那对你不会有什么妨害的；你只要自己留心一点就是了。忠心的肯特又放逐了！他的罪名是正直！怪事，怪事！（下。）

爱德蒙　人们最爱用这一种糊涂思想来欺骗自己；往往当我们因为自己行为不慎而遭逢不幸的时候，我们就会把我们的灾祸归怨于日月星辰，好像我们做恶人也是命运注定，做傻瓜也是出于上天的旨意，做无赖、做盗贼、做叛徒，都是受到天体运行的影响，酗酒、造谣、奸淫，都有一颗什么星在那儿主持操纵，我们无论干什么罪恶的行为，全都是因为有一种超自然的力量在冥冥之中驱策着我们。明明自己跟人家通奸，却把他的好色的天性归咎到一颗星的身上，真是绝妙的推诿！我的父亲跟我的母亲在巨龙星的尾巴底下交媾，我又是在大熊星底下出世，所以我就是个粗暴而好色的家伙。嘿！即使当我的父母苟合成奸的时候，有一颗最贞洁的处女星在天空眨眼睛，我也绝不会换个样子的。爱德伽！

爱德伽上。

爱德蒙　一说起他，他就来了，正像旧式喜剧里的大团圆一样；我现在必须装出一副奸诈的忧郁，像疯子一般长吁短叹。唉！这些日食月食果然预兆着人世的纷争！法——索——拉——咪。

爱德伽　啊，爱德蒙兄弟！你在沉思些什么？

爱德蒙　哥哥，我正在想起前天读到的一篇预言，说是在这些日食月食之后，将要发生些什么事情。

爱德伽　你让这些东西烦扰你的精神吗？

爱德蒙　告诉你，他所预言的事情，果然不幸被他说中了；什么父子的乖离、死亡、饥荒、友谊的毁灭、国家的分裂、对于国王和贵族的恫吓和诅咒、无谓的猜疑、朋友的放逐、军队的瓦解、婚姻的破坏，还有许许多多我所不知道的事情。

爱德伽　你什么时候相信起星象之学来？

爱德蒙　来，来，你最近一次看见父亲在什么时候？

爱德伽　昨天晚上。

爱德蒙　你跟他说过话没有？

爱德伽　嗯，我们谈了两个钟头。

爱德蒙　你们分别的时候，没有闹什么意见吗？你在他的用词之间，不觉得他对你有点恼怒吗？

爱德伽　一点没有。

爱德蒙　想想看你在什么地方得罪了他；听我的劝告，暂时避开一下，等他的怒气平息下来再说，现在他正在大发雷霆，恨不得一口咬下你的肉来呢。

爱德伽　一定是有一个坏东西在搬弄是非。

爱德蒙　我也怕有什么人在暗中离间。请你千万忍耐忍耐，不要碰在他的火性上；现在你还是跟我到我的地方去，我可以想法让你躲起来听听他老人家怎么说。请你去吧；这是我的钥匙。你要是在外面走动的话，最好身边带些武器。

爱德伽　带些武器，弟弟！

爱德蒙　哥哥，我这样劝告你都是为了你好；带些武器在身边吧；要是没有人在算计你，我就不是个好人。我已经把我所看到听到的事情都告诉你了；可是实际的情形，却比我的话更要严重可怕得多哩。请你赶快去吧。

爱德伽　我不久就可以听到你的消息吗？

爱德蒙　我在这一件事情上总是竭力帮你的忙就是了。（爱德伽下）一个轻信他人的父亲，一个忠厚的哥哥，他自己从不会算计别人，所以也不疑心别人算计他；对付他们这样老实的傻瓜，我的奸计是绰绰有余的。该如何下手，我已谋划好了。既然凭出身，产业到不了手，那我就只好用智谋；只要达到目的，对我说来，什么手段都正当。（下）

第三场　奥本尼公爵府中一室

高纳里尔及其管家奥斯华德上。

高纳里尔　我的父亲因为我的侍卫骂了他的弄人，所以动手打他吗？

奥斯华德　是，夫人。

高纳里尔　他一天到晚欺侮我；每一点钟他都要借端寻事，把我们这儿吵得鸡犬不宁。我不能再忍受下去了。他的骑士们一天一天横行不法起来，他自己又在每一件小事上都要责骂我们。等他打猎回来的时候，我不高兴见他说话；你就对他说我病了。你也不必像从前那样殷勤侍候他；他要是见怪，都怪在我身上。

奥斯华德　他来了，夫人，我听见他的声音。（内号角声）

高纳里尔　你跟你手下的人尽管对他装出一副不理不睬的态度；我要看看他有些什么话说。要是他恼了，那么让他到我妹妹那儿去吧，我知道我的妹妹的心思，她也跟我一样不能受人压制的。这老废物已经放弃了他的权力，还想管这个管那个！凭着我的生命发誓，年老的傻瓜正像小孩子一样，一味地姑息会纵容坏了他的脾气，不对他凶一点是不行的，记住我的话。

奥斯华德　是，夫人。

高纳里尔　让他的骑士们也受到你们的冷眼；无论发生什么事情，你们都不用管；你去这样通知你手下的人吧。我要造成一些借口，和他当面说个明白。我还要立刻写信给我的妹妹，叫她采取一致的行动。吩咐他们备饭。（同下）

第四场　奥本尼公爵府中厅堂

肯特化装上。

肯　特　我已经完全隐去我的本来面目，要是我能够把我的语音也完全改变过来，那么我的一片苦心，也许可以达到目的。被放逐的肯特啊，要是你顶着罪名，还能够忠于你的主人，那么总有一天，对你所爱戴的主人总会看到你的用处的。

内号角声。李尔、众骑士及侍从等上。

李　尔　我一刻也不能等待，快去叫他们拿出饭来。（一侍从下）啊！你是什么？

肯　特　我是一个人，大爷。

李　尔　你是干什么的？你来见我有什么事？

肯　特　您看我像干什么的，我就是干什么的；谁要是信任我，我愿意尽忠服侍他；谁要是居心正直，我愿意爱他；谁要是聪明而不爱多说话，我愿意跟他来往；我害怕法官，逼不得已的时候，我也会跟人家打架；我不吃鱼。

李　尔　你究竟是什么人？

肯　特　一个心肠非常正直的男人，而且像国王一样穷。

李　尔　要是你这做臣民的，也像那个做国王的一样穷，那么你也真够穷的了。你要什么？

肯　特　我要讨一个差事。

李　尔　你想替谁做事？

肯　特　替您。

李　尔　你认识我吗？

肯　特　不，大爷；可是在您的神气之间，有一种什么力量，使我愿意叫您做我的主人。

李　尔　是什么力量？

肯　特　一种天生的威严。

李　尔　你会做些什么事？

肯　特　我会保守秘密，我会骑马，我会跑路，我会把一个复杂的故事讲得索然无味，我会老老实实传一个简单的口信；凡是普通人能够做的事情，我都可以做，我的最大的好处是勤劳。

李　尔　你年纪多大了？

肯　特　大爷，说我年轻，我也不算年轻，我不会为了一个女人会唱几句歌而害相思；说我年老，我也不算年老，我不会稀里糊涂地溺爱一个女人；我已经活过48个年头了。

李　尔　跟着我吧，你可以替我做事。要是我在吃过晚饭以后，还是这样喜欢你，那么我还不会就把你撵走。喂！饭呢？拿饭来！我的孩子呢？我的傻瓜呢？你去叫我的傻瓜来。（一侍从下）

奥斯华德上。

李　尔　喂，喂，我的女儿呢？

奥斯华德　对不起！（下）

李　尔　这家伙怎么说？叫那蠢东西回来。（一骑士下）喂，我的傻瓜呢？全都睡着了吗？怎么！那狗头呢？

骑士重上。

骑　士　陛下，他说公主有病。

李　尔　我叫他回来，那奴才为什么不回来？

骑　士　陛下，他非常放肆，回答我说他不高兴回来。

李　尔　他不高兴回来！

骑　士　陛下，我也不知道为了什么缘故，可是照我看起来，他们对待您的礼貌，已经不像往日那样殷勤了；不但一般下人从仆，就是公爵和公主也对您冷淡得多了。

李　尔　嘿！你这样说吗？

骑　士　陛下，要是我说错了话，请您原谅我；可是当我觉得您受人欺侮的时候，责任所在，我不能闭口不言。

李　尔　你不过向我提起一件我自己已经感觉到的事；我近来也觉得他们对我的态度有点冷淡，可是我总以为那是我自己多心，不愿断定是他们有意怠慢。我还要仔细观察观察他们的举止。可是我的傻瓜呢？我这两天没有看见他。

骑　士　陛下，自从小公主到法国去了以后，这傻瓜老是郁郁不乐。

李　尔　别再提这事了；我也注意到这种情形。你去对我女儿说，我要跟她说话。（一侍从下）你去叫我的傻瓜来。（另一侍从下）

奥斯华德重上。

李　尔　啊！你，你过来，大爷。你不知道我是什么人吗？

奥斯华德　我们夫人的父亲。

李　尔　“我们夫人的父亲”！我们大爷的奴才！好大胆的狗！

奥斯华德　对不起，我不是狗。

李　尔　你敢跟我当面顶嘴瞪眼吗，你这浑蛋？（打奥斯华德）

奥斯华德　您不能打我。

肯　特　我也不能踢你吗，你这踢皮球的下贱东西？（自后踢奥斯华德倒地）

李　尔　谢谢你，好家伙；你帮了我，我喜欢你。

肯　特　来，朋友，站起来，给我滚吧！我要教训教训你，让你知道尊卑上下的分别。去！去！你还想用你蠢笨的身体在地上打滚，丈量土地吗？滚！你难道不懂得厉害吗？去。（将奥斯华德推出）

李　尔　我的好小子，谢谢你；这是你替我做事的定钱。（以钱给肯特）

弄人上。

弄　人　让我也把他雇下来；这儿是我的鸡头帽。（脱帽授肯特）

李　尔　啊，我的乖乖！你好？

弄　人　喂，你还是戴了我的鸡头帽吧。

肯　特　傻瓜，为什么？

弄　人　为什么？因为你帮了一个失势的人。要是你不会看准风向把你的笑脸迎上去，你就会吞下一口冷气的。来，把我的鸡头帽拿去。嘿，这家伙撵走了两个女儿，他的第三个女儿倒很受他的好处，虽然也不是出于他的本意；要是你跟了他，你必须戴上我的鸡头帽。啊，老伯伯！但愿我有两顶鸡头帽，再有两个女儿！

李　尔　为什么，我的孩子？

弄　人　要是我把我的家私一起给了她们，我自己还可以存下两顶鸡头帽。我这儿有一顶；再去向你的女儿们讨一顶戴戴吧。

李　尔　嘿，你留心着鞭子。

弄　人　真理是一条贱狗，它只好躲在狗洞里；当母狗站在火边撒尿的时候，它必须被鞭子赶出去。

李　尔　简直是揭我的疮疤！

弄　人　（向肯特）喂，让我教你一段话。

李　尔　你说吧。

弄　人　听着，老伯伯：

多积财，少摆阔；
耳多听，话少说；
少放款，多借债；
走路不如骑马快；
三言之中信一语，

多掷骰子少下注；
莫饮酒，莫嫖妓；
闭门不管他家事；
会打算的占便宜，
不会打算叹口气。

肯　特　傻瓜，这些话一点意思也没有。

弄　人　那么正像拿不到诉讼费的律师一样，我的话都白说了。老伯伯，你不能从没有意思里，探求出一点意思来吗？

李　尔　啊，不，孩子，垃圾里是淘不出金子来的。

弄　人　（向肯特）请你告诉他，他有那么多的土地，也只等于一堆垃圾；他不肯相信一个傻瓜嘴里的话。

李　尔　好尖酸的傻瓜！

弄　人　我的孩子，你知道傻瓜是有酸有甜的吗？

李　尔　不，孩子，告诉我。

弄　人　听了他人话，
　　土地全丧失；
我傻你更傻，
　　两傻相并立；
一个傻瓜甜，
　　一个傻瓜酸；
甜的穿花衣，
　　酸的戴王冠。

李　尔　你叫我傻瓜吗，孩子？

弄　人　你把你所有的尊号都送了别人；只有这一个名字是你娘胎里带来的。

肯　特　陛下，他倒不全然是个傻瓜哩。

弄　人　不，那些老爷大人都不肯答应我的；要是我取得了傻瓜的专利权，他们一定要来夺我一份去，就是太太小姐们也不会放过我的；他们不肯让我一个人做傻瓜。老伯伯，给我一个蛋，我给你两顶冠。

李　尔　两顶什么冠？

弄　人　我把蛋从中间切开，吃完了蛋黄、蛋白，就用蛋壳给你做两顶冠。你想你自己好端端有了一顶王冠，却把它从中间剖成两半，把两半全都送给人家，这不是背了驴子过泥潭吗？你这光秃秃的头顶连里面也是光

秃秃的没有一点脑子，所以才会把一顶金冠送了人。谁说我这些话是傻话，让他挨一顿鞭子。　　　这年头傻瓜供过于求，

　　聪明人各个变糊涂，

　顶着个没有思想的头，

　　只会跟着人依样葫芦。

李　尔　你几时学会了这许多歌？

弄　人　老伯伯，自从你把你的女儿当作了你的母亲以后，我就常常唱起歌来了；因为当你把棒子给了她们，拉下你自己的裤子的时候，

她们高兴得热泪盈眶，

　　我只好唱歌自遣哀愁，

　可怜你堂堂一国之王，

　　却跟傻瓜们做伴嬉游。

老伯伯，你去请一位先生来，教教你的傻瓜怎样说谎吧；我很想学学说谎。

李　尔　要是你说了谎，小子，我就用鞭子抽你。

弄　人　我不知道你跟你的女儿们究竟是什么亲戚，她们因为我说了真话，要用鞭子抽我，你因为我说谎，又要用鞭子抽我；有时候我话也不说，你们也要用鞭子抽我。我宁可做任何什么东西，也不要做个傻瓜；可是我宁可做个傻瓜，也不愿意做你，老伯伯；你把你的聪明从两边削去，削得中间什么也不剩了。看，那削下的一块来了。

　　高纳里尔上。

李　尔　啊，女儿！为什么你的脸上罩满了怒气？我看你近来老是皱着眉头。

弄　人　从前你用不着看她的脸，随她皱不皱眉头都不与你相干，那时候你也算得了一个好男人；可是现在你却变成一个孤零零的圆圈圈儿了。你还比不上我；我是个傻瓜，你简直不是个东西。（向高纳里尔）好，好，我闭嘴就是啦；虽然你没有说话，我从你的脸色知道你的意思。

闭嘴，闭嘴；

　你不知道积谷防饥，

　活该啃不到面包皮。

他是剥空了的豌豆荚。（指李尔）

高纳里尔　父亲，您这一个肆无忌惮的傻瓜不用说了，还有您那些蛮横的卫士，也都在时时刻刻寻事骂人，种种不法的暴行，实在叫人忍无可忍。

父亲，我本来还以为要是让您知道了这种情形，您一定会戒饬他们的行动；可是照您最近所说的话和所做的事看来，我不能不疑心您有意纵容他们，他们才会这样有恃无恐。要是果然出于您的授意，为了维持法纪的尊严，我们也不能默尔而息，不采取断然的处置，虽然也许在您的脸上不大好看；本来，这是说不过去的，可是这样的步骤，在事实上却是必要的。

弄　人　你看，老伯伯，

那篱雀养大了杜鹃鸟，

自己的头也给它吃掉。

蜡烛熄了，我们眼前只有一片黑暗。

李　尔　你是我的女儿吗？

高纳里尔　算了吧，老人家您不是一个不懂道理的人，我希望您想明白一些；近来您动不动就动气，实在太有失一个做长辈的体统啦。

弄　人　马儿颠倒过来被车子拖着走，就连蠢驴不也看得清楚吗？“呼，玖格！我爱你。”

李　尔　这儿有谁认识我吗？这不是李尔。是李尔在走路吗？在说话吗？他的眼睛呢？他的知觉迷乱了吗？他的神志麻木了吗？嘿！他醒着吗？没有的事。谁能够告诉我我是什么人？

弄　人　李尔的影子。

李　尔　我要弄清我是谁；因为我的权力、知识和理智都在要我相信我是个有女儿的人。

弄　人　那些女儿是会叫你做一个孝顺的父亲的。

李　尔　太太，请教您的芳名？

高纳里尔　父亲，您何必这样假痴假呆，近来您就爱开这么一类的玩笑。您是一个有年纪的老人家，应该懂事一些。请您明白我的意思；您在这儿养了一百个骑士，全是些胡闹放荡、胆大妄为的家伙，我们好好的宫廷给他们骚扰得像一个喧嚣的客店；他们成天吃、喝、玩女人，简直把这儿当作了酒馆妓院，哪里还是一座庄严的御邸。这一种可耻的现象，必须立刻设法纠正；所以请您服从我的要求，酌量减少您的扈从的人数，只留下一些适合于您的年龄、知道您的地位也明白他们自己身份的人跟随您；要是您不答应，那么我没有法子，只好勉强执行了。

李　尔　地狱里的魔鬼！备起我的马来；召集我的侍从。没有良心的贱人！

我不要麻烦你；我还有一个女儿哩。

高纳里尔 你打我的用人，你那一班捣乱的流氓也不想想自己是什么东西，胆敢把他们上面的人像奴仆一样呼来喝去。

奥本尼上。

李 尔 唉！现在懊悔也来不及了。（向奥本尼）啊！你也来了吗？这是不是你的意思？你说。替我备马。丑恶的海怪也比不上忘恩的儿女那样可怕。

奥本尼 陛下，请您不要生气。

李 尔 （向高纳里尔）猪狗不如的东西！你说谎！我的卫士都是最有品行的人，他们懂得一切的礼仪，他们的一举一动，都不愧骑士之名。啊！考狄利娅不过犯了一点小小的错误，怎么在我的眼睛里却会变得这样丑恶！它像一座酷虐的刑具，扭曲了我的天性，抽干了我心里的慈爱，把苦味的怨恨灌了进去。啊，李尔！李尔！李尔！对准这一扇装进你的愚蠢、放出你的智慧的门，着力痛打吧！（自击其头）去，去，我的人。

奥本尼 陛下，我没有得罪您，我也不知道您为什么生气。

李 尔 也许不是你的错，公爵。听着，造化的女神，听我的吁诉！要是你想使这畜生生男育女，请你改变你的意旨吧！取消她的生殖能力，干涸她的产育器官，让她的堕落的肉体里永远生不出一个子女来抬高她的身价！要是她必须生产，请你让她生下一个忤逆狂悖的孩子，使她终身受苦！让她年轻的额角上很早就刻了皱纹；眼泪流下她的面颊，磨成一道道的沟渠；她的生育的辛劳，只换到一声冷笑和一个白眼；让她也感觉到一个负心的孩子，比毒蛇的牙齿还要多么使人痛入骨髓！去，去！（下）

奥本尼 凭着我们敬奉的神明，告诉我这是怎么一回事？

高纳里尔 你不用知道为了什么原因；他老糊涂了，让他去发他的火吧。

李尔重上。

李 尔 什么！我在这儿不过住了半个月，就把我的卫士一下子裁撤了 50 名吗？

奥本尼 什么事，陛下？

李 尔 等一等告诉你。（向高纳里尔）吸血的魔鬼！我真惭愧让你有权力叫我在你的面前失去了大丈夫的气概，让我的热泪为了一个下贱的婢子而滚滚流出。愿毒风吹着你，恶雾罩着你！愿一个父亲的咒诅刺透你的五官百窍，留下永远不能平复的疮痍！痴愚的老眼，要是你再为此而流泪，我要把你挖出来，丢在你所流的泪水里，和泥土拌在一起！哼！竟有这等事吗？好，我还有一个女儿，我相信她是孝顺我的；她听见你这样对待我，一定会用指爪抓破你的豺狼一样的脸。你以为我一辈子也不能恢复我的原来的威风了吗？好，你看着吧。（李尔、肯特及侍从等下）

高纳里尔　你听见没有？

奥本尼　高纳里尔，虽然我十分爱你，可是我不能这样偏心

高纳里尔　你不用管我。喂，奥斯华德！（向弄人）你这七分奸刁三分傻的东西，跟你的主人去吧。

弄　人　李尔老伯伯，李尔老伯伯！等一等，带傻瓜一块儿去。

捉狐狸，杀狐狸，
谁家女儿是狐狸？
可惜我这顶帽子，
换不到一条绳子；
追上去，你这傻子。（下）

高纳里尔　不知道是什么人替他出的好主意。一百个骑士！让他随身带着一百个全副武装的卫士，真是万全之计；只要他做了一个梦，听了一句谣言，转了一个念头，或者心里有什么不高兴和不舒服，就可以任着性子，用他们的力量危害我们的生命。喂，奥斯华德！

奥本尼　也许你太过虑了。

高纳里尔　过虑总比大意好些。与其时时刻刻提心吊胆，害怕人家的暗算，宁可爽爽快快除去一切可能的威胁。我知道他的心理。他所说的话，我已经写信告诉我的妹妹了；她要是不听我的劝告，仍旧容留他带着他的一百个骑士。

奥斯华德重上。

高纳里尔　啊，奥斯华德！什么！我叫你写给我妹妹的信，你写好了没有？

奥斯华德　写好了，夫人。

高纳里尔　带几个人跟着你，赶快上马出发；把我所担心的情形明白告诉她，再加上一些你所想到的理由，让它格外动听一些。去吧，早点回来。（奥斯华德下）不，不，我的爷，你做人太仁慈厚道了，虽然我不怪你，可是恕我说一句话，只有人批评你糊涂，却没有什么人称赞你一声好。

奥本尼　我不知道你的眼光能够看到多远；可是过分操切也会误事的。

高纳里尔　咦，那么……

奥本尼　好，好，但看结果如何。（同下）

第五场　奥本尼公爵府外庭

李尔、肯特及弄人上。

李　尔　你带着这封信，先到葛罗斯特去。我的女儿看了我的信，倘若有什么话问你，你就照你所知道的回答她，此外可不要多说什么。要是你在路上偷懒耽搁时间，也许我会比你先到的。

肯　特　陛下，我在没有把您的信送到以前，绝不打一次盹儿。（下）

弄　人　要是一个人的脑筋生在脚跟上，它会不会长起脓疱来呢？

李　尔　嗯，不会的孩子。

弄　人　那么你放心吧；幸亏你的脑筋安在头上，尽管路远，也不用穿了拖鞋走路。

李　尔　哈哈哈！

弄　人　你到了你那另外一个女儿的地方，就可以知道她会待你多么好；因为虽然她跟这一个就像野苹果跟家苹果一样相像，可是我可以告诉你我所知道的事情。

李　尔　你可以告诉我什么，孩子？

弄　人　你一尝到她的滋味，就会知道她跟这一个完全相同，正像两只野苹果一般没有分别。你能够告诉我为什么一个人的鼻子生在脸中间吗？

李　尔　不能。

弄　人　因为中间放了鼻子，两旁就可以安放眼睛；鼻子嗅不出来的，眼睛可以看见。

李　尔　我对不起她。弄　人　你知道牡蛎怎样造它的壳吗？

李　尔　不知道。

弄　人　我也不知道；可是我知道蜗牛为什么背着一个屋子。

李　尔　为什么？

弄　人　因为可以把它的头放在里面；它不会把它的屋子送给它的女儿，害得它的角也没有地方安顿。

李　尔　我也顾不得什么天性之情了。我这做父亲的有什么地方亏待了她！我的马儿都已经预备好了吗？

弄　人　你的驴子们正在那儿给你预备呢。北斗七星为什么只有七颗星，其中有一个绝妙的理由。

李　尔　因为它们没有第八颗吗?

弄　人　正是，一点不错；你可以做一个很好的傻瓜。

李　尔　用武力夺回来！忘恩负义的畜生！

弄　人　假如你是我的傻瓜，老伯伯，我就要打你，因为你不到时候就老了。

李　尔　那是什么意思?

弄　人　你应该懂得些世故再老呀。

李　尔　啊！不要让我发疯！天哪，抑制住我的怒气，不要让我发疯！我不想发疯！

侍臣上。

李　尔　怎么！马预备好了吗?

侍　臣　预备好了，陛下。

李　尔　来，孩子。

弄　人　哪一个姑娘嘲笑我走这一遭，
她的处女之身眼看就要不保。(同下)

第二幕

第一场　葛罗斯特伯爵城堡内庭

爱德蒙及克伦自相对方向上。

爱德蒙　您好，克伦？

克　伦　您好，公子。我刚才见过令尊，通知他康华尔公爵跟他的夫人里根公主今天晚上要到这儿来拜访他。

爱德蒙　他们怎么要到这儿来？

克　伦　我也不知道。您有没有听见外边的消息？我的意思是说，人们交头接耳，在暗中互相传说的那些消息。

爱德蒙　我没有听见。请问是些什么消息？

克　伦　您没有听见说起康华尔公爵也许会跟奥本尼公爵开战吗？

爱德蒙　一点没有听见。

克　伦　那么，您也许慢慢会听到的。再会，公子。（下）

爱德蒙　公爵今天晚上到这儿来！那也好！再好没有了！我正好利用这个机会。我的父亲已经叫人四处把守，要捉我的哥哥；我还有一件不大好办的事情，必须赶快动手做起来。这事情要做得敏捷迅速，但愿命运帮助我！哥哥，跟你说一句话，下来，哥哥！

爱德伽上。

爱德蒙　父亲在那儿守着你。啊，哥哥！离开这个地方吧；有人已经告诉他你躲在什么地方；趁着现在天黑，你快逃吧。你有没有说过什么反对康华尔公爵的话？他也就要到这儿来了，在这样的夜里，急急忙忙的。里根也跟着他来；你对于他跟奥本尼公爵争执的事情没有说过什么话吗？想一想看。

爱德伽　我真的一句话也没有说过。

爱德蒙　我听见父亲来了，原谅我，我必须假装对你动武的样子，拔出剑来，就像你在防御你自己一般，好好地应付一下吧。（高声）放下你的剑，见我的父亲去！喂，拿火来！这儿！逃吧，哥哥。（高声）火把！火把！再会。（爱德伽下）身上沾几点血，可以使他相信我真的做过一番凶猛的争斗。（以剑刺伤手臂）我曾经看见有些醉汉为了开玩笑的缘故，往往不顾死活地割破自己的皮肉。（高声）父亲！父亲！住手！住手！没有人来帮我吗？

葛罗斯特率众仆持火炬上。

葛罗斯特 爱德蒙，那畜生呢？

爱德蒙 他站在这儿黑暗之中，拔出他的锋利的剑，嘴里念念有词，见神见鬼地请月亮帮他的忙。

葛罗斯特 可是他在什么地方？

爱德蒙 看，父亲，我流着血呢。

葛罗斯特 爱德蒙，那畜生呢？

爱德蒙 往这边逃去了，父亲。他看见他没有法子。葛罗斯特 喂，你们追上去！（若干仆人下）"没有法子"什么？

爱德蒙 没有法子劝我跟他同谋把您杀死；我对他说，疾恶如仇的神明看见弑父的逆子，是要用天雷把他霹死的；我告诉他儿子对于父亲的关系是多么深切而不可摧毁；总而言之一句话，他看见我这样憎恶他的荒谬的图谋，他就恼羞成怒，拔出他的早就预备好的剑，气势汹汹地向我毫无防备的身上刺了过来，把我的手臂刺破了；那时候我也发起怒来，自恃理直气壮，跟他奋力对抗，他倒胆怯起来，也许因为听见我喊叫的声音，就飞也似的逃走了。

葛罗斯特 让他逃得远远的吧；除非逃到国外去，我们总有捉到他的一天；看他给我们捉住了还活得成活不成。公爵殿下，我的高贵的恩主，今晚要到这儿来啦，我要请他发出一道命令，谁要是能够把这杀人的懦夫捉住，交给我们绑在木桩上烧死，我们将要重重酬谢他；谁要是把他藏匿起来，一经发觉，就要把他处死。

爱德蒙 当他不听我的劝告，决意实行他的企图的时候，我就严词恫吓他，对他说我要宣布他的秘密；可是他却回答我说："你这私生子！你以为要是我们两人立在敌对的地位，人家会相信你的道德品质，因而相信你所说的话吗？哼！我不但可以绝口否认，我自然要否认，即使你拿出我亲手写下的笔迹，我还可以反咬你一口，说这全是你的阴谋诡计；人们不是傻瓜，他们当然会相信你因为觊觎我死后的利益，所以才会起这样的毒心，想要我的命。"

葛罗斯特 好狠心的畜生！他赖得掉他的信吗？他不是我养的。（内喇叭奏花腔）听！公爵的喇叭。我不知道他来有什么事。我要把所有的城门关起来，看这畜生逃到哪儿去；公爵必须答应我这一个要求；而且我还要把他的小像各处传送，让全国的人都可以注意他。我的孝顺的孩子，你不要学你哥哥的坏样，我一定想法子使你能够承继我的土地。

康华尔、里根及侍从等上。

康华尔 您好，我的尊贵的朋友！我还不过刚到这儿，就已经听见了奇怪的消息。

里　根 要是真有那样的事，那罪人真是万死不足蔽辜了。是怎么一回事，伯爵？

葛罗斯特 啊！夫人，我这颗老心已经碎了，已经碎了！

里　根 什么！我父亲的义子要谋害您的性命吗？就是我父亲替他取名字的，您的爱德伽吗？

葛罗斯特 啊！夫人，夫人，发生了这种事情，真是说来叫人丢脸。

里　根 他不是常常跟我父亲身边的那些横行不法的骑士们在一起吗？

葛罗斯特 我不知道，夫人。太可恶了！太可恶了！

爱德蒙 是的，夫人，他正是常跟这些人在一起的。

里　根 难怪他会变得这样坏；一定是他们撺掇他谋害了老头子，好把他的财产拿出来给大家挥霍。今天傍晚的时候，我接到我姐姐的一封信，她告诉我他们种种不法的情形，并且警告我要是他们想要住到我的家里来，我千万不要招待他们。

康华尔 相信我，里根，我也绝不会去招待他们。爱德蒙，我听说你对你的父亲很尽孝道。

爱德蒙 那是做儿子的本分，殿下。

葛罗斯特 他揭发了他哥哥的阴谋；您看他身上的这一处伤就是因为他奋不顾身，想要捉住那畜生而受到的。

康华尔 那凶徒逃走了，有没有人追上去？

葛罗斯特 有的，殿下。

康华尔 要是他给我们捉住了，我们一定不让他再为非作恶；你只要决定一个办法，在我的权力范围以内，我都可以替你办到。爱德蒙，你这一回所表现的深明大义的孝心，使我们十分赞赏；像你这样不负托付的人，正是我们所需要的，我们将要大大地重用你。

爱德蒙 殿下，我愿意为您尽忠效命。

葛罗斯特 殿下这样看得起他，使我感激万分。

康华尔 你还不知道我们现在所以要来看你的原因。

里根 尊贵的葛罗斯特，我们这样在黑暗的夜色之中，一路摸索前来，实在是因为有一些相当重要的事情，必须请教请教您的高见。我们的父亲和姐姐都有信来，说他们两人之间发生了一些冲突；我想最好不要在我们自己的家里答复他们；两方面的使者都在这儿等候我打发。我们的善良的老朋友，您不要气恼，替我们赶快出个主意吧。

葛罗斯特 夫人但有所命，我总是愿意贡献我的一得之愚的。两殿下光临蓬荜，欢迎得很！（同下）

第二场 葛罗斯特城堡之前

肯特及奥斯华德各上。

奥斯华德 早安，朋友；你是这屋子里的人吗？

肯特 嗯。

奥斯华德 什么地方可以让我们拴马？

肯特 烂泥地里。

奥斯华德 对不起，大家是好朋友，告诉我吧。

肯特 谁是你的好朋友？

奥斯华德 好，那么我也不理你。

肯特 要是我把你一口咬住，看你理不理我。

奥斯华德 你为什么对我这样？我又不认识你。

肯特 家伙，我认识你。

奥斯华德 你认识我是谁？

肯特 一个无赖；一个恶棍；一个吃剩饭的家伙；一个下贱的、骄傲的、浅薄的、叫花子一样的、只有三身衣服、全部家私算起来不过一百镑的、卑鄙龌龊的、穿毛绒袜子的奴才；一个没有胆量的、靠着官府势力压人的奴才；一个婊子生的、顾影自怜的、奴颜婢膝的、装模作样的混账东西；全部家私都在一只箱子里的下流胚子，一个天生的王八胚子；又是奴才，又是叫花子，又是懦夫，又是王八，又是一条杂种老母狗的儿子；要是你不承认你这些头衔，我要把你打得放声大哭。

奥斯华德 咦，奇怪，你是个什么东西，你也不认识我，我也不认识你，怎么开口骂人？

肯 特 你还说不认识我，你这厚脸皮的奴才！两天以前，我不是把你踢倒在地上，还在陛下的面前打过你吗？拔出剑来，你这浑蛋；虽然是夜里，月亮照着呢；我要在月光底下把你剁得稀烂。（拔剑）拔出剑来，你这婊子生的下流东西，拔出剑来！

奥斯华德 去！我不跟你胡闹。

肯 特 拔出剑来，你这恶棍！谁叫你做人家的傀儡，替一个女儿寄信攻击她的父王？拔出剑来，你这浑蛋，否则我要砍下你的胫骨。拔出剑来，恶棍；来来来！

奥斯华德 喂！救命哪！要杀人啦！救命哪！

肯 特 来，你这奴才；站住，浑蛋，别跑；你这漂亮的奴才，你不会还手吗？（打奥斯华德）

奥斯华德 救命啊！要杀人啦！要杀人啦！

爱德蒙拔剑上。

爱德蒙 怎么！什么事？（分开二人）

肯 特 好小子，你也要寻事吗？来，我们试一下吧；来，小哥儿。

康华尔、里根、葛罗斯特及众仆上。

葛罗斯特 动刀动剑的，什么事呀？

康华尔 大家不要闹；谁再动手，就叫他死。怎么一回事？

里 根 一个是我姐姐的使者，一个是国王的使者。

康华尔 你们为什么争吵？说。

奥斯华德 殿下，我给他缠得气都喘不过来啦。

肯 特 怪不得你，你把全身勇气都提起来了。你这懦怯的恶棍，造化不承认他曾经造下你这个人；你是一个裁缝手里做出来的。

康华尔 你是一个奇怪的家伙，一个裁缝会做出一个人来吗？

肯 特 嗯，一个裁缝、石匠或者油漆匠都不会把他做得这样坏，即使他们学会这行手艺才不过两个钟头。

康华尔 说，你们怎么会吵起来的？

奥斯华德 这个老不讲理的家伙，殿下，倘不是我看在他的花白胡子分上，早就要他的命了。肯 特 你这婊子养的废物！殿下，要是您允许我的话，我要把这下流的东西踏成一堆替人家涂刷茅厕的泥浆。看在我的花白胡子分上，你这摇尾乞怜的狗！

康华尔　住口！畜生，你规矩也不懂吗？

肯　特　是，殿下；可是我实在气愤不过，也就顾不得了。

康华尔　你为什么气愤？

肯　特　我气愤的是像这样一个奸诈的奴才，居然也让他佩起剑来。就是这种笑脸的小人，像老鼠一样咬破了神圣的伦常纲纪；他们的主上起了一个恶念，他们便竭力逢迎，不是火上浇油，就是雪上添霜；他们最擅长的是见风使舵，他们的主人说一声是，他们也跟着说是，说一声不，他们也跟着说不，就像狗一样什么都不知道，只知道跟着主人跑。恶疮烂掉了你的抽搐的面孔！你笑我所说的话，你以为我是个傻瓜吗？呆鹅，要是我在旷野里碰见了你，看我不把你打得嘎嘎乱叫，一路赶回你的老家去！

康华尔　什么！你疯了吗，老头儿？

葛罗斯特　说，你们究竟是怎么吵起来的？

肯　特　我跟这浑蛋是势不两立的。

康华尔　你为什么叫他浑蛋？他做错了什么事？

肯　特　我不喜欢他的面孔。

康华尔　也许你也不喜欢我的面孔、他的面孔，还有她的面孔。

肯　特　殿下，我是说惯老实话的，我曾经见过一些面孔，比现在站在我面前的这些面孔好得多啦。

康华尔　这个人正是那种因为有人称赞他言辞率直，就装出一副玩世不恭的态度来的家伙。他不会谄媚，他有一颗正直坦白的心，他必须说老实话；要是人家愿意接受他的意见，很好；不然的话，他是个老实人。我知道这种家伙，他们用坦白的外表，包藏着极大的奸谋祸心，比20个胁肩谄笑、小心翼翼的愚蠢的谄媚者更要不怀好意。

肯　特　殿下，您的伟大的明鉴，就像福玻斯神光煜煜的额上的烨耀的火轮，请您照临我的善意的忠诚，恳切的虔心。

康华尔　这是什么意思？

肯　特　因为您不喜欢我的话，所以我改变了一个样子。我知道我不是一个谄媚之徒；我也不愿做一个故意用率直的语言诱惑人家听信的奸诈小人；即使您请求我做这样的人，我也不怕得罪您，绝不从命。

康华尔　（向奥斯华德）你在什么地方冒犯了他？

奥斯华德　我从来没有冒犯过他。最近陛下因为对我有了点误会，把我殴打；他便助纣为虐，闪在我的背后把我踢倒地上，侮辱谩骂，无所不说，装出一副非常勇敢的神气；他的陛下看见他这样，把他称赞了两句，他便得意忘形，以为我不是他的对手，所以一看见我，又拔剑跟我闹起来了。

肯　特　和这些流氓和懦夫以为，埃阿斯只能当他们的傻子。

康华尔　拿足枷来！你这口出狂言的倔强的老贼，我们要教训你一下。

肯　特　殿下，我已经太老，不能接受您的教训了；您不能用足枷枷我。我是陛下的人，奉他的命令前来；您要是把他的使者枷起来，那未免对我的主上太失敬、太放肆无礼了。

康华尔　拿足枷来！凭着我的生命和荣誉起誓，他必须锁在足枷里直到中午为止。

里　根　到中午为止！到晚上，殿下；把他整整枷上一夜再说。

肯　特　啊，夫人，假如我是您父亲的狗，您也不该这样对待我。

里　根　因为你是他的奴才，所以我要这样对待你。

康华尔　这正是我们的姐姐说起的那个家伙。来，拿足枷来。（从仆取出足枷）

葛罗斯特　殿下，请您不要这样。他的过失诚然很大，陛下知道了一定会责罚他的；您所决定的这一种羞辱的刑罚，只能惩戒那些犯偷窃之类普通小罪的下贱的囚徒；他是陛下差来的人，要是您给他这样的处分，陛下一定要认为您轻蔑了他的来使而心中不快。

康华尔　那我可以负责。

里　根　我的姐姐要是知道她的使者因为奉行她的命令而被人这样侮辱殴打，她的心里还要不高兴哩。把他的腿放进去。（从仆将肯特套人足枷）来，殿下，我们走吧。（除葛罗斯特、肯特外均下）

葛罗斯特　朋友，我很为你抱憾；这是公爵的意思，全世界都知道他的脾气非常固执，不肯接受人家的劝阻。我还要替你向他求情。

肯　特　请您不必多此一举，大人。我走了许多路，还没有睡过觉；一部分的时间将在瞌睡中过去，醒着的时候我可以吹吹口哨。好人上足枷，会因此走好运也说不定呢。再会！

葛罗斯特　这是公爵的不是；陛下一定会见怪的。（下）

肯　特　好陛下，你正像俗语说的，抛下天堂的幸福，来受赤日的煎熬了。来吧，你这照耀下土的炬火，让我借着你的温柔的光辉，可以读一读这封信。倒霉的人偏偏会遇见奇迹，我知道这是考狄利娅寄来的，我的改头换面的行踪，已经侥幸给她知道了；她一定会找到一个机会，纠正这种反常的情形。疲倦得很；闭上了吧，沉重的眼睛，免得看见你自己的耻辱。晚安，命运，求你转过你的轮子来，再向我们微笑吧。（睡）

第三场　荒野的一部

爱德伽上。

爱德伽　听说他们已经发出告示捉我；幸亏我躲在一株空心的树干里，没有给他们找到。没有一处城门可以出入无阻；没有一个地方不是警卫森严，准备把我捉住！我得设法逃走才能保全自己的生命；我想还不如改扮做一个最卑贱穷苦、最为世人所轻视、和禽兽相去无几的家伙；我要用污泥涂在脸上，一块毡布裹住我的腰，把满头的头发打了许多乱结，赤身裸体，抵抗着风雨的侵凌。这地方本来有许多疯丐，他们高声叫喊，用针、木锥、钉子、迷迭香的树枝哪，刺在他们麻木而僵硬的手臂上；用这种可怕的形状，到那些穷苦的农场、乡村、羊棚和磨坊里去，有时候发出一些疯狂的咒诅，有时候向人哀求祈祷，乞讨一些布施。我现在学着他们的样子，一定不会引起人家的疑心。可怜的疯叫花！可怜的汤姆！倒有几分像；我现在不再是爱德伽了。（下）

第四场　葛罗斯特城堡前

肯特系足枷中。李尔、弄人及侍臣上。

李　尔　真奇怪，他们不在家里，又不打发我的使者回去。

侍　臣　我听说他们在前一个晚上还不曾有走动的意思。

肯　特　祝福您，尊贵的主人！

李　尔　嘿！你把这样的羞辱作为消遣吗？

肯　特　不，陛下。

弄　人　哈哈！他吊着一副多么难受的袜带！缚马缚在头上，缚狗缚熊缚在脖子上，缚猴子缚在腰上，缚人缚在腿上；一个人的腿儿太会活动了，就要叫他穿木袜子。

李　尔　谁认错了人，把你锁在这儿？

肯　特　是那一对男女，您的女婿和女儿。

李　尔　不。

肯　特　是的。

李　尔　我说不。

肯　特　我说是的。

李　尔　不，不，他们不会干这样的事。

肯　特　他们干也干了。

李　尔　凭着朱庇特起誓，没有这样的事。

肯　特　凭着朱诺起誓，有这样的事。

李　尔　他们不敢做这样的事；他们不能，也不会做这样的事；要是他们有意做出这种重大的暴行来，那简直比杀人更不可恕了。赶快告诉我，你究竟犯了什么罪，他们才会用这种刑罚来对待一个国王的使者。

肯　特　陛下，我带了您的信到了他们家里，当我跪在地上把信交上去，还没有立起身来的时候，又有一个使者汗流满面，气喘吁吁，急急忙忙地奔了进来，代他的女主人高纳里尔向他们请安，随后递上一封书信去，打断了我；他们看见她也有信来，就来不及理睬我，先读她的信；读罢了信，他们立刻召集仆从，上马出发，叫我跟到这儿来，等候他们的答复；对待我十分冷淡。一到这儿，我又碰见了那个使者，他也就是最近对您非常无礼的那个家伙，我知道他们对我这样冷淡，都是因为他来了的缘故，一时基于气愤，不加考虑地向他动起武来；他看见我这样，就高声发出怯懦地叫喊，惊动了全屋子的人。您的女婿女儿认为我犯了这样的罪，应该把我羞辱一下，所以就把我枷起来了。

弄　人　冬天还没有过去，要是野雁尽往那个方向飞。

老父衣百结，
儿女不相识；
老父满囊金，
儿女尽孝心。
命运如娼妓，
贫贱遭遗弃。

虽然这样说，你的女儿们还要孝敬你数不清的烦恼哩。

李　尔　啊！我这一肚子的气都涌上心头来了！你这乱窜的气恼，快给我下去吧！我这女儿呢？

肯　特　在里边，陛下；跟伯爵在一起。

李　尔　不要跟我；在这儿等着。（下）

侍　臣　除了你刚才所说的以外，你没有犯其他的过失吗？

肯　特　没有。陛下怎么不多带几个人来？

弄　人　你会发出这么一个问题，活该给人用足枷枷起来。

肯　特　为什么，傻瓜？

弄　人　你应该拜蚂蚁做老师，让它教训你冬天是不能工作的。谁都长着眼睛鼻子，哪一个人嗅不出来他身上发霉的味道？一个大车轮滚下山坡的时候，你千万不要抓住它，免得跟它一起滚下去，跌断了你的头颈；可是你要是看见它上山去，那么让它拖着你一起上去吧。倘然有什么聪明人给你更好的教训，请你把这番话还我；一个傻瓜的教训，只配让一个浑蛋去遵从。

他为了自己的利益，
　向你屈节卑躬，
天色一变就要告别，
　留下你在雨中。
聪明的人全都飞散，
　只剩傻瓜一个；
傻瓜逃走变成浑蛋，
　那浑蛋不是我。

肯　特　傻瓜，你从什么地方学会这支歌儿？

弄　人　不是在足枷里，傻瓜。

李尔偕葛罗斯特重上。

李　尔　拒绝跟我说话！他们有病！他们疲倦了，他们昨天晚上走路辛苦！都是些鬼话，明明是要背叛我的意思。给我再去向他们要一个好一点的答复来。

葛罗斯特　陛下，您知道公爵的火性，他决定了怎样就是怎样，再也没有更改的。

李　尔　报应哪！疫疠！死亡！祸乱！火性！什么火性？嘿，葛罗斯特，葛罗斯特，我要跟康华尔公爵和他的妻子说话。

葛罗斯特　呃，陛下，我已经对他们说过了。

李　尔　对他们说过了！你懂得我的意思吗？

葛罗斯特　是，陛下。

李　尔　国王要跟康华尔说话；父亲要跟他的女儿说话，叫她出来见我，你有没有这样告诉他们？哼，火性！对那性如烈火的公爵说，不，且慢，也许他真的不大舒服；一个人为了疾病而疏忽了他的责任，是应当加以原谅的；我们身体上有了病痛，精神上总是连带觉得烦躁郁闷，就不由自主了。我且忍耐一下，不要太鲁莽了，对一个有病的人做过分求全的责备。该死！（视肯特）为什么把他枷在这儿？这一种举动使我相信公爵和她对我回避，完全是一种预订的计谋。把我的仆人放出来还我。去，对公爵和他的妻子说，我现在立刻就要跟他们说话；叫他们赶快出来见我，否则我要在他们的寝室门前擂起鼓来，搅得他们不能安睡。

葛罗斯特　我但愿你们大家和和好好的。（下）

李　尔　啊！我的心！我的怒气直冲上来！让它退下去吧！

弄　人　你叫吧，老伯伯，就像厨娘把活鳗鱼放进面糊里的时候那样；她拿起手里的棍子敲打鱼头，喊道："下去，坏东西，下去！"正像她的兄弟，为了爱他的马在草料上涂油。

康华尔、里根、葛罗斯特及众仆上。

李　尔　你们两位早安！

康华尔　祝福陛下！（众人释肯特）

里　根　我很高兴看见陛下。

李　尔　里根，我想你一定高兴看见我的；我知道我为什么要这样想；要是你不高兴看见我，我就要跟你已故的母亲离婚，把她的坟墓当作一座淫妇的丘陇。（向肯特）啊！你放出来了吗？等会儿再谈吧。亲爱的里根，你的姐姐太不孝啦。啊，里根！她的无情的凶恶像饿鹰的利喙一样猛啄我的心。（手按胸口）我简直不能告诉你；你不会相信她忍心害理到什么地步！啊，里根！

里　根　父亲，请您不要恼怒。我想她不会对您有失敬礼，恐怕还是您不能谅解她的苦心哩。

李　尔　啊，这是什么意思？

里　根　我想我的姐姐绝不会有什么地方不尽孝道；要是，父亲，她约束了您那班随从的放荡的行为，那当然有充分的理由和正大的目的，绝对不能怪她的。

李　尔　我的咒诅降在她的头上！

里　根　啊，父亲！您年纪老了，快到生命的尽头；应该让一个比您自己更明白您的地位的人管教管教您；所以我劝您还是回到姐姐的地方去，对她赔一个不是。

李　尔　请求她的饶恕吗？你看这样像不像个样子："好女儿，我承认我年纪老，不中用啦，让我跪在地上，（跪下）请求您赏给我几件衣服穿，赏给我一张床睡，赏给我一些东西吃吧。"

里　根　父亲，别这样子；这算个什么，简直是胡闹！回到我姐姐那儿去吧。

李　尔　（起立）再也不回去了，里根。她裁撤了我一半的侍从；不给我好脸看；用她的毒蛇一样的舌头打击我的心。但愿上天蓄积的愤怒一起降在她的无情无义的头上！但愿恶风吹打她的腹中的胎儿，让他生下地来就是个瘸子！

康华尔　嘿！这是什么话！

李　尔　迅疾的闪电啊，把你的炫目的火焰，射进她的傲慢的眼睛里去吧！在烈日的熏灼下蒸发起来的沼地的瘴气啊，损坏她的美貌，毁灭她的骄傲吧！

里　根　天上的神明啊！您要是对我发起怒来，也会这样咒我的。

李　尔　不，里根，你永远不会受我的诅咒；你的温柔的天性绝不会使你干出冷酷残忍的行为来。她的眼睛里有一股凶光，可是你的眼睛却是温存而和蔼的。你绝不会吝惜我的享受，裁撤我的侍从，用不逊之言向我顶嘴，削减我的费用，甚至于把我关在门外不让我进来；你是懂得天伦的义务、儿女的责任、孝敬的礼貌和受恩的感激的；你总还没有忘记我曾经赐给你一半的国土。

里　根　父亲，不要把话岔远了。

李　尔　谁把我的人枷起来的？（内喇叭奏花腔）

康华尔　那是什么喇叭声音？

里　根　我知道，是我的姐姐来了；她信上说就要到这儿来的。

奥斯华德上。

里　根　夫人来了吗？

李　尔　这是一个靠着主妇暂时的恩宠、狐假虎威、倚势凌人的奴才。滚开，贱奴，不要让我看见你！

康华尔　陛下，这是什么意思？

李　尔　谁把我的仆人枷起来？里根，我希望你并不知道这件事。谁来啦？

高纳里尔上。

李　尔　天哪，要是你爱老人，要是凭着你统治人间的仁爱，你认为子女应该孝顺他们的父母，要是你自己也是老人，那么不要漠然无动于衷，降下你的愤怒来，帮我申雪我的怨恨吧！（向高纳里尔）你看见我这一把胡须，不觉得惭愧吗？啊里根，你愿意跟她握手吗？

高纳里尔　为什么她不能跟我握手呢！我干了什么错事？难道凭着一张糊涂昏悖的嘴里的胡言乱语，就可以成立我的罪案吗？

李　尔　啊，我的胸膛！你还没有胀破吗？我的人怎么给你们枷了起来？

康华尔　陛下，是我把他枷在那儿的；照他狂妄的行为，这样的惩戒还太轻呢。

李　尔　你！是你干的事吗？

里　根　父亲，您该明白您是一个衰弱的老人，一切只好将就点儿。要是您现在仍旧回去跟姐姐住在一起，裁撤了您的一半的侍从，那么等住满了一个月，再到我这儿来吧。我现在不在自己家里，要供养您也有许多不便。

李　尔　回到她那儿去？裁撤50名侍从！不，我宁愿什么屋子也不要住，过着风餐露宿的生活，和无情的大自然抗争，和豺狼鸱鸦做伴侣，忍受一切饥寒的痛苦！回去跟她住在一起？嘿，我宁愿到那娶了我的没有嫁奁的小女儿去的热情的法兰西国王的座前匍匐膝行，像一个臣仆一样向他讨一份微薄的恩俸，苟延残喘下去。回去跟她住在一起！你还是劝我在这可恶的仆人手下当奴才、当牛马吧。（指奥斯华德）

高纳里尔　随你的便。

李　尔　女儿，请你不要使我发疯；我也不愿再来打扰你了，我的孩子。再会吧；我们从此不再相见。可是你是我的肉、我的血、我的女儿；或者还不如说是我身体上的一个恶瘤，我不能不承认你是我的；你是我的腐败的血液里的一个疖子、一个淤块、一个肿毒的疔疮。可是我不愿责骂你；让羞辱自己降临你的身上吧，我没有召唤它；我不要求天雷把你霹死，我也不把你的忤逆向垂察善恶的天神控诉，你回去仔细想一想，趁早痛改前非，还来得及。我可以忍耐；我可以带着我的一百个骑士，跟里根住在一起。

里　根　那绝对不行；现在还轮不到我，我也没有预备好招待您的礼教。父亲，听我姐姐的话吧，人家冷眼看着您这种愤怒的神气，他们心里都要说您因为老了，所以，可是姐姐是知道她自己所做的事的。

李　尔　这是你的好意的劝告吗？

里　根　是的，父亲，这是我的真诚的意见。什么！50个卫士？这不是很好吗？再多一些有什么用处？就是这么许多人，数目也不少了，别说供养他们不起，而且让他们成群结党，也是一件危险的事。一间屋子里养了这许多人，受着两个主人支配，怎么不会发生争闹？简直不像话。

高纳里尔　父亲，您为什么不让我们的仆人侍候您呢？

里　根　对了，父亲，那不是很好吗？要是他们怠慢了您，我们也可以训斥他们。您下回到我这儿来的时候，请您只带25个人来，因为现在我已经看到了一个危险；超过这个数目，我是恕不招待的。

李　尔　我把一切都给了你们。

里　根　您幸好及时给了我们。

李　尔　叫你们做我的代理人、保管者，我的唯一的条件，只是让我保留这么多的侍从。什么！我只能带25个人，到你这儿来吗？里根，你是不是这样说？

里　根　父亲，我可以再说一遍，我只允许您带这么几个人来。

李　尔　恶人的脸相虽然狰狞可怖，要是与比他更恶的人相比，就会显得和蔼可亲；不是绝顶的凶恶，总还有几分可取。（向高纳里尔）我愿意跟你去；你的50个人还比她的25个人多上一倍，你的孝心也比她大一倍。

高纳里尔　父亲，我们家里难道没有两倍这么多的仆人可以侍候您？依我说，不但用不着二十五个人，就是十个五个也是多余的。

里　根　依我看来，一个也不需要。

李　尔　啊！不要跟我说什么需要不需要；最卑贱的乞丐，也有他的不值钱的身外之物；人生除了天然的需要以外，要是没有其他的享受，那和畜类的生活有什么分别。你是一位夫人；你穿着这样华丽的衣服，如果你的目的只是保持温暖，那就根本不合你的需要，因为这种盛装艳饰并不能使你温暖。可是，讲到真的需要，那么天哪，给我忍耐吧，我需要忍耐！神啊，你们看见我在这儿，一个可怜的老头子，被忧伤和老迈折磨得好苦！假如是你们鼓动这两个女儿的心，使她们忤逆她们的父亲，那么请你们不要尽是愚弄我，叫我默然忍受吧；让我的心里激起了刚强的怒火，别让妇人所恃为武器的泪点玷污我的男子汉的面颊！不，你们这两个不孝的妖妇，我要向你们复仇，我要做出一些使全世界惊怖的事情来，虽然我现在还不知道我要怎么做。你们以为我将要哭泣；不，我不愿哭泣，我虽然有充分的哭泣的理由，可是我宁愿让这颗心碎成万片，也不愿流下一滴泪来。啊，傻瓜！我要发疯了！（李尔、葛罗斯特、肯特及弄人同下）

康华尔　我们进去吧；一场暴风雨将要来了。（远处暴风雨声）

里　根　这座房屋太小了，这老头儿带着他那班人来是容纳不下的。

高纳里尔　是他自己不好，放着安逸的日子不过，一定要吃些苦，才知道自己的蠢。

里　根　单是他一个人，我倒也很愿意收留他，可是他的那班跟随的人，我可一个也不能容纳。

高纳里尔　我也是这个意思。葛罗斯特伯爵呢？

康华尔　跟老头子出去了。他已经回来了。

葛罗斯特重上。

葛罗斯特　陛下正在盛怒之中。

康华尔　他要到哪儿去？

葛罗斯特　他叫人备马；可是不让我知道他要到什么地方去。

康华尔　还是不要管他，随他自己的意思吧。

高纳里尔　伯爵，您千万不要留他。

葛罗斯特　唉！天色暗起来了，田野里都在刮着狂风，附近许多里之内，简直连一株小小的树木都没有。

里　根　啊！伯爵，对于刚愎自用的人，只好让他们自己招致的灾祸教训他们。关上您的门，他有一班亡命之徒跟随在身边，他自己又是这样容易受人愚弄，谁也不知道他们会煽动他干出些什么事来，我们还是小心点儿好。

康华尔　关上您的门，伯爵；这是一个狂暴的晚上。我的里根说得一点不错。暴风雨来了，我们进去吧。（同下）

第 三 幕

第一场 荒 野

暴风雨，雷电。肯特及一侍臣上，相遇。

肯 特 除了恶劣的天气以外，还有谁在这儿？

侍 臣 一个心绪像这天气一样不安静的人。

肯 特 我认识你。大王呢？

侍 臣 正在跟暴怒的大自然竞争；他叫狂风把大地吹下海里，叫泛滥的波涛吞没了陆地，使万物都变了样子或归于毁灭；拉下他的一根根的白发，让挟着盲目的愤怒的暴风把它们卷得不知去向；在他渺小的一身之内，正在进行着一场比暴风雨的冲突更剧烈的斗争。这样的晚上，被小熊吸干了乳汁的母熊，也躲着不敢出来，狮子和饿狼都不愿沾湿它们的毛皮。他却光秃着头在风雨中狂奔，把一切托付给不可知的力量。

肯 特 可是谁和他在一起？

侍 臣 只有那傻瓜一路跟着他，竭力用些笑话替他排解他的心中的伤痛。

肯 特 我知道你是什么人，我敢凭着我的观察所及，告诉你一件重要的消息。在奥本尼和康华尔两人之间，虽然表面上彼此掩饰得毫无痕迹，可是暗中却已经发生了冲突；正像一般身居高位的人一样，在他们手下都有一些名为仆人、实际上却是向法国密报我们国内情形的探子，凡是这两个公爵的明争暗斗，他们两人对于善良的老王的冷酷的待遇，以及在这种种表象底下，其他更秘密的一切动静，全都传到了法国的耳中；现在已经有一支军队从法国开到我们这一个分裂的国土上来，乘着我们疏忽无备，在我们几处最好的港口秘密登陆，不久就要揭开他们鲜明的旗帜了。现在，你要是能够信任我的话，请你赶快到多佛去一趟，那边你可以碰见有人在欢迎你，你可以把陛下所受种种无理的屈辱向他做一个确实的报告，他一定会感激你的好意。我是一个有地位、有身份的绅士，因为知道你的为人可靠，所以把这件差事交给你。

侍 臣 我还要跟您谈谈。

肯　特　不，不必。为了向你证明我并不是像我的外表那样的一个微贱之人，你可以打开这一个钱囊，把里面的东西拿去。你一到多佛，一定可以见到考狄利娅；只要把这戒指给她看了，她就可以告诉你，你现在所不认识的同伴是个什么人。好大的暴风雨！我要找大王去。

侍　臣　把您的手给我。您没有别的话了吗？

肯　特　还有一句话，可比什么都重要；就是我们现在先去把大王找到了再说；你往那边去，我往这边去，谁先找到他，就打一个招呼。（各下）

第二场　荒野的另一部分

暴风雨继续未止。李尔及弄人上。

李　尔　吹吧，风啊！吹破了你的脸，猛烈地吹吧！你，瀑布一样的倾盆大雨，尽管倒泻下来，浸没了我们的尖塔，淹沉了屋顶上的风标吧！你，思想一样迅速的硫黄的电火，劈碎橡树的巨雷的先驱，烧焦了我的白发的头颅吧！你，震撼一切的霹雳啊，把这生殖繁密的、饱满的地球击平了吧！打碎造物的模型，不要让一颗忘恩负义的人类的种子遗留在世上！

弄　人　啊，老伯伯，在一间干燥的屋子里讨杯冷水喝，不比在这没有遮蔽的旷野里淋雨好得多吗？老伯伯，回到那所房子里去，向你的女儿们请求祝福吧；这样的夜无论对于聪明人或是傻瓜，都是不发一点慈悲的。

李　尔　尽管轰着吧！尽管吐你的火舌，尽管喷你的雨水吧！雨、风、雷、电，都不是我的女儿，我不责怪你们的无情；我不曾给你们国土，不曾称你们为我的孩子，你们没有顺从我的义务；所以，随你们的高兴，降下你们可怕的威力来吧，我站在这儿，只是你们的奴隶，一个可怜的、衰弱的、无力的、遭人贱视的老头子。可是我仍然要骂你们是卑劣的帮凶，因为你们滥用上天的威力，帮同两个万恶的女儿来跟我这个白发的老翁作对。啊！啊！这太卑劣了！

弄　人　谁头上顶着个好头脑，就不愁没有屋顶来遮他的头。

脑袋还没找到屋子，
　话儿倒先有安乐窝；
脑袋和他都生虱子，
　就这么叫花娶老婆。
有人只爱他的脚尖，

不把心儿放在心上；
那鸡眼使他真可怜，
在床上翻身又叫嚷。
从来没有一个美女不是对着镜子做她的鬼脸。

肯特上。

李　尔　不，我要忍受众人所不能忍受的痛苦；我要闭口无言。

肯　特　谁在那边？

弄　人　一个是陛下，一个是弄人；就是说一个聪明人，一个傻瓜。

肯　特　唉！陛下，你在这儿吗？喜爱黑夜的东西，不会喜爱这样的黑夜；狂怒的天色吓怕了黑暗中的漫游者，使它们躲在洞里不敢出来。自从有生以来，我从没有看见过这样的闪电，听见过这样可怕的雷声，这样惊人的风雨的咆哮；人类的精神是经受不起这样折磨和恐惧的。

李　尔　伟大的神灵在我们头顶掀起这场可怕的骚动。让他们现在找到他们的敌人吧。战栗吧，你尚未被人发觉、逍遥法外的罪人！躲起来吧，你杀人的凶手，你这个用伪誓欺人的骗子，你这个道貌岸然的逆伦禽兽！魂飞魄散吧，你这个用正直的外表遮掩杀人阴谋的大奸巨恶！撕下你们包藏祸心的伪装，显露你们罪恶的原形，向这些可怕的天吏哀号乞命吧！我是个并没有犯什么罪却含冤负屈的人。

肯　特　唉！您头上没有一点遮盖的东西！陛下，这儿附近有一间茅屋，可以替您挡挡风雨。我刚才曾经到那所冷酷的屋子里，那比它墙上的石块更冷酷无情的屋子，探问您的行踪，可是他们关上了门不让我进去；现在您且暂时躲一躲雨，我还要回去，跟他们讲一点人情。

李　尔　我的头脑开始混乱起来了。来，我的孩子。你怎么啦，我的孩子？你冷吗？我自己也冷呢。我的朋友，这间茅屋在什么地方？一个人到了困穷无告的时候，微贱的东西竟也会变成无价之宝。来，带我到你那间茅屋里去。可怜的傻小子，我心里还留着一块地方为你悲伤哩。

弄　人

只怪自己糊涂自己蠢，
嗨呵，一阵风来一阵雨，
背时倒运莫把天公恨，
管它朝朝雨雨又风风。

李　尔　不错，我的好孩子。来，领我们到这茅屋里去。（李尔、肯特下）

弄　人　今天晚上可太快了，叫婊子都热不起劲儿来。待我在临走之前，讲几句预言吧：

传道的嘴上一味说得好；
酿酒的酒里掺水真不少；
有钱的大爷教裁缝做活；
不烧异教徒，嫖客害流火；
若是件件官司都问得清；
跟班不欠钱，骑士债还清；
世上的是非不出自嘴里；
扒儿手看见人堆就躲避；
放债的肯让金银露了眼；
老鸨和婊子把教堂修建；
到那时候，英国这个国家，
准会乱得无法收拾一下；
那时活着的都可以看到：
那走路的把脚步抬得高。

其实这番预言该让梅林在将来说，因为我出生在他之前。（下）

第三场　葛罗斯特城堡中的一室

葛罗斯特及爱德蒙上。

葛罗斯特　唉，唉！爱德蒙，我不赞成这种不近人情的行为。当我请求他们允许我给他一点援助的时候，他们竟会剥夺我使用自己屋子的权利，不许我提起他的名字，不许我替他说一句恳求的话，也不许我给他任何的救济，要是违背了他们的命令，我就要永远失去他们的欢心。

爱德蒙　太野蛮、太不近人情了！

葛罗斯特　算了，你不要多说什么。两个公爵现在已经有了意见，而且还有一件比这更严重的事情。今天晚上我接到一封信，里面的话说出来也是很危险的；我已经把这信锁在壁橱里了。陛下受到这样的凌虐，总有人会来替他报复的；已经有一支军队在路上了；我们必须站在陛下的一边。我就要找他去，暗地里救济救济他；你去陪公爵谈谈，免得被他觉察了我的行动。要是他问起我，你就回他说我身子不好，已经睡了。大不了是一个死

他们的确拿死来恐吓陛下是我的老主人，我不能坐视不救。出人意料之外的事情快要发生了，爱德蒙，你必须小心点儿。（下）

爱德蒙　你违背了命令去献这种殷勤，我立刻就要去告诉公爵；还有那封信我也要告诉他。这是我献功邀赏的好机会，我的父亲将要因此而丧失他所有的一切，也许他的全部家产都要落到我的手里；老的一代没落了，年轻的一代才会兴起。（下）

第四场　荒野茅屋之前

李尔、肯特及弄人上。

肯　特　就是这地方，陛下，进去吧。在这样毫无掩庇的黑夜里，像这样的狂风暴雨，谁也受不了的。（暴风雨继续不止）

李　尔　不要缠着我。

肯　特　陛下，进去吧。

李　尔　你要碎裂我的心吗？

肯　特　我宁愿碎裂我自己的心。陛下，进去吧。

李　尔　你以为让这样的狂风暴雨侵袭我们的肌肤，是一件了不得的苦事，在你看来是这样的；可是一个人要是身染重病，他就不会感觉到小小的痛楚。你见了一头熊就要转身逃走，可是假如你的背后是汹涌的大海，你就只好硬着头皮向那头熊迎面走去了。当我们心绪宁静的时候，我们的肉体才是敏感的；我的心灵中的暴风雨已经取去我一切其他的感觉，只剩下心头的热血在那儿搏动。儿女的忘恩！这不就像这一只手把食物送进这一张嘴里，这一张嘴却把这一只手咬了下来吗？可是我要重重惩罚她们。不，我不愿再哭泣了。在这样的夜里，把我关在门外！尽管倒下来吧，什么大雨我都可以忍受。在这样的一个夜里！啊，里根、高纳里尔！你们年老仁慈的父亲一片诚心，把一切都给了你们。啊！那样想下去是要发疯的；我不要想起那些；别再提起那些话了。

肯　特　陛下，进去吧。

李　尔　你要舒服，你自己进去吧。这暴风雨不肯让我仔细思想种种的事情；那些事情我越想下去，越会增加我的痛苦。可是我要进去。（向弄人）进去，孩子，你先走。你这无家可归的人，你进去吧。我要祈祷，然后我要睡一会儿。（弄人入内）衣不蔽体的不幸的人们，无论你们在什么地方，都得忍受着这样无情的暴风雨的袭击，你们的头上没有片瓦遮身，你们的腹中饥肠辘辘，你们的衣服千疮百孔，怎么抵挡得了这样的气候呢？啊！我一向太没有想到这种事情了。安享荣华的人们啊，睁开你们的眼睛来，替这些不幸的人们设身处地地想一想，分一些你们享用不了的福泽给他们，让上天知道你们不是全无心肝的人吧！

爱德伽　（在内）9英尺深，9英尺深！可怜的汤姆！（弄人自屋内奔出）

弄　人　老伯伯，不要进去；里面有一个鬼。救命！救命！

肯　特　让我搀着你，谁在里边？

弄　人　一个鬼，一个鬼；他说他的名字叫作可怜的汤姆。

肯　特　你是什么人，在这茅屋里大呼小叫的？出来。

爱德伽乔装疯人上。

爱德伽　走开！恶魔跟在我的背后！“风儿吹过山楂林。”哼！到你冷冰冰的床上暖一暖你的身体吧。

李　尔　你把你所有的一切都给了你的两个女儿，所以才到今天这地步吗？

爱德伽　谁把什么东西给可怜的汤姆？恶魔带着他穿过大火，穿过烈焰，穿过水道和旋涡，穿过沼地和泥泞；把刀子放在他的枕头底下，把绳子放在他的凳子底下，把毒药放在他的粥里；使他心中骄傲，骑了一匹栗色的奔马，从4英寸阔的桥梁上过去，把他自己的影子当作了一个叛徒，紧紧追逐不舍。祝福你的五种才智！汤姆冷着呢。啊！哆啼哆啼哆啼。愿旋风不吹你，星星不把毒箭射你，瘟疫不到你身上！做做好事，救救那给恶魔害得好苦的可怜的汤姆吧！他现在就在那儿，在那儿，又到那儿去了，在那儿。（暴风雨继续不止）

李　尔　什么！他的女儿害得他变成这个样子吗？你不能留下一些什么来吗？你一切都给了她们了吗？

弄　人　不，他还留着一方毡毯，否则我们大家都要不好意思了。

李　尔　愿那弥漫在天空之中的惩罚恶人的瘟疫一起降临在你的女儿身上！

肯　特　陛下，他没有女儿哩。

李　尔　该死的奸贼！他没有不孝的女儿，怎么会流落到这等不堪的地步？难道被弃的父亲，都是这样一点不爱惜他们自己的身体的吗？适当的处罚！谁叫他们的身体产下那些枭獍般的女儿来？

爱德伽　“小雄鸡坐在高墩上，呵啰，呵啰，啰，啰！”

弄　人　这一个寒冷的夜晚将要使我们大家变成傻瓜和疯子。

爱德伽　当心恶魔。孝顺你的爷娘；说过的话不要反悔；不要赌咒；不要奸淫有夫之妇；不要把你的情人打扮得太漂亮。汤姆冷着呢。

李　尔　你本来是干什么的？

爱德伽　一个心性高傲的仆人，头发卷得曲曲的，帽子上佩着情人的手套，惯会讨妇女的欢心，干些不可告人的勾当；开口发誓，闭口赌咒，当着上天的面前把它们一个个毁弃；睡梦里都在转奸淫的念头，一醒来便把它实行。我贪酒，我爱赌，我比土耳其人更好色；一颗奸诈的心，一对轻信的耳朵，一双不怕血腥气的手；猪一般懒惰，狐狸一般狡诈，狼一般贪狠，狗一般疯狂，狮子一般凶恶。不要让女人的脚步声和窸窸窣窣的绸衣裳的声音摄去了你的魂魄；不要把你的脚踏进窑子里去；不要把你的手伸进裙子里去；不要把你的笔碰到放债人的账簿上；抵抗恶魔的引诱吧。“冷风还是打山楂树里吹过去”；听它怎么说，吁——吁——呜——呜——哈——哈——道芬我的孩子，我的孩子；叱咤！让他奔过去。（暴风雨继续不止）

李　尔　唉，你这样赤身裸体，受风雨的吹淋，还是死了的好。难道人不过是这样一个东西吗？想一想他吧。你也不向蚕身上借一根丝，也不向野兽身上借一张皮，也不向羊身上借一片毛，也不向麝猫身上借一块香料。嘿！我们这三个人都已经失掉了本来的面目，只有你才保全着天赋的原形；人类在草昧的时代，不过是像你这样的一个寒碜的赤裸的两条脚的动物。脱下来，脱下来，你们这些身外之物！来，松开你的纽扣。（扯去衣服）

弄　人　老伯伯，请你安静点儿；这样危险的夜里是不能游泳的。旷野里一点小小的火光，正像一个好色的老头儿的心，只有这么一星星的热，他的全身都是冰冷的。看！一团火走来了。

葛罗斯特持火炬上。

爱德伽　这就是那个叫作“弗力勃铁捷贝特”的恶魔；他在黄昏的时候出现，一直到第一声鸡啼方才隐去；他叫人眼睛里长白膜，变斜眼；他叫人嘴唇上起裂缝；他还会叫面粉发霉，寻穷人们的开心。

圣维都尔三次经过山冈，
遇见魇魔和她九个儿郎；
　他说妖精你别跑，
　发过誓放你逃；
去你的，妖精，去你的！

肯　特　陛下，您怎么啦？

李　尔　他是谁？

肯　特　那儿什么人？你找谁？

葛罗斯特　你们是些什么人？你们叫什么名字？

爱德伽　可怜的汤姆，他吃的是泅水的青蛙、蛤蟆、蝌蚪、壁虎和水蜥；恶魔在他心里捣乱的时候，他发起狂来，就会把牛粪当作一盆美味的生菜；他吞的是老鼠和死狗，喝的是一潭死水上面绿色的浮渣；他到处给人家鞭打，锁在枷里，关在牢里；他从前有三身外衣、六件衬衫，跨着一匹马，带着一口剑；

可是在这整整七年时光，
耗子是汤姆唯一的食粮。

留心那跟在我背后的鬼。不要闹，史墨金！不要闹，你这恶魔！

葛罗斯特　什么！陛下竟会跟这种人做起伴来了吗？

爱德伽　地狱里的魔王是一个绅士；他的名字叫作摩陀，又叫作玛呼。

葛罗斯特　陛下，我们亲生的骨肉都变得那样坏，把自己生身之人当作了仇敌。

爱德伽　可怜的汤姆冷着呢。

葛罗斯特　跟我回去吧。我的良心不允许我全然服从您的女儿的无情的命令；虽然他们叫我关上了门，把您丢下在这狂暴的黑夜之中，可是我还是大胆出来找您，把您带到有火炉、有食物的地方去。

李　尔　让我先跟这位哲学家谈谈。天上打雷是什么缘故？

肯　特　陛下，接受他的好意；跟他回去吧。

李　尔　我还要跟这位学者说一句话，您研究的是哪一门学问？

爱德伽　抵御恶魔的战略和消灭毒虫的方法。

李　尔　让我私下里问您一句话。

肯　特　大人，请您再催催他吧，他的神经有点儿错乱起来了。

葛罗斯特　你能怪他吗？（暴风雨继续不止）他的女儿要他死哩。唉！那善良的肯特，他早就说过会有这么一天的，可怜的被放逐的人！你说陛下要疯了；告诉你吧，朋友，我自己也差不多疯了。我有一个儿子，现在我已经跟他断绝关系了；他要谋害我的生命，这还是最近的事；我爱他，朋友，没有一个父亲比我更爱他的儿子；不瞒你说，（暴风雨继续不止）我的头脑都气昏了。这是一个什么晚上！陛下，求求您！李　尔　啊！请您原谅，先生。高贵的哲学家，请吧。

爱德伽　汤姆冷着呢。

葛罗斯特　进去，家伙，到这茅屋里去暖一暖吧。

李　尔　来，我们大家进去。

肯　特　陛下，这边走。

李　尔　带着他，我要跟我这位哲学家在一起。

肯　特　大人，顺顺他的意思吧；让他把这家伙带去。

葛罗斯特　您带着他来吧。

肯　特　小子，来；跟我们一块儿去。

李　尔　来，好雅典人。

葛罗斯特　嘘！不要说话，不要说话。

爱德伽　罗兰骑士来到黑暗的古堡前，他一遍又一遍地说："呸，嘿，哼！我闻到了一股英国人的血腥味。"（同下）

第五场　葛罗斯特城堡中一室

康华尔及爱德蒙上。

康华尔　我在离开他的屋子以前，一定要把他惩治一下。

爱德蒙　殿下，我为了尽忠的缘故，不顾父子之情，一想到人家不知将要怎样批评我，心里很有点儿惴惴不安哩。

康华尔　我现在才知道你的哥哥想要谋害他的生命，并不完全出于恶毒的天性；多半是他自己咎由自取，才会引起他的杀心的。

爱德蒙　我的命运多么颠倒，虽然做了正义的事情，却必须抱憾终身！这就是他说起的那封信，它可以证实他私通法国的罪状。天哪！为什么他要干这种叛逆的行为，为什么偏偏又在我手里发觉了呢？

康华尔　跟我见公爵夫人去。

爱德蒙　这信上所说的事情倘然属实，那您就要有一番重大的行动了。

康华尔　不管它是真是假，它已经使您成为葛罗斯特伯爵了。你去找找你父亲在什么地方，让我们可以把他逮捕起来。

爱德蒙　（旁白）要是我看见他正在援助那老王，他的嫌疑就格外加重了。虽然忠心和孝道在我的灵魂里发生剧烈地争战，可是大义所在，只好把私恩抛弃不顾。

康华尔　我完全信任你；你在我的恩宠之中，将要得到一个更慈爱的父亲。（各下）

第六场　邻接城堡的农舍一室

葛罗斯特、李尔、肯特、弄人及爱德伽上。

葛罗斯特　这儿比露天好一些，不要嫌它寒碜，将就住下来吧。我再去找找有些什么吃的用的东西；我去去就来。

肯　特　他的智力已经在他的盛怒之中完全消失了。神明报答您的好心！（葛罗斯特下）

爱德伽　弗拉特累多在叫我，他告诉我尼禄王在冥湖里钓鱼。喂，傻瓜，你要留心恶魔啊。

弄　人　老伯伯，告诉我，一个疯子是绅士呢还是平民？

李　尔　是个国王，是个国王！

弄　人　不，他是一个给儿子捐了一个绅士头衔的平民；他让儿子先做了绅士，他真是疯了。

李　尔　一千条血红的火舌刺啦刺啦卷到她们的身上。爱德伽　恶魔在咬我的背。

弄　人　谁要是相信豺狼的驯良、马的健康、孩子的爱情或是娼妓的盟誓，他就是个疯子。

李　尔　一定要办她们一办，我现在就要控诉她们。（向爱德伽）来，最有学问的法官，你坐在这儿；（向弄人）你，贤明的官长，坐在这儿。来，你们这两只雌狐！

爱德伽　看，他站在那儿，眼睛睁得大大的！太太，你在审判的时候，要不要有人看着你？渡过河来会我，蓓西。

弄　人　她的小船儿漏了，
她不能让你知道
为什么她不敢见你。

爱德伽　恶魔借着夜莺的喉咙，向可怜的汤姆作祟了。霍普丹斯在汤姆的肚子里嚷着要两条新鲜的鲱鱼。别吵，魔鬼；我没有东西给你吃。

肯　特　陛下，您怎么啦！不要这样呆呆地站着。您愿意躺下来，在这褥垫上面休息休息吗？

李　尔　我要先看她们受了审判再说。把她们的罪证带上来。（向爱德伽）你这披着法衣的审判官，请坐；（向弄人）你，他的执法的同僚，坐在他的旁边。（向肯特）你是陪审官，你也坐下。

爱德伽　让我们秉公裁判。

你睡着还是醒着，牧羊人？
　你的羊儿在田里跑；
你只要吹一下你的小嘴唇，
　羊儿就不伤一根毛。

呼噜呼噜，这是一只灰色的猫。

李　尔　先控诉她，她是高纳里尔。我当着尊严的堂上起誓，她曾经踢她的可怜的父王。

弄　人　过来，奶奶。你的名字叫高纳里尔吗？

李　尔　她不能抵赖。

弄　人　对不起，我还以为您是一张折凳哩。

李　尔　这儿还有一个，你们看她满脸的横肉，就可以知道她的心肠是怎么样的。拦住她！举起你们的兵器，拔出你们的剑，点起火把来！营私舞弊的法庭！枉法的贪官，你为什么放她逃走？

爱德伽　上天保佑你的神志吧！

肯　特　哎哟！陛下，您不是常常说您没有失去忍耐吗？现在您的忍耐呢？

爱德伽　（旁白）我的滚滚的热泪忍不住为他流下，怕要给他们看破我的伪装了。

李　尔　这些小狗脱雷、勃尔趋、史威塔，看，它们都在向我狂吠。

爱德伽　让汤姆用他的头把它们轰走。滚开，你们这些恶狗！

黑嘴巴，白嘴巴，
疯狗咬人磨毒牙，
猛犬猎犬杂种犬，
叭儿小犬团团转，
青屁股，卷尾毛，
一见汤姆没命逃。

哆啼哆啼。叱咤！来，我们赶庙会，上市集去。可怜的汤姆，你的牛角里干得挤不出一滴水来啦。

李　尔　叫他们剖开里根的身体来，看看她心里有些什么东西。究竟为了什么天然的原因，她们的心才会变得这样硬？（向爱德伽）我把你收留下来，叫你做我一百名侍卫中间的一个，只是我不喜欢你的衣服的式样；你也许要对我说，这是最漂亮的波斯装；可是我看还是请你换一换吧。

肯　特　陛下，您还是躺下来休息休息吧。

李　尔　不要吵，不要吵；放下帐子，好，好，好。我们到早上再去吃晚饭吧；好，好，好。

弄　人　我一到中午可要睡觉哩。

葛罗斯特重上。

葛罗斯特　过来，朋友；陛下呢？

肯　特　在这儿，大人；可是不要打扰他，他的神经已经错乱了。

葛罗斯特　好朋友，请你把他抱起来。我已经听到了一个谋害他生命的阴谋。马车套好在外边，你快把他放进去，驾着它到多佛，那边有人会欢迎你，并且会保障你的安全。抱起你的主人来；要是你耽误了半点钟的时间，他的性命、你的性命以及一切出力救护他的人的性命，都要保不住了。抱起来，抱起来；跟我来，让我设法把你们赶快送到一处可以安身的地方。

肯　特　受尽折磨的身心，现在安然入睡了；安息也许可以镇定镇定他的破碎的神经，但愿上天行个方便，不要让它破碎得不可收拾才好。（向弄人）来，帮我抬起你的主人来；你也不能留在这儿。

葛罗斯特　来，来，去吧。（除爱德伽外，肯特、葛罗斯特及弄人舁李尔下）

爱德伽　做君王的不免如此下场，
使我忘却了自己的忧伤。
最大的不幸是独抱牢愁，
任何的欢娱兜不上心头；
倘有了同病相怜的侣伴，
天大痛苦也会解去一半。
国王有的是不孝的逆女，
我自己遭逢无情的严父，
他与我两个人一般遭际！
去吧，汤姆，忍住你的怨气，
你现在蒙着无辜的污名，
总有一恢复你清白之身。

不管今夜里还会发生些什么事情，陛下总是安然出险了！我还是躲起来吧。（下）

第七场 葛罗斯特城堡中一室

康华尔、里根、高纳里尔、爱德蒙及众仆上。

康华尔 夫人，请您赶快到尊夫的地方去，把这封信交给他；法国军队已经登陆了。来人，替我去搜寻那反贼葛罗斯特的踪迹。（若干仆人下）

里　根 把他捉到了立刻吊死。

高纳里尔 把他的眼珠子挖出来。

康华尔 我自有处置他的办法。爱德蒙，我们不应该让你看见你的谋叛的父亲受到怎样的刑罚，所以请你现在护送我们的姐姐回去；替我向奥本尼公爵致意，叫他赶快准备；我们这儿也要采取同样的行动。我们两地之间，必须随时用飞骑传报消息。再会，亲爱的姐姐；再会，葛罗斯特伯爵。

奥斯华德上。

康华尔 怎么啦？那国王呢？

奥斯华德 葛罗斯特伯爵已经把他载送出去了；有三十五六个追寻他的骑士在城门口和他会合，还有几个伯爵手下的人也在一起，一同向多佛进发，据说那边有他们武装的友人在等候他们。

康华尔 替你家夫人备马。

高纳里尔 再会，殿下，再会，妹妹。

康华尔 再会，爱德蒙。（高纳里尔、爱德蒙及奥斯华德下）再去几个人把那反贼葛罗斯特捉来，像小偷一样把他绑来见我。（若干仆人下）虽然在没有经过正式的审判手续以前，我们不能就把他判处死刑，可是为了发泄我们的愤怒，也只好不顾人们的指摘，凭着我们的权力独断专行了。那边是什么人？是那反贼吗？

众仆押葛罗斯特重上。

里　根 没有良心的狐狸！正是他。

康华尔 把他枯瘦的手臂牢牢绑起来。

葛罗斯特 两位殿下，这是什么意思？我的好朋友们，你们是我的客人；不要用这种无礼的手段对待我。

康华尔 捆住他。（众仆绑葛罗斯特）

里　根 绑紧些，绑紧些。啊，可恶的反贼！

葛罗斯特 你是一个没心没肝的女人，我却不是反贼。

康华尔 把他绑在这张椅子上。奸贼，我要让你知道！（里根扯葛罗斯特胡须）

葛罗斯特 天神在上，这还成什么话，你扯起我的胡子来啦！

里 根 胡子这么白，想不到却是一个反贼！

葛罗斯特 恶妇，你从我的腮上扯下这些胡子来，它们将要像活人一样控诉你的罪恶。我是这里的主人，你不该用你强盗的手，这样报答我的好客的殷勤。你究竟要怎么样？

康华尔 说，你最近从法国得到什么书信？

里 根 老实说出来，我们已经什么都知道了。

康华尔 你跟那些最近踏到我们国境来的叛徒有些什么来往？

里 根 你把那发疯的老王送到什么人手里去了？说。

葛罗斯特 我只收到过一封信，里面都不过是些猜测之谈，寄信的是一个没有偏见的人，并不是一个敌人。

康华尔 好狡猾的推托！

里 根 一派鬼话！

康华尔 你把国王送到什么地方去了？

葛罗斯特 送到多佛。

里 根 为什么送到多佛？我们不是早就警告你了吗？康华尔 为什么送到多佛？让他回答这个问题。

葛罗斯特 罢了，我现在身陷虎穴，只好拼着这条老命了。

里 根 为什么送到多佛？

葛罗斯特 因为我不愿意看见你的凶恶的指爪挖出他的可怜的老眼；因为我不愿意看见你的残暴的姐姐用她野猪般的利齿咬进他的神圣的肉体。他的赤裸的头顶在地狱一般黑暗的夜里冲风冒雨；受到那样狂风暴雨的震荡的海水，也要把它的怒潮喷向天空，熄灭了星星的火焰；但是他，可怜的老翁，却还要把他的热泪帮助天空浇洒。要是在那样怕人的晚上，豺狼在你的门前悲鸣，你也要说："善良的看门人，开了门放它进来吧。"而不计较它一切的罪恶。可是我总有一天见到上天的报应降临在这种儿女的身上。

康华尔 你再也不会见到那样一天。来，按住这椅子。我要把你这一双眼睛放在我的脚底下践踏。

葛罗斯特 谁要是希望他自己平安活到老年的，帮帮我吧！啊，好惨！天啊！

（葛罗斯特一眼被挖出）

里　根　还有那一颗眼珠也挖出来，免得它嘲笑没有眼珠的一面。

康华尔　要是你看见什么报应……仆　甲　住手，殿下；我从小为您效劳，但是只有我现在叫您住手这件事才算是最好的效劳。

里　根　怎么，你这狗东西！

仆　甲　要是你的腮上长起了胡子，我现在也要把它扯下来。

康华尔　混账奴才，你反了吗？（拔剑）

仆　甲　好，那么来，我们拼一个你死我活。（拔剑。二人决斗。康华尔受伤）

里　根　把你的剑给我。一个奴才也会撒野到这等地步！（取剑自后刺仆甲）

仆　甲　啊！我死了。大人，您还剩着一只眼睛，看见他受到一点小小的报应。啊！（死）

康华尔　哼，看他再看得见一些什么报应！出来，可恶的浆块！现在你还会发光吗？（葛罗斯特另一眼被挖出）

葛罗斯特　一切都是黑暗和痛苦。我的儿子爱德蒙呢？爱德蒙，燃起你天性中的怒火，替我报复这一场暗无天日的暴行吧！

里　根　哼，万恶的奸贼！你在呼唤一个憎恨你的人；你对我们反叛的阴谋，就是他出首告发的，他是一个深明大义的人，绝不会对你发一点怜悯。

葛罗斯特　啊，我是个蠢材！那么爱德伽是冤枉的了。仁慈的神明啊，赦免我的错误，保佑他有福吧！

里　根　把他推出门外，让他一路摸索到多佛去。（一仆率葛罗斯特下）怎么，殿下？您的脸色怎么变啦？

康华尔　我受了伤啦。跟我来，夫人。把那瞎眼的奸贼撵出去；把这奴才丢在粪堆里。里根，我的血在流着；这真是无妄之灾。用你的胳臂搀着我。（里根扶康华尔同下）

仆　乙　要是这家伙会有好收场，我什么坏事都可以去做了。

仆　丙　要是她会寿终正寝，所有的女人都要变成恶鬼了。

仆　乙　让我们跟在那老伯爵的后面，叫那疯丐把他领到他所要去的地方；反正那个游荡的疯子什么都不怕。

仆　丙　你先去吧；我还要去拿些麻布和蛋白来，替他贴在他的流血的脸上。但愿上天保佑他！（各下）

第四幕

第一场 荒野

爱德伽上。

爱德伽 与其被人在表面上恭维而背地里鄙弃，那么还是像这样自己知道为举世所不容的好。一个最困苦、最微贱、最为命运所屈辱的人，可以永远抱着希冀而无所恐惧；从最高的地位上跌下来，那变化是可悲的，对于穷困的人，命运的转机却能使他欢笑！那么欢迎你，跟我拥抱的空虚的气流；被你刮得狼狈不堪的可怜虫并不少欠你丝毫情分。可是谁来啦？

一老人率葛罗斯特上。

爱德伽 我的父亲，让一个穷苦的老头儿领着他吗？啊，世界，世界，世界！倘不是你的变幻无常，使我们怨恨你，哪一个人是甘愿老去的？

老 人 啊，我的好老爷！我在老太爷手里就做您府上的佃户，一直做到您老爷手里，已经有80年了。

葛罗斯特 去吧，好朋友，你快去吧；你的安慰对我一点没有用处，他们也许反会害你的。

老 人 您眼睛看不见，怎么走路呢？

葛罗斯特 我没有路，所以不需要眼睛；当我能够看见的时候，我也会失足颠仆。我们往往因为有所自恃而失之于大意，反不如缺陷却能对我们有益。啊！爱德伽好儿子，你的父亲受人之愚，错恨了你，要是我能在未死以前，摸到你的身体，我就要说，我又有了眼睛啦。

老 人 啊！那边是什么人？

爱德伽 （旁白）神啊！谁能够说“我现在是最不幸的”？我现在比从前才更不幸得多啦。

老 人 那是可怜的发疯的汤姆。

爱德伽 （旁白）也许我还要碰到更不幸的命运；当我们能够说“这是最不幸的事”的时候，那还不是最不幸的。

老 人 先生，你到哪儿去？

葛罗斯特　是一个叫花子吗?

老　人　是个疯叫花子。

葛罗斯特　他的理智还没有完全丧失，否则他不会向人乞讨。在昨晚的暴风雨里，我也看见这样一个家伙，他使我想起一个人不过等于一条虫；那时候我的儿子的影像就闪进了我的心里，可是当时我正在恨他，不愿提起他；后来我才听到一些其他的话。天神掌握着我们的命运，正像顽童捉到飞虫一样，为了戏弄的缘故而把我们杀害。

爱德伽　（旁白）怎么会有这样的事？在一个伤心人的面前装傻，对自己、对别人，都是一件不愉快的行为。（向葛罗斯特）祝福你，先生！

葛罗斯特　他就是那个不穿衣服的家伙吗?

老　人　正是，老爷。

葛罗斯特　那么你去吧。我要请他领我到多佛去，要是你看在我的分上，愿意回去拿一点衣服来替他遮盖遮盖身体，那就再好没有了；我们不会走远，从这儿到多佛的路程一二里之内，你一定可以追上我们。

老　人　唉，老爷！他是个疯子哩。

葛罗斯特　疯子带着瞎子走路，本来是这时代的一般病态。照我的话，或者就照你自己的意思做吧；第一件事情是请你快去。

老　人　我要把我的最好的衣服拿来给他，不管它会引起怎样的后果。（下）

葛罗斯特　喂，不穿衣服的家伙！

爱德伽　可怜的汤姆冷着呢。（旁白）我不能再假装下去了。

葛罗斯特　过来，男人。

爱德伽　（旁白）可是我不能不假装下去。祝福您的可爱的眼睛，它们在流血哩。

葛罗斯特　你认识到多佛去的路吗?

爱德伽　一处处关口城门、一条条马路人行道，我全认识。可怜的汤姆被他们吓迷了心窍；祝福你，好人的儿子，愿恶魔不来缠绕你！五个魔鬼一齐作弄着可怜的汤姆：一个是色魔奥别狄克特；一个是哑鬼霍别狄丹斯；一个是偷东西的玛呼；一个是杀人的摩陀；一个是扮鬼脸的弗力勃铁捷贝特，他后来常常附在丫头、使女的身上。好，祝福您，先生！

葛罗斯特　来，你这受尽上天凌虐的人，把这钱囊拿去；我的不幸却是你的运气。天道啊，愿你常常如此！让那穷奢极欲、把你的法律当作满足他自己享受的工具、因为知觉麻木而沉迷不悟的人，赶快感到你的威力吧；

从享用过度的人手里夺下一点来分给穷人，让每一个人都得到他所应得的一份吧。你认识多佛吗？

爱德伽　认识，先生。

葛罗斯特　那边有一座悬崖，它的峭拔的绝顶俯瞰着幽深的海水；你只要领我到那悬崖的边上，我就给你一些我随身携带的贵重的东西，你拿了去可以过些舒服的日子；我也不用再烦你带路了。

爱德伽　把您的胳臂给我；让可怜的汤姆领着你走。（同下）

第二场　奥本尼公爵府前

高纳里尔及爱德蒙上。

高纳里尔　欢迎，伯爵；我不知道我那位和善的丈夫为什么不来迎接我们。

奥斯华德上。

高纳里尔　主人呢？

奥斯华德　夫人，他在里边；可是已经大大变了一个人啦。我告诉他法国军队登陆的消息，他听了只是微笑，我告诉他说您来了，他的回答却是，“还是不来的好”；我告诉他葛罗斯特怎样谋反、他的儿子怎样尽忠的时候，他骂我蠢东西，说我颠倒是非。凡是他所应该痛恨的事情，他听了都觉得很得意；他所应该欣慰的事情，反而使他恼怒。

高纳里尔　（向爱德蒙）那么你止步吧。这是他怯懦畏缩的天性，使他不敢担当大事；他宁愿忍受侮辱，不肯挺身而起。我们在路上谈起的那个愿望，也许可以实现。爱德蒙，你且回到我的妹夫那儿去；催促他赶紧调齐人马，交给你统率；我这儿只好由我自己出马，把家务托付我的丈夫照管了。这个可靠的仆人可以替我们传达消息；要是你有胆量为了你自己的好处而冒险，不久大概就会听到你的女主人的命令。把这东西拿去带在身边；不要多说什么；（以饰物赠爱德蒙）低下你的头来：这一个吻要是能够替我说话，它会叫你的灵魂飞上天空的。你要明白我的心；再会吧。

爱德蒙　我愿意为您赴汤蹈火。

高纳里尔　我的最亲爱的葛罗斯特！（爱德蒙下）唉！都是男人，却有这样的不同！哪一个女人不愿意为你贡献她的一切，我却让一个傻瓜侵占了我的眠床。

奥斯华德　夫人，殿下来了。（下）

奥本尼上。

高纳里尔　你太看不起人啦。

奥本尼　啊，高纳里尔！你的价值还比不上那狂风吹在你脸上的尘土。我替你这种脾气担着心事；一个人要是看轻了自己的根本，难免做出一些越限逾分的事来；树干斫伤了，枝叶跟着也要萎谢，到后来只好让人当作枯柴而付之一炬。

高纳里尔　得了得了；全是些傻话。

奥本尼　智慧和仁义在恶人眼中看来都是恶的；下流的人只喜欢下流的事。你们干下了些什么事情？你们是猛虎，不是女儿，你们干了些什么事啦？这样一位父亲，这样一位仁慈的老人家，一只野熊见了他也会俯首帖耳，你们这些蛮横下贱的女儿，却把他激成了疯狂！难道我那位贤襟兄竟会让你们这样胡闹吗？他也是个堂堂男子汉，一邦的君主，又受过他这样的深恩厚德！要是上天不立刻降下一些明显的灾祸来，惩罚这种万恶的行为，那么人类快要像深海的怪物一样自相吞食了。

高纳里尔　不中用的懦夫！你让人家打肿你的脸，把侮辱加在你的头上，还以为是一件体面的事，正像那些不明是非的傻瓜，人家存心害你，幸亏发觉得早，他们在未下毒手以前就受到惩罚，你却还要可怜他们。你的鼓呢？法国的旌旗已经展开在我们安宁的国境上了，你的敌人顶着羽毛飘扬的战盔，已经开始威胁你的国家。你这迂腐的傻子却坐着一动不动，只会说："唉！他为什么要这样呢？"

奥本尼　看看你自己吧，魔鬼！恶魔的丑恶的嘴脸，还不及一个恶魔般的女人那样丑恶万分。

高纳里尔　哎哟，你这没有头脑的蠢货！

奥本尼　你这变化做女人的形状、掩蔽你的蛇蝎般的真相的魔鬼，不要露出你的狰狞的面目来吧！要是我可以允许这双手服从我的怒气，它们一定会把你的肉一块块撕下来，把你的骨头一根根折断；可是你虽然是一个魔鬼，你的形状却还是一个女人，我不能伤害你。

高纳里尔　哼，这就是你的男子汉的气概。呸！

一使者上。

奥本尼　有什么消息？

使　者　啊！殿下，康华尔公爵死了；他正要挖去葛罗斯特第二只眼睛的时候，他的一个仆人把他杀死了。

奥本尼　葛罗斯特的眼睛！

使　者　他所蓄养的一个仆人因为激于义愤，反对他这一种行动，就拔出剑来向他的主人行刺；他的主人大怒，和他奋力猛斗，结果把那仆人砍死了，可是自己也受了重伤，终于不治身亡。

奥本尼　啊，天道究竟还是有的，人世的罪恶这样快就受到了诛谴！但是啊，可怜的葛罗斯特！他失去了他的第二只眼睛吗？

使　者　殿下，他两只眼睛全都给挖去了。夫人，这一封信是您的妹妹写来的，请您立刻给她一个回音。

高纳里尔　（旁白）从一方面说来，这是一个好消息；可是她做了寡妇，我的葛罗斯特又跟她在一起，也许我的一切美满的愿望，都要从我这可憎的生命中消失了；不然的话，这消息还不算顶坏。（向使者）我读过以后再写回信吧。（下）

奥本尼　他们挖去他的眼睛的时候，他的儿子在什么地方？

使　者　他是跟夫人一起到这儿来的。

奥本尼　他不在这儿。

使　者　是的，殿下，我在路上碰见他回去了。

奥本尼　他知道这种罪恶的事情吗？

使　者　是，殿下；就是他出首告发他的，他故意离开那座屋子，为的是让他们行事方便一些。

奥本尼　葛罗斯特，我永远感激你对陛下所表示的好意，一定替你报复你的挖目之仇。过来，朋友，详细告诉我一些你所知道的其他的消息。（同下）

第三场　多佛附近法军营地

肯特及一侍臣上。

肯　特　为什么法兰西王突然回去，您知道他的理由吗？

侍　臣　他在国内还有一点未了的要事，直到离国以后，方才想起；因为那件事情有关国家的安全，所以他不能不亲自回去料理。

肯　特　他去了以后，委托什么人代他主持军务？

侍　臣　拉·发元帅。

肯　特　王后看了您的信，有没有什么悲哀的表示？

侍　臣　是的，先生，她拿了信，当着我的面前读下去，一颗颗饱满的泪珠淌在她的娇嫩的颊上；可是她仍然保持着一个王后的尊严，虽然她的情感像叛徒一样想要把她压服，她还是竭力把它克制下去。

肯　特　啊！那么她是受到感动的了。

侍　臣　她并不痛哭流涕；“忍耐”和“悲哀”互相竞争着谁能把她表现得更美。您曾经看见过阳光和雨点同时出现；她的微笑和眼泪也正是这样，只是更要动人得多；那些荡漾在她的红润的嘴唇上的小小的微笑，似乎不知道她的眼睛里有些什么客人，他们从她钻石一样晶莹的眼球里滚出来，正像一颗颗浑圆的珍珠。简单一句话，要是所有的悲哀都是这样美，那么悲哀将要成为最受世人喜爱的珍奇了。

肯　特　她没有说过什么话吗？

侍　臣　一两次她的嘴里蹦出了“父亲”两个字，好像它们重压着她的心一般；她哀呼着，“姐姐！姐姐！女人的耻辱！姐姐！肯特！父亲！姐姐！什么，在风雨里吗？在黑夜里吗？不要相信世上还有怜悯吧！”于是她挥去了她的天仙一般的眼睛里的神圣的水珠，让眼泪淹没了她的沉痛的悲号，移步他往，和哀愁独自做伴去了。

肯　特　那是天上的星辰，天上的星辰主宰着我们的命运；否则同一个父母怎么会生出这样不同的儿女来。您后来没有跟她说过话吗？

侍　臣　没有。

肯　特　这是在法兰西王回国以前的事吗？

侍　臣　不，这是他去后的事。

肯　特　好，告诉您吧，可怜的受难的李尔已经到了此地，他在比较清醒的时候，知道我们来干什么事，一定不肯见他的女儿。

侍　臣　为什么呢，好先生？

侍　臣　羞耻之心掣住了他；他自己的忍心剥夺了她的应得的慈爱，使她远嫁异国，听任天命的安排，把她的权利分给那两个犬狼之心的女儿，这种种的回忆像毒螫一样刺着他的心，使他充满了火烧一样的惭愧，阻止他和考狄利娅相见。

侍　臣　唉！可怜的人！

肯　特　关于奥本尼和康华尔的军队，您听见什么消息没有？

侍　臣　是的，他们已经出动了。

肯　特　好，先生，我要带您去见见我们的陛下，请您替我照料照料他。我因为有某种重要的理由，必须暂时隐藏我的真相；当您知道我是什么人以后，您绝不会后悔跟我结识的。请您跟我走吧。（同下。）

第四场　多佛附近法军营地帐幕

旗鼓前导，考狄利娅、医生及兵士等上。

考狄利娅　唉！正是他。刚才还有人看见他，疯狂得像被飓风激动的怒海，高声歌唱，头上插满了恶臭的地烟草、牛蒡、毒芹、荨麻、杜鹃花和各种蔓生在田亩间的野草。派一百个兵士到繁茂的田野里各处搜寻，把他领来见我。（一军官下）人们的智慧能不能恢复他的丧失的心神？谁要是能够医治他，我愿意把我身外的富贵一起送给他。

医　生　王妃，法子是有的；休息是滋养疲乏的精神的保姆，他现在就是缺少休息；只要给他服一些药草，就可以合上他的痛苦的眼睛。

考狄利娅　一切神圣的秘密、一切地下潜伏的灵奇，随着我的眼泪一起奔涌出来吧！帮助解除我的善良的父亲的痛苦！快去找他，快去找他，我只怕他在不可控制的疯狂之中会消灭了他的失去主宰的生命。

一使者上。

使　者　报告王妃，英国军队向这儿开过来了。

考狄利娅　我们早已知道，一切都预备好了，只等他们到来。亲爱的父亲啊！我这次掀动干戈，完全是为了你的缘故；伟大的法兰西王被我的悲哀和恳求的眼泪所感动。鼓动我们出师的并非什么非分的野心，只是一片真情，热烈的真情，要替我们的老父主持正义。但愿我不久就可以听见看见他！（同下）

第五场　葛罗斯特城堡中一室

里根及奥斯华德上。

里　根　可是，我的姐夫的军队已经出发了吗？

奥斯华德　出发了，夫人。

里　根　他亲自率领吗？

奥斯华德　夫人，好容易才把他催上了马；还是您的姐姐是个更好的军人哩。

里　根　爱德蒙伯爵到了你们家里，有没有跟你家主人谈过话？

奥斯华德　没有，夫人。

里　根　我的姐姐给他的信里有些什么话？

奥斯华德　我不知道，夫人。

里　根　告诉你吧，他有重要的事情，已经离开此地了。葛罗斯特挖去了眼睛以后，仍旧放他活命，实在是一个极大的失策；因为他每到一个地方，都会激起众人对我们的反感。我想爱德蒙因为怜悯他的苦难，是要去替他解脱他的暗无天日的生涯的；而且他还负有探察敌人实力的使命。

奥斯华德　夫人，我必须追上去把我的信送给他。

里　根　我们的军队明天就要出发；你暂时耽搁在我们这儿吧，路上很危险呢。

奥斯华德　我不能，夫人；我家夫人曾经吩咐我不准误事的。

里　根　为什么她要写信给爱德蒙呢？难道你不能替她口头传达她的意思吗？看来恐怕有点儿，也说不出来。让我拆开这封信来，我会十分喜欢你的。

奥斯华德　夫人，那我可……里　根　我知道你家夫人不爱她的丈夫；这一点我是可以确定的。她最近在这儿的时候，常常对高贵的爱德蒙抛掷含情的媚眼。我知道你是她的心腹之人。

奥斯华德　我，夫人！

里　根　我的话不是随便说说的，我知道你是她的心腹；所以你且听我说，我的丈夫已经死了，爱德蒙跟我曾经谈起过，他向我求爱比向你家夫人求爱更合适些。其余的你自己去意会吧。要是你找到了他，请你替我把这个交给他；你把我的话对你家夫人说了以后，再请她仔细想个明白。好，再会。假如你听见人家说起那瞎眼的老贼在什么地方，能够把他除掉，一定可以得到重赏。

奥斯华德　但愿他能够碰在我的手里，夫人；我一定可以向您表明我是哪一方面的人。

里　根　再会。（各下）

第六场　多佛附近的乡间

葛罗斯特及爱德伽做农民装束同上。

葛罗斯特　什么时候我才能够登上山顶？

爱德伽　您现在正在一步步上去；看这路多么难走。

葛罗斯特　我觉得这地面是很平的。

爱德伽　陡峭得可怕呢；听！那不是海水的声音吗？

葛罗斯特　不，我真的听不见。

爱德伽　哎哟，那么大概因为您的眼睛痛得厉害，所以别的知觉也连带模糊起来啦。

葛罗斯特　那倒也许是真的。我觉得你的声音也变了样啦，你讲的话不像原来那样粗鲁、那样疯疯癫癫啦。

爱德伽　您错啦；除了我的衣服以外，我什么都没有变。

葛罗斯特　我觉得你的话像样得多啦。

爱德伽　来，先生；我们已经到了，您站好。把眼睛一直望到这么低的地方，真是惊心炫目！在半空盘旋的乌鸦，看上去还没有甲虫那么大；山腰中间悬着一个采金花草的人，可怕的工作！我看他的全身简直抵不上一个人头的大小。在海滩上走路的渔夫就像小鼠一般，那艘停泊在岸旁的高大的帆船小得像它的划艇，它的划艇小得像一个浮标，几乎看不出来。澎湃的波涛在海滨无数的石子上冲击的声音，也不能传到这样高的所在。我不愿再看下去了，恐怕我的头脑要昏眩起来，眼睛一花，就要一个筋斗直跌下去。

葛罗斯特　带我到你所立的地方。

爱德伽　把您的手给我；您现在已经离开悬崖的边上只有一英尺了；谁要是把天下所有的一切都给了我，我也不愿意跳下去。

葛罗斯特　放开我的手。朋友，这儿又是一个钱囊，里面有一颗宝石，一个穷人得到了它，可以终身温饱；愿天神们保佑你因此而得福吧！你再走远一点；向我告别一声，让我听见你走过去。

爱德伽　再会吧，好先生。

葛罗斯特　再会。

爱德伽　（旁白）我这样戏弄他的目的，是要把他从绝望的境界中解救出来。

葛罗斯特　威严的神明啊！我现在脱离这一个世界，当着你们的面，摆脱我的惨酷的痛苦了；要是我能够再忍受下去，而不怨尤你们不可反抗的伟大意志，我这可厌的生命的余烬不久也会燃尽的。要是爱德伽尚在人世，神啊，请你们祝福他！现在，朋友，我们再会了！（向前扑地）

爱德伽　我去了，先生；再会。（旁白）可是我不知道当一个人愿意受他自己的幻想的欺骗，相信他已经死去的时候，那一种幻想会不会真的偷去了他的生命的至宝；要是他果然在他所想象的那一个地方，现在他早已没有思想了。活着还是死了？（向葛罗斯特）喂，你这位先生！朋友！你听见吗，先生？说呀！也许他真的死了；可是他醒过来啦。你是什么人，先生？

葛罗斯特　去，让我死。

爱德伽　要是你不过是一根蛛丝、一根羽毛、一阵空气，从这样千仞的悬崖上跌落下来，也要像鸡蛋一样跌得粉碎了；可是你还在呼吸，你的身体还是好好的，不流一滴血，还会说话，简直一点损伤也没有。十根桅杆连接起来，也不及你所跌下来的地方那么高；你的生命是一个奇迹。再对我说两句话吧。

葛罗斯特　可是我有没有跌下来？

爱德伽　你就是从这可怕的悬崖绝顶上面跌下来的。抬起头来看一看吧；鸣声嘹亮的云雀飞到了那样高的所在，我们不但看不见它的形状，也听不见它的声音；你看。

葛罗斯特　唉！我没有眼睛哩。难道一个苦命的人，连寻死的权利都要被剥夺去吗？罢了，这也是上天的意思，不让骄横的暴君如愿以偿。

爱德伽　把你的胳臂给我；起来，好，怎样？站得稳吗？你站住了。

葛罗斯特　很稳，很稳。

爱德伽　这真太不可思议了。刚才在那悬崖的顶上，从你身边走开的是什么东西？

葛罗斯特　一个可怜的叫花子。

爱德伽　我站在下面望着他，仿佛看见他的眼睛像两轮满月；他有一千个鼻子，满头都是像波浪一样高低不齐的犄角；一定是个什么恶魔。所以，你幸运的老人家，你应该想这是无所不能的神明在暗中默佑你，否则绝不会有这样的奇事。

葛罗斯特　我现在记起来了，从此以后，我要耐心忍受痛苦，直等它有一天自己喊出来“够啦，够啦”，那时候再撒手死去。你所说起的这一个东西，我还以为是个人；它老是嚷着“恶魔，恶魔”的；就是他把我领到了那个地方。

爱德伽　不要胡思乱想，安心忍耐。可是谁来啦？

李尔以鲜花乱饰身上。

爱德伽　不是疯狂的人，绝不会把他自己打扮成这一个样子。

李　尔　不，他们不能判我私造货币的罪名；我是国王哩。

爱德伽　啊，伤心的景象！

李　尔　在那一点上，天然是胜过人工的。这是征募你们当兵的饷银。那家伙弯弓的姿势，活像一个稻草人；给我射一支一码长的箭试试看。看，看！一只小老鼠！别闹，别闹！这一块烘乳酪可以捉住它。这是我的铁手套；尽管他是一个巨人，我也要跟他一决胜负。带那些戟手上来。啊！飞得好，鸟儿；刚刚中在靶子心里，咻！口令！

爱德伽　茉荞兰。

李　尔　过去。

葛罗斯特　我认识那个声音。

李　尔　嘿！长着白胡须的高纳里尔！她们像狗一样向我献媚。说我在没有出黑须以前，就已经有了白须。我说一声“是”，她们就应一声“是”；我说一声“不”，她们就应一声“不”！当雨点淋湿了我，风吹得我牙齿打战，当雷声不肯听我的话平静下来的时候，我才发现了她们，嗅出了她们的踪迹。算了，她们不是心口如一的人；她们把我恭维得天花乱坠；全然是个谎，一发起烧来我就没有办法。

葛罗斯特　这一种说话的声调我记得很清楚，他不是我们的君王吗？

李　尔　嗯，每一寸都是君王；我只要一瞪眼睛，我的臣子就要吓得发抖。我赦免那个人的死罪。你犯的是什么案子？奸淫吗？你不用死；为了奸淫而犯死罪！不，小鸟儿都在干那把戏，金苍蝇当着我的面也会公然交合哩。让通奸的人多子多孙吧；因为葛罗斯特的私生的儿子，也比我的合法的女儿更孝顺他的父亲。淫风越盛越好，我巴不得他们替我多制造几个兵士出来。看那个脸上堆着假笑的妇人，她装出一副冷若冰霜的神气，做作得那么端庄贞静，一听见人家谈起调情的话儿就要摇头；其实她自己干起那回事来，比臭猫和骚马还要浪得多哩。她们的上半身虽然是女人，下半身却是淫荡的妖怪；腰带以上是属于天神的，腰带以下全是属于魔鬼的：那儿是地狱，那儿是黑暗，那儿是火坑，吐着熊熊的烈焰，发出熏人的恶臭，把一切烧成了灰。啐！啐！啐！呸！呸！好掌柜，给我称一两麝香，让我解解我的想象中的臭气；钱在这儿。

葛罗斯特　啊！让我吻一吻那只手！

李　尔　让我先把它揩干净；它上面有一股热烘烘的人气。

葛罗斯特　啊，毁灭了的生命！这一个广大的世界有一天也会像这样零落得只剩一堆残迹。你认识我吗？

李　尔　我很记得你这双眼睛。你在向我瞟吗？不，盲目的丘比特，随你使出什么手段来，我是再也不会恋爱的。这是一封挑战书，你拿去读吧，看看它是怎么写的。

葛罗斯特　即使每一个字都是一个太阳，我也看不见。

爱德伽　（旁白）要是人家告诉我这样的事，我一定不会相信。可是这样的事是真的，我的心要碎了。

李　尔　读呀。

葛罗斯特　什么！用眼眶读吗？

李　尔　啊哈！你原来是这个意思吗？你的头上也没有眼睛，你的袋里也没有银钱吗？可是你却看见这世界的丑恶。

葛罗斯特　我只能捉摸到它的丑恶。

李　尔　什么！你疯了吗？一个人就是没有眼睛，也可以看见这世界的丑恶。用你的耳朵看着吧，你没看见那法官怎样痛骂那个卑贱的小偷吗？侧过你的耳朵来，听我告诉你，让他们两人换了地位，谁还认得出哪个是法官，哪个是小偷？你见过农夫的一条狗向一个乞丐乱吠吗？

葛罗斯特　嗯，陛下。

李　尔　你还看见那家伙怎样给那条狗赶走吗？从这一件事情上面，你就可以看到权威的伟大的影子；一条得势的狗，也可以使人家唯命是从。你这可恶的教吏，停住你的残忍的手！为什么你要鞭打那个妓女？向你自己的背上着力抽下去吧；你自己心里和她犯奸淫，却因为她跟人家犯奸淫而鞭打她。杀人的是个放高利贷的家伙，被杀的是个骗子。褴褛的衣衫遮不住小小的过失；披上锦袍裘服，便可以隐匿一切。罪恶镀了金，公道的坚强的枪刺戳在上面也会折断；把它用破烂的布条裹起来，一根侏儒的稻草就可以戳破它。没有一个人是犯罪的，我说，没有一个人；我愿意为他们担保。相信我吧，我的朋友，我有权力封住控诉者的嘴唇。

你还是去装上一副玻璃眼睛，像一个卑鄙的阴谋家似的，假装能够看见你所看不见的事情吧。来，来，来，来，替我把靴子脱下来；用力一点，用力一点；好。

爱德伽 （旁白）啊！虽然是疯话，却不是全无意义的。

李　尔 要是你愿意为我的命运痛哭，那么把我的眼睛拿了去吧。我知道你是什么人；你的名字是葛罗斯特。你必须忍耐；你知道我们来到这世上，第一次嗅到了空气，就哇呀哇呀地哭起来。让我讲一番道理给你听；你听着。

葛罗斯特 唉！唉！

李　尔 当我们生下地来的时候，我们因为来到了这个全是些傻瓜的广大的舞台之上，所以禁不住放声大哭。这顶帽子的式样很不错！用毡呢钉在一队马儿的蹄上，倒是一个妙计；我要把它实行一下，悄悄地偷进我那两个女婿的兵营里，然后我就杀，杀，杀，杀，杀，杀！

侍臣率侍从数人上。

侍　臣 啊！他在这儿；抓住他。陛下，您的最亲爱的女儿……

李　尔 没有人救我吗？什么！我变成一个囚犯了吗？我是天生下来被命运愚弄的。不要虐待我；有人会拿钱来赎我的。替我请几个外科医生来，我的头脑受了伤啦。

侍　臣 您将会得到您所需要的一切。

李　尔 一个伙伴也没有？只有我一个人吗？哎哟，这样会叫一个人变成了个泪人，用他的眼睛充作灌园的水壶，去浇洒秋天的泥土。

侍　臣 陛下！

李　尔 我要像一个新郎似的勇敢地死去。嘿！我要高高兴兴的。来，来，我是一个国王，你们知道吗？

侍　臣 您是一位尊严的陛下，我们服从您的旨意。

李　尔 那么还有几分希望。要去快去。（下李尔。侍从等随下）

侍　臣 最微贱的平民到了这样一个地步，也会叫人看了伤心，何况是一个国王！你那两个不孝的女儿，已经使全体女人受到诅咒，可是你还有一个女儿，却已经把天道人伦从这样的诅咒中间拯救出来了。

爱德伽 祝福，先生。

侍　臣 足下有什么见教？

爱德伽 您有没有听见什么关于将要发生一场战事的消息？

侍　臣　这已经是一件千真万确、谁都知道的事了；每一个耳朵能够辨别声音的人都听到过那样的消息。

爱德伽　可是借问一声，您知道对方的军队离这儿还有多少路？

侍　臣　很近了，他们一路来得很快；他们的主力部队每一点钟都有到来的可能。

爱德伽　谢谢您，先生，这是我所要知道的一切。

侍　臣　王后虽然有特别的原因还在这儿，她的军队已经开上去了。

爱德伽　谢谢您，先生。(侍臣下)

葛罗斯特　永远仁慈的神明，请停止我的呼吸吧；不要在你没有要我死以前，再让我的罪恶的灵魂引诱我结束我自己的生命！

爱德伽　您祷告得很好，老人家。

葛罗斯特　好先生，您是什么人？

爱德伽　一个非常穷苦的人，受惯命运的打击；因为自己是从忧患中间过来的，所以对于不幸的人很容易抱同情。把您的手给我，让我把您领到一处可以栖身的地方去。

葛罗斯特　多谢多谢；愿上天大大赐福给您！

奥斯华德上。

奥斯华德　明令缉拿的要犯！居然碰在我的手里！你那颗瞎眼的头颅，却是我的晋身的阶梯。你这倒霉的老奸贼，赶快忏悔你的罪恶；剑已经拔出了，你今天难逃一死。

葛罗斯特　但愿你这慈悲的手多用一些气力，帮助我早早脱离苦痛。(爱德伽劝阻奥斯华德)

奥斯华德　大胆的村夫，你怎么敢袒护一个明令缉拿的叛徒？滚开，免得你也遭到和他同样的命运。放开他的胳臂。

爱德伽　先生，你不向我说明理由，我是不放的。

奥斯华德　放开，奴才，否则我叫你死。

爱德伽　好先生，你走你的路，让穷人们过去吧。这种吓人的话，就是接连说上半个月也吓不倒人的。不，不要走近这个老头儿；我关照你，走远一点儿；要不然的话，我要试一试究竟是你的头硬还是我的棍子硬。我可不知道什么客气不客气。

奥斯华德　走开，混账东西！

爱德伽　我要拔掉你的牙齿，先生。来，尽管刺过来吧。(二人决斗，爱德伽击奥

斯华德倒地）

奥斯华德　奴才，你打死我了。把我的钱囊拿了去吧。要是你希望将来有好日子过，请你把我的尸体掘一个坑埋了；我身边还有一封信，请你替我送给葛罗斯特伯爵爱德蒙大爷，他在英国军队里，你可以找到他。啊！想不到我今天会死在你的手里！（死去）

爱德伽　我认识你；你是一个惯会讨主上欢心的奴才；你的女主人无论有什么万恶的命令，你总是奉命唯谨。

葛罗斯特　什么！他死了吗？

爱德伽　坐下来，老人家；您休息一会儿吧。让我们搜一搜他的衣袋，他说起的信，也许可以对我有一点用处。他死了；我只可惜他不是死在刽子手的手里。让我们看：对不起，好了，我要把你拆开来了；恕我无礼，为了要知道我们敌人的居心，就是他们的心肝也要剖出来，拆阅他们的信件不算是违法的事。“不要忘记我们彼此间的誓约。你有许多机会可以除去他；只要你有决心，一切都是不成问题的。要是他得胜归来，那就什么都完了；我将要成为一个囚人，他的床就是我的牢狱。把我从他可憎的怀抱中拯救出来吧，他的地位你可以取而代之，这也是你的报酬。你的恋慕的奴婢——但愿我能换上妻子两个字——高纳里尔。”啊，不可测度的女人的心！谋害她的善良的丈夫，叫我的兄弟代替他的位置！在这沙土之内，我要把你掩埋起来，你这杀人的淫妇的使者。在一个适当的时间，我要让那被人阴谋弑害的公爵见到这一封卑劣的信。我能够把你的死讯和你的使命告诉他，对于他是一件幸运的事。

葛罗斯特　陛下疯了；我的万恶的知觉却牢附在我的身上，我一站起身来，无限的悲痛就涌上我的心头！还是疯了的好，那样我可以不再想到我的不幸，让一切痛苦在混乱的幻想之中忘记了它们本身的存在。（远处鼓声）

爱德伽　把你的手给我，好像我听见远远有打鼓的声音。来，老人家，让我把您安顿在一个朋友的地方。（同下）

第七场　法军营帐

考狄利娅、肯特、医生及侍臣上。

考狄利娅　好肯特啊！我怎么能够报答你这一番苦心好意呢！就是粉身碎骨，也不能抵偿你的大德。

肯　特　王妃，只要自己的苦心被人了解，那就是莫大的报酬了。我所讲的话，句句都是事实，没有一分增减。

考狄利娅　去换一身好一点的衣服吧，您身上的衣服是那一段悲惨的时光中的纪念品，请你脱下来吧。

肯　特　饶恕我，王妃；我现在还不能恢复我的本来面目，因为那会妨碍我的预定的计划。请您准许我这一个要求，在我自己认为还没有到适当的时间以前，您必须把我当作一个不相识的人。

考狄利娅　那么就照你的意思吧，伯爵。（向医生）陛下怎样？

医　生　王妃，他仍旧睡着。

考狄利娅　慈悲的神明啊，医治他的被凌辱的心灵中的重大的裂痕！保佑这一个被不孝的女儿所反噬的老父，让他错乱昏迷的神志恢复健康吧！

医　生　请问王妃，我们现在可不可以叫陛下醒来？他已经睡得很久了。

考狄利娅　照你的意见，应该怎么办就怎么办吧。他有没有穿着好？

李尔卧椅内，众仆舁上。

侍　臣　是，王妃；我们趁着他熟睡的时候，已经替他把新衣服穿上去了。

医　生　王妃，请您不要走开，等我们叫他醒来；我相信他的神经已经安定下来了。

考狄利娅　很好。（乐声）

医　生　请您走近一步，音乐还要响一点儿。

考狄利娅　啊，我的亲爱的父亲！但愿我的嘴唇上有治愈疯狂的灵药，让这一吻抹去了我那两个姐姐加在你身上的无情的伤害吧！

肯　特　善良的好公主！

考狄利娅　假如你不是她们的父亲，这满头的白发也该引起她们的怜悯。这样一张面庞是受得起激战的狂风吹打的吗？它能够抵御可怕的雷霆吗？在最惊人的闪电的光辉之下，你，可怜的无援的兵士！戴着这一顶薄薄的戎盔，苦苦地守住你的哨岗吗？我的敌人的狗，即使它曾经咬过我，在那样的夜里，我也要让它躺在我的火炉之前。但是你，可怜的父亲，却甘心钻在污秽霉烂的稻草里，和猪狗乞儿做伴吗？唉！唉！你的生命不和你的智慧同归于尽，才是一件怪事。他醒来了；对他说些什么话吧。

医　生　王妃，应该您去跟他说说。

考狄利娅　父王陛下，您好吗？

李　尔　你们不应该把我从坟墓中间拖了出来。你是一个有福的灵魂；我却被缚在一个烈火的车轮上，我自己的眼泪也像熔铅一样灼痛我的脸。

考狄利娅　父亲，您认识我吗？

李　尔　你是一个灵魂，我知道；你在什么时候死的？

考狄利娅　还是疯疯癫癫的。

医　生　他还没有完全清醒过来；暂时不要惊扰他。

李　尔　我到过些什么地方？现在我在什么地方？明亮的白昼吗？我大大受了骗啦。怎么我还能活着看见这样的一天？我不知道应该怎么说。我不愿发誓这一双是我的手；让我试试看，这针刺上去是觉得痛的。但愿我能够知道我自己的真实情形！

考狄利娅　啊！看着我，父亲，把您的手按在我的头上为我祝福吧。不，父亲，您千万不能跪下。

李　尔　请不要取笑我；我是一个非常愚蠢的傻老头子，活了80多岁了；不瞒您说，我怕我的头脑有点儿不大健康。我想我应该认识您，也该认识这个人；可是我不敢确定；因为我全然不知道这是什么地方，而且凭着我所有的能力，我也记不起来什么时候穿上这身衣服；我也不知道昨天晚上我在什么所在过夜。不要笑我；我想这位夫人是我的孩子考狄利娅。

考狄利娅　正是，正是。

李　尔　你在流着眼泪吗？当真。请你不要哭啦；要是你有毒药为我预备着，我愿意喝下去。我知道你不爱我；因为我记得你的两个姐姐都虐待我；你虐待我还有几分理由，她们却没有理由虐待我。

考狄利娅　谁都没有理由虐待您。

李　尔　我是在法国吗？

肯　特　在您自己的国土之内，陛下。

李　尔　不要骗我。

医　生　请宽心一点，王妃；您看他的疯狂已经平静下去了；可是再向他提起他从前的事情，却是非常危险的。不要多烦扰他，让他的神经完全安定下来。

考狄利娅　请陛下到里边去安息安息吧。

李　尔　你必须原谅我。请你不咎既往，赦免我的过失；我是个年老糊涂的人。（李尔、考狄利娅、医生及侍从等同下）

侍　臣　先生，康华尔公爵被刺的消息是真的吗？

肯　特　是真的。

侍　臣　他的军队归什么人带领？

肯　特　据说是葛罗斯特的庶子。

侍　臣　他们说他的放逐在外的儿子爱德伽现在跟肯特伯爵都在德国。

肯　特　消息常常变化不定。现在是应该戒备的时候了，英国军队已在迅速逼近。

侍　臣　一场血战是免不了的。再会，先生。（下）

肯　特　我的目的能不能顺利达到，要看这一场战事的结果方才分晓。（下）

第 五 幕

第一场　多佛附近英军营地

旗鼓前导，爱德蒙、里根、军官、兵士及侍从等上。

爱德蒙　（向一军官）你去问一声公爵，他是不是仍旧保持着原来的决心，还是因为有了其他的理由，已经改变了方针；他这个人毫无定见，动不动引咎自责；我要知道他究竟抱着怎样的主张。（军官下）

里　根　我那姐姐差来的人一定在路上出了事啦。

爱德蒙　那可说不定，夫人。

里　根　好爵爷，我对你的一片好心，你不会不知道的；现在请你告诉我，老老实实地告诉我，你不爱我的姐姐吗？

爱德蒙　我只是按照我的名分敬爱她。

里　根　可是你从来没有深入我的姐夫的禁地吗？

爱德蒙　这样的思想是有失您自己的体统的。

里　根　我怕你们已经打成一片，她心坎儿里只有你一个人哩。

爱德蒙　凭着我的名誉起誓，夫人，没有这样的事。

里　根　我绝不答应她；我的亲爱的爵爷，不要跟她亲热。

爱德蒙　您放心吧。她跟她的公爵丈夫来啦！

旗鼓前导，奥本尼、高纳里尔及兵士等上。

高纳里尔　（旁白）我宁愿这一次战争失败，也不让我那个妹妹他从我手里夺了去。

奥本尼　贤妹久违了。伯爵，我听说陛下已经带了一批受不了我们苛政而高呼不平的人，到他女儿的地方去了。要是我们所兴的是一场不义之师，我是再也提不起我的勇气来的；可是现在的问题，并不是我们的陛下和他手下的一群人在法国的煽动之下，用堂堂正正的理由向我们兴师问罪，而是法国举兵侵犯我们的领土，这是我们所不能容忍的。

爱德蒙　您说得有理，佩服，佩服。

里　根　这种话讲它做什么呢？

高纳里尔　我们只需同心合力，打退敌人；这些内部的纠纷，不是现在所要讨论的问题。

奥本尼　那么让我们跟那些久历戎行的战士们讨论讨论我们所应该采取的战略吧。

爱德蒙　很好，我就到您的帐里来陪你。

里　根　姐姐，您也跟我们一块儿去吗？

高纳里尔不。

里　根　您怎么可以不去？来，请吧。

高纳里尔　（旁白）哼！我明白你的意思。（高声）好，我就去。

爱德伽乔装上。

爱德伽　殿下要是不嫌我微贱，请听我说一句话。

奥本尼　你们先请一步，我就来。说。（爱德蒙、里根、高纳里尔、军官、兵士及侍从等同下）

爱德伽　在您没有开始作战以前，先把这封信拆开来看一看。要是您得到胜利，可以吹喇叭为信号，叫我出来；虽然您看我是这样一个下贱的人，我可以请出一个证人来，证明这信上所写的事。要是您失败了，那么您在这世上的使命已经完毕，一切阴谋也都无能为力了。愿命运眷顾您！

奥本尼　等我读了信你再去。

爱德伽　我不能。时候一到，您只要叫传令官传唤一声，我就会出来的。

奥本尼　那么再见，你的信我拿回去看吧。（爱德伽下）

爱德蒙重上。

爱德蒙　敌人已经望得见了；快把您的军队集合起来。这儿记载着根据精密侦查所得的敌方军力的估计；可是现在您必须快点儿了。

奥本尼　好，我们准备迎敌就是了。（下）

爱德蒙　我对这两个姐姐都已经立下爱情的盟誓；她们彼此互怀嫉妒，就像被蛇咬过的人见不得蛇的影子一样。我应该选择哪一个呢？两个都要？只要一个？还是一个也不要？要是两个全都留在世上，我就一个也不能到手；娶了那寡妇，一定会激怒她的姐姐高纳里尔；而且她的丈夫一天不死，我又如何跟她配成一对？现在我们还是要借他做号召军心的幌子；等到战事结束以后，她要是想除去他，让她自己设法结果他的性命吧。照他的意思，李尔和考狄利娅两人被我们捉到以后，是不能加害的；可是假如他们果然落在我们手里，我们可绝不让他们得到他的赦免。因为

我保全自己的地位要紧，什么天地良心只好一概不论。（下）

第二场　两军营地之间的原野

内号角声。旗鼓前导，李尔及考狄利娅率军队上；同下。爱德伽及葛罗斯特上。

爱德伽　来，老人家，在这树荫底下坐坐吧；但愿正义得到胜利！要是我还能够回来见您，我一定会给您好消息的。

葛罗斯特　上帝照顾您，先生！（爱德伽下）

号角声；有顷，内吹退军号。爱德伽重上。

爱德伽　去吧，老人家！把您的手给我；去吧！李尔王已经失败，他跟他的女儿都被他们捉去了。把您的手给我；来。

葛罗斯特　不，先生，我不想再到什么地方去了；让我就在这儿等死吧。

爱德伽　怎么！您又转起那种坏念头来了吗？人们的生死都不是可以勉强求到的，你应该耐心忍受天命的安排。来。

葛罗斯特　那也说得有理。（同下）

第三场　多佛附近英军营地

旗鼓前导，爱德蒙凯旋上；李尔、考狄利娅被俘随上；军官、兵士等同上。

爱德蒙　来人，把他们押下去，好生看守，等上面发落下来，再做打算。

考狄利娅　存心善良的反而得到恶报，这样的前例是很多的。我只是为了你，被迫害的国王，才落得如此下场；否则尽管欺人的命运向我横眉立目，我也不把她的凌辱放在心上。我们要不要去见见这两个女儿和这两个姐姐？

李　尔　不，不，不，不！来，让我们到监牢里去。我们两人将要像笼中之鸟一般唱歌；当你求我为你祝福的时候，我要跪下来求你饶恕；我们就这样生活着，祈祷，唱歌，说些古老的故事，嘲笑那些像金翅蝴蝶般的廷臣，听听那些可怜的囚徒讲些宫廷里的消息；我们也要跟他们在一起谈话，谁失败，谁胜利，谁在朝，谁在野，用我们的意见解释各种事情的秘奥，就像我们是上帝的耳目一样；在囚牢的四壁之内，我们将要冷眼看那些朋比为奸的党徒随着月亮的圆缺而升沉。

爱德蒙　把他们带下去。

李　尔　对于这样的祭物，我的考狄利娅，天神也要焚香致敬的。我果然把你捉住了吗？谁要是想分开我们，必须从天上取下一把火炬来像驱逐狐狸一样把我们赶散。揩干你的眼睛；让恶疮烂掉他们的全身，他们也不能使我们流泪，我们要看他们活活饿死。来。（兵士押李尔、考狄利娅下）

爱德蒙　过来，队长。听着，把这一通密令拿去；（以一纸授军官）跟着他们到监牢里去。我已经把你提升了一级，要是你能够照这密令上所说的执行，一定有大好处。你要知道识时务的才是好汉；心肠太软的人不配佩带刀剑。我吩咐你去干这件重要的差事，你可不必多问，愿意就做，不愿意就另找门路。

军　官　我愿意，大人。

爱德蒙　那么去吧；你立了这一个功劳，你就是一个幸运的人。听着，事不宜迟，必须照我所写的办法赶快办好。

军　官　我不会拖车子，也不会吃干麦；只要是男子汉干的事，我就会干。（下）

喇叭奏花腔。奥本尼、高纳里尔、里根、军官及侍从等上。

奥本尼　伯爵，你今天果然表明了你是一个将门之子；命运眷顾着你，使你克奏肤功，跟我们敌对的人都已经束手就擒。请你把你的俘虏交给我们，让我们一方面按照他们的身份，一方面顾到我们自身的安全，决定一个适当的处置。

爱德蒙　殿下，我已经把那不幸的老王拘禁起来，并且派兵严密监视了；他的高龄和尊号都有一种莫大的魔力，可以吸引人心归附他，要是不加防范，恐怕我们的部下都要受他的煽惑而对我们反戈相向。那王后我为了同样的理由，也把她一起下了监；他们明天或者迟一两天就可以受你们的审判。现在弟兄们刚刚流过血汗，丧折了不少的朋友亲人，正强烈感受战争的残酷的人们，未免心中愤激，这场争端无论理由怎样正大，在他们看来都是可咒诅的了；所以审问考狄利娅和她的父亲这一件事，必须在一个更适当的时候举行。

奥本尼　伯爵，说一句不怕你见怪的话，你不过是一个随征的将领，我并没有把你当作一个同等地位的人。

里　根　假如我愿意，为什么他不能和你分庭抗礼呢？我想你在说这样的话以前，应该先问问我的意思才是。他带领我们的军队，受到我的全权委任，凭着这一层亲密的关系，也够资格和你称兄道弟了。

高纳里尔　少亲热点儿吧；他的地位是他靠着自己的才能造成的，并不是你给他的恩典。

里　根　我把我的权力授予给他，他就能和最尊贵的人匹敌。

高纳里尔　要是他做了你的丈夫，你才可以有这种权力。

里　根　笑话往往会变成预言。

高纳里尔　呵呵！看你挤眉弄眼的，果然不怀好意。

里　根　太太，我现在身子不大舒服，懒得跟你斗口了。将军，请你接受我的军队、俘虏和财产；这一切连我自己都由你支配；我是你的献城降服的臣仆；让全世界为我证明，我现在把你立为我的丈夫和君主。

高纳里尔　你想要受用他吗？

奥本尼　那不是你所能阻止的。

爱德蒙　也不是你所能阻止的。

奥本尼　杂种，我可以阻止你们。

里　根　（向爱德蒙）叫鼓手打起鼓来，和他决斗，证明我已经把尊位给了你。

奥本尼　等一等，我还有话说。爱德蒙，你犯有叛逆重罪，我逮捕你；同时我还要逮捕这一条金鳞的毒蛇。（指高纳里尔）贤妹，为了我的妻子的缘故，我必须要求您放弃您的权利；她已经跟这位勋爵有约在先，所以我，她的丈夫，不得不对你们的婚姻表示异议。要是您想结婚的话，还是把您的爱情用在我的身上吧，我的妻子已经另有所属了。

高纳里尔　怎么又节外生枝起来！

奥本尼　葛罗斯特，你现在甲胄在身；让喇叭吹起来；要是没有人出来证明你所犯的无数凶残罪恶，众目昭彰的叛逆重罪，这儿是我的信物；（掷下手套）在我没有剖开你的胸口，证明我此刻所宣布的一切以前，我绝不让食物接触我的嘴唇。

里　根　哎哟！我病了！我病了！

高纳里尔　（旁白）要是你不病，我也从此不相信毒药了。

爱德蒙　这儿是我给你的交换品；（掷下手套）谁骂我是叛徒的，他就是个说谎的恶人。叫你的喇叭吹起来吧；谁有胆量，出来，我可以向他、向你、向每一个人证明我的不可动摇的忠心和荣誉。

奥本尼　来，传令官！

爱德蒙　传令官！传令官！

奥本尼　信赖你个人的勇气吧；因为你的军队都是用我的名义征集的，我已经用我的名义把他们遣散了。

里　根　我的病越来越厉害啦！

奥本尼　她身体不舒服；把她扶到我的帐里去。（侍从扶里根下）过来，传令官。

传令官上。

奥本尼　叫喇叭吹起来。宣读这一道命令。

军　官　吹喇叭！（喇叭吹响）

传令官　（宣读）“在本军将校官佐之中，要是有人愿意证明爱德蒙——名分未定的葛罗斯特伯爵，是一个罪恶多端的叛徒，让他在第三次喇叭声中出来。爱德蒙要坚决自卫。”

爱德蒙　吹！（喇叭初响）

传令官　再吹！（喇叭再响）

传令官　再吹！（喇叭三响。内喇叭声相应）

喇叭手前导，爱德伽武装上。

奥本尼　问明他的来意，为什么他听了喇叭的召唤到这儿来。

传令官　你是什么人？你叫什么名字？在军中是什么官级？为什么你要应召而来？

爱德伽　我的名字已经被阴谋的毒齿咬啮蛀蚀了；可是我的出身正像我现在所要来面对的敌手同样高贵。

奥本尼　谁是你的敌手？

爱德伽　代表葛罗斯特伯爵爱德蒙的是什么人？

爱德蒙　他自己；你对他有什么话说？

爱德伽　拔出你的剑来，要是我的话激怒了一颗正直的心，你的兵器可以为你辩护；这儿是我的剑。听着，虽然你有的是胆量、勇气、权位和尊荣，虽然你挥着胜利的宝剑，夺到了新的幸运，可是凭着我的荣誉、我的誓言和我的骑士的身份所给我的特权，我当众宣布你是一个叛徒，不忠于你的神明、你的兄长和你的父亲，阴谋倾覆这一位崇高卓越的君王，从你的头顶直到你的足下的尘土，彻头彻尾是一个最可憎的逆贼。要是你说一声“不”，这一柄剑、这一只胳臂和我的全身的勇气，都要向你的心口证明你说谎。

爱德蒙　照理我应该问你的名字；可是你的外表既然这样英勇，你的出言吐语，也可以表明你不是一个卑微的人，虽然按照骑士的规则，我可以拒绝你的挑战，我却不惜唾弃这些规则，把你所说的那种罪名仍旧丢回到你的头上，让那像地狱一般可憎的谎话吞没你的心；凭着这一柄剑，我要在你的心头挖破一个窟窿，把你的罪恶一起塞进去。吹起来，喇叭！（号角声。二人决斗。爱德蒙倒地）

奥本尼　留他活命，留他活命！

高纳里尔　这是诡计，葛罗斯特；按照决斗的法律，你尽可以不接受一个不知名的对手的挑战；你不是被人打败，你是中了人家的计了。

奥本尼　闭住你的嘴，妇人，否则我要用这一张纸塞住它了。且慢，骑士。你这比一切恶名更恶的恶人，读读你自己的罪恶吧。不要撕，太太；我看你也认识这一封信的。（以信授爱德蒙）

高纳里尔　即使我认识这一封信，又有什么关系！法律在我手中，不在你手中；谁可以控诉我？（下）

奥本尼　岂有此理！你知道这封信吗？

爱德蒙　不要问我知道不知道。

奥本尼　追上她去；她现在情急了，什么事都干得出来；留心看着她。（一军官下）

爱德蒙　你所指斥我的罪状，我全都承认；而且我所干的事，着实不止这一些呢，总有一天会全部暴露的。现在这些事已成过去，我也要永辞人世了。可是你是什么人，我会失败在你的手里？假如你是一个贵族，我愿意对你不记仇恨。

爱德伽　让我们互相宽恕吧。在血统上我并不比你低微，爱德蒙；要是我的出身比你更高贵，你尤其不该那样陷害我。我的名字是爱德伽，你的父亲的儿子。公正的天神使我们的风流罪过成为惩罚我们的工具；他在黑暗淫邪的地方生下了你，结果使他丧失了他的眼睛。

爱德蒙　你说得不错，天道的车轮已经循环过来了。

奥本尼　我一看见你的举止行动，就觉得你不是一个凡俗之人。我必须拥抱你；让悔恨碎裂了我的心，要是我曾经憎恨过你和你的父亲。

爱德伽　殿下，我一向知道您的仁慈。

奥本尼　你把自己藏匿在什么地方？你怎么知道你的父亲的灾难？

爱德伽　殿下，我知道他的灾难，因为我就在他的身边照料他，听我讲一段简短的故事；当我说完以后，啊，但愿我的心爆裂了吧！贪生怕死，是我们人类的常情，我们宁愿每小时忍受着死亡的惨痛，也不愿一下子结束自己的生命，我为了逃避那紧迫着我的、残酷的宣判，不得不披上一身疯人的褴褛衣服，改扮成一副连狗儿们也要看不起的样子。在这样的乔装之中，我遇见了我的父亲，他的两个眼眶里流着血，那宝贵的眼珠已经失去了；我替他做向导，带着他走路，为他向人求乞，把他从绝望之中拯救出来；啊！千不该、万不该，我不该向他瞒住我自己的真相！直到约摸半小时以前，我已经披上甲胄，虽说希望成功，却不知道此行结果如何，请他为我祝福，才把我的全部经历从头到尾告诉他知道；可是唉！他的破碎的心太脆弱了，载不起这样重大的喜悦和悲伤，在这两种极端的情绪猛烈地冲突之下，他含着微笑死了。

爱德蒙　你这番话很使我感动，说不定对我有好处；可是说下去吧，看上去你还有一些话要说。

奥本尼　要是还有比这更伤心的事，请不要说下去了吧。因为我听了这样的话，已经忍不住热泪盈眶了。

爱德伽　对于不喜欢悲哀的人，这似乎已经是悲哀的顶点；可是在极度的悲哀之上，却还有更大的悲哀。当我正在放声大哭的时候，来了一个人，他认识我就是他所见过的那个疯丐，不敢接近我；可是后来他知道了我究竟是什么人，遭遇到了什么样的不幸，他就抱住我的头颈，大放悲声，好像要把天空都震碎一般；他俯伏在我的父亲的尸体上；讲出了关于李尔和他两个人的一段最凄惨的故事；他越讲越伤心，他的生命之弦都要开始颤断了；那时候喇叭的声音已经响过二次，我只好抛下他一个人在那如痴如醉的状态之中。

奥本尼　可是这是什么人？

爱德伽　肯特，殿下，被放逐的肯特；他一路上乔装改扮，跟随那把他视同仇敌的国王，替他躬操奴隶不如的贱役。

一侍臣持一流血之刀上。

侍　臣　救命！救命！救命啊！

爱德伽　救什么命！

奥本尼　说呀，什么事？

爱德伽　那柄血淋淋的刀是什么意思？

侍　臣　它还热腾腾地冒着气呢；它是从她的心窝里拔出来的。啊！她死了！

奥本尼　谁死了？说呀。

侍　臣　您的夫人，殿下，您的夫人；她的妹妹也给她毒死了，她自己承认的。

爱德蒙　我跟她们两人都有婚约，现在我们三个人可以在一块儿做夫妻了。

爱德伽　肯特来了。

奥本尼　把她们的尸体抬出来，不管她们有没有死。这一个上天的判决使我们战栗，却不能引起我们的怜悯。(侍臣下)

肯特上。

奥本尼　啊！这就是他吗？当前的变故使我不能对他尽我应尽的敬礼。

肯　特　我要来向我的陛下道一声永久的晚安，他不在这儿吗？

奥本尼　我们把一件重要的事情忘了！爱德蒙，陛下呢？考狄利娅呢？肯特，你看见这一种情景吗？(侍从抬高纳里尔、里根二具尸体上)

肯　特　哎哟！这是为了什么？

爱德蒙　爱德蒙还是有人爱的；这一个为了我的缘故毒死了那一个，跟着她也自杀了。

奥本尼　正是这样，把她们的脸遮起来。

爱德蒙　我快要断气了，倒想做一件违反我的本性的好事。赶快差人到城堡里去，因为我已经下令，要把李尔和考狄利娅处死。不要多说废话，迟一点就来不及啦。

奥本尼　跑！跑！跑呀！

爱德伽　跑去找谁呀，殿下？谁奉命干这件事的？你得给我一件什么东西，作为赦免的凭证。

爱德蒙　想得不错，把我的剑拿去给那队长。

奥本尼　快去，快去。(爱德伽下)

爱德蒙　他从你的妻子跟我两人的手里得到密令，要把考狄利娅在狱中缢死，对外面说是她自己在绝望中自杀的。

奥本尼　神明保佑她！把他暂时抬出去。(侍从抬爱德蒙下)

李尔抱考狄利娅尸体、爱德伽、军官及余人等同上。

李　尔　哀号吧，哀号吧，哀号吧，哀号吧！啊！你们都是些石头一样的人，要是我有了你们的舌头和眼睛，我要用我的眼泪和哭声震撼苍穹。她是一去不回的了。一个人死了还是活着，我是知道的；她已经像泥土一样死去。借一面镜子给我；要是她的气息还能够在镜面上呵起一层薄雾，那么她还没有死。

肯　特　这就是世界最后的结局吗？

爱德伽　还是末日恐怖的预兆？

奥本尼　天倒下来了，一切都要归于毁灭吗？

李　尔　这一根羽毛在动；她没有死！要是她还有活命，那么我的一切悲哀都可以消释了。

肯　特　（跪）啊，我的好主人！

李　尔　走开！

爱德伽　这是尊贵的肯特，您的朋友。

李　尔　一场瘟疫降落在你们身上，全是些凶手，奸贼！我本来可以把她救活的；现在她再也回不转来了！考狄利娅，考狄利娅！等一等。嘿！你说什么？她的声音总是那么柔软温和，女儿家是应该这样的。我亲手杀死了那把你缢死的奴才。

军　官　殿下，他真的把他杀死了。

李　尔　我不是把他杀死了吗，男人？从前我一举起我的宝刀，就可以叫他们吓得抱头鼠窜；现在年纪老啦，受到这许多磨难，一天比一天不中用啦。你是谁？老实告诉你吧，我的眼睛可不大好。

肯　特　要是命运女神向人夸口，说起有两个曾经一度被她宠爱，后来却为她厌弃的人，那么其中的一个就在我们眼前。

李　尔　我的眼睛太糊涂啦。你不是肯特吗？

肯　特　正是，您的仆人肯特。您的仆人卡厄斯呢？

李　尔　他是一个好人，我可以告诉你；他一动起火来就会打人。他现在已经死得骨头都腐烂了。

肯　特　不，陛下；我就是那个人。

李　尔　我一会儿能认出你来。

肯　特　自从您开始遭遇变故以来，一直跟随着您的不幸的足迹。

李　尔　欢迎，欢迎。

肯　特　不，一切都是凄惨的、黑暗的、阴郁的；您的两个大女儿已经在绝望中自杀了。

李　尔　嗯，我也想是这样的。

奥本尼　他不知道他自己在说些什么话，我们谒见他也是徒然的。

爱德伽　全然是徒劳。

一军官上。

军　官　启禀殿下，爱德蒙死了。

奥本尼　他的死，在现在不过是一件无足轻重的小事。各位勋爵和尊贵的朋友，听我向你们宣示我的旨意：对于这一位老病衰弱的君王，我们将要尽我们的力量给他可能的安慰；当他在世的时候，我仍旧把最高的权力归还给他。（向爱德伽、肯特）你们两位仍旧恢复原来的爵位，我还要加给你们额外的尊荣，褒扬你们过人的节行。一切朋友都要得到他们忠贞的报酬，一切仇敌都要尝到他们罪恶的苦果。啊！看，看！

李　尔　我的可怜的傻瓜给他们缢死了！不，不，没有命了！为什么一条狗、一匹马、一只耗子，都有它们的生命，你却没有一丝呼吸？你是永不回来的了，永不，永不，永不，永不，永不！请你替我解开这个纽扣；谢谢你，先生。你看见吗？看着她，看，她的嘴唇，看那边，看那边！（死）

爱德伽　他晕过去了！陛下，陛下！

肯　特　碎吧，心啊！碎吧！

爱德伽　抬起头来，陛下。

肯　特　不要烦扰他的灵魂。啊！让他安然死去吧；他将要痛恨那想要使他在这无情的人世多受一刻酷刑的人。

爱德伽　他真的去了。

肯　特　他居然忍受了这么久的时候，才是一件奇事；他的生命不是他自己的。

奥本尼　把他们抬出去。我们现在要传令全国举哀。（向肯特、爱德伽）

两位朋友，帮我主持大政，
培养这已经受伤的国本。

肯　特　不日间我就要登程上道，
我已经听见主的呼召。

奥本尼　不幸的重担不能不肩负，
感情是我们唯一的语言。
年老的人已经忍受一切，
后人只有抚陈迹而叹息。（同下。奏丧礼进行曲）

奥赛罗

剧中人物

威尼斯公爵

勃拉班修　元老

葛莱西安诺　勃拉班修之弟

罗多维科　勃拉班修的亲戚

奥赛罗　摩尔族贵裔，供职威尼斯政府

凯西奥　奥赛罗的副将

伊阿古　奥赛罗的旗官

罗德利哥　威尼斯绅士

蒙太诺　塞浦路斯总督，奥赛罗的前任者

小　丑　奥赛罗的仆人

苔丝狄蒙娜　勃拉班修之女，奥赛罗之妻

爱米利娅　伊阿古之妻

比恩卡　凯西奥的情妇

元老、水手、吏役、军官、使者、乐工、传令官、侍从等

地　点

第一幕在威尼斯；其余各幕在塞浦路斯岛一海口

第 一 幕

第一场 威尼斯街道

罗德利哥及伊阿古上。

罗德利哥 嘿！别对我说，伊阿古；我把我的钱袋交给你支配，让你随意花用，你却做了他们的同谋，这太不够朋友啦。

伊阿古 他妈的！你总不肯听我说下去。要是我做梦会想到这种事情，你不要把我当作一个人。

罗德利哥 你告诉我你一向恨他的。

伊阿古 要是我不恨他，你从此别理我。这城里的三个当道要人亲自向他打招呼，举荐我做他的副将；凭良心说，我知道我自己的价值，难道我就做不得一个副将？可是他眼睛里只有自己没有别人，对于他们的请求，都用一套充满了军事上口头禅的空话回绝了；因为他说："我已经选定我的佐将了。"他选中的是个什么人呢？哼，一个算学大家，一个叫作迈克尔·凯西奥的佛罗伦萨人，一个几乎因为娶了娇妻而误了终身的家伙；他从来不曾在战场上领过一队兵，对于布阵作战的知识，懂得简直也不比一个老守空闺的女人多；即使懂得一些书本上的理论，那些身穿宽袍的元老大人们讲起来也会比他更头头是道；只有空谈，不切实际，这就是他的全部的军人资格。可是，老兄，他居然得到了任命；我在罗得斯岛、塞浦路斯岛，以及其他基督徒和异教徒的国土之上，立过多少的军功，都是他亲眼看见的，现在却必须低首下心，受一个市侩的指挥。这位掌柜居然做起他的副将来，而我呢？上帝恕我这样说，却只在这位黑将军的麾下充一名旗官。

罗德利哥 天哪，我宁愿做他的刽子手。

伊阿古 这也是没有办法呀。说来真叫人恼恨，军队里的升迁可以全然不管古来的定法，按照个人的阶级依次递补，只要谁的脚力大，能够得到上官的欢心，就可以越级升职。现在，老兄，请你替我评一评理，我究竟为了什么理由要跟这摩尔人要好。

罗德利哥　假如是我，我就不愿跟随他。

伊阿古　啊，老兄，你放心吧；我之所以跟随他，不过是要利用他达到我自己的目的。我们不能每个人都是主人，每个主人也不是都有忠心仆人的。有天生当一辈子的奴才，他们卑躬屈节，拼命讨主人的好，甘心受主人的鞭策，像一头驴子似的，为了一些粮草而出卖他们的一生，等到年纪老了，主人就把他们撵走；这种老实的奴才是应该抽一顿鞭子的。还有一种人，他们表面上尽管装出一副鞠躬如也的样子，骨子里却是为他们自己打算；看上去好像替主人做事，实际却靠着主人发展自己的势力，像这种人还有几分头脑；我承认我自己就属于这一类。因为老兄，正像你是罗德利哥而不是别人一样，我要是做了那摩尔人，我就不会是伊阿古。同样地没有错，虽说我跟随他，其实还是跟随我自己。上天是我的公证人，我这样对他赔着小心，既不是为了忠心，也不是为了义务，只是为了自己的利益，才装出这一副假脸。要是我表面上的行为真的出自我的内心，那么不久我就要掬出我的心来，让乌鸦们乱啄了。世人所知道的我，并不是实在的我。

罗德利哥　要是那厚嘴唇的家伙也有这么一手，那可让他交上大运了！

伊阿古　叫起她的父亲来；不要放过他，打断他的兴致，在各处街道上宣布他的罪恶；激怒她的亲族。让他虽然住在气候宜人的地方，也免不了受蚊蝇的滋扰，虽然享受着盛大的欢乐，也免不了受烦恼的缠绕。

罗德利哥　这儿就是她父亲的家；我要高声叫喊。

伊阿古　很好，你嚷起来吧，就像在一座人口众多的城里，因为晚间失慎而起火的时候，人们用那种惊骇惶恐的声音呼喊一样。

罗德利哥　喂，喂，勃拉班修！勃拉班修先生，喂！

伊阿古　醒来！喂，喂！勃拉班修！捉贼！捉贼！捉贼！留心你的屋子、你的女儿和你的钱袋！捉贼！捉贼！

勃拉班修自上方窗口上。

勃拉班修　大惊小怪地叫什么呀？出了什么事？

罗德利哥　先生，您家里的人没有缺少吗？

伊阿古　您的门都锁上了吗？

勃拉班修　咦，你们为什么这样问我？

伊阿古　哼！先生，有人偷了您的东西去啦，还不赶快披上您的袍子！您的心碎了，您的灵魂已经丢掉半个；就在这时候，就在这一刻工夫，一只老黑羊在跟您的白母羊交尾哩。起来，起来！打钟惊醒那些鼾睡的市民，否则魔鬼要让您抱外孙啦。喂，起来！

勃拉班修　什么！你发疯了吗？

罗德利哥　老先生，您听得出我的声音吗？

勃拉班修　我听不出；你是谁？

罗德利哥　我的名字是罗德利哥。

勃拉班修　讨厌！我叫你不要在我的门前走动；我已经老老实实、明明白白对你说，我的女儿是不能嫁给你的；现在你吃饱了饭，喝醉了酒，疯疯癫癫，不怀好意，又要来扰乱我的安静了。

罗德利哥　先生，先生，先生！

勃拉班修　可是你必须明白，我不是一个好说话的人，要是你惹我发火，凭着我的地位，只要略微拿出一点力量来，你就要叫苦不迭了。

罗德利哥　好先生，不要生气。

勃拉班修　说什么有贼没有贼？这儿是威尼斯；我的屋子不是一座独家的田庄。

罗德利哥　最尊严的勃拉班修，我是一片诚心来通知您。

伊阿古　嘿，先生，您也是那种因为魔鬼叫他敬奉上帝而把上帝丢在一旁的人。您把我们当作了坏人，所以把我们的好心看成了恶意，宁愿让您的女儿给一匹黑马骑了，替您生下一些马子马孙，攀一些马亲马眷。

勃拉班修　你是个什么混账东西，敢这样胡说八道？

伊阿古　先生，我是一个特意来告诉您一个消息的人，令爱现在正在跟那摩尔人干那件禽兽一样的勾当哩。

勃拉班修　你是个浑蛋！

伊阿古　您是一位——元老呢。

勃拉班修　你留点儿神吧，罗德利哥，我认识你。

罗德利哥　先生，我愿意负一切责任，可是请您允许我说一句话。要是令爱因为得到您的明智的同意，所以才会在这样更深人静的午夜，让一个下贱的谁都可以雇用的船夫，把她载到一个贪淫的摩尔人的粗野的怀抱里。要是您对于这件事情不但知道，而且默许，照我看来，您至少已经给了她一部分的同意，那么我们的确太放肆、太冒昧了；可是假如您果真不知道这件事，那么从礼貌上说起来，您可不应该对我们恶声相向。难道我会这样一点不懂规矩，敢来戏侮像您这样一位长者吗？我再说一句，要是令爱没有得到您的许可，就把她的责任、美貌、智慧和财产，全部委弃在一个到处为家、漂泊流浪的异邦人的身上，那么她的确已经做了重大的逆行了。您可以立刻去调查明白，要是她好好地在她的房间里或是在您的屋子里，那么是我欺骗了您，您可以按照国法惩办我。

勃拉班修 喂，点起火来！给我一支蜡烛！把我的仆人全都叫起来！这件事情很像我的噩梦，它的极大的可能性已经重压在我的心头了。喂，拿火来！拿火来！（自上方下）

伊阿古 再会，我要少陪了；要是我不去，我就要出面跟这摩尔人当面对证，那不但不大相宜，而且在我的地位上也很多不便。因为我知道无论他将要因此而受到什么谴责，政府方面现在还不能就把他免职；塞浦路斯的战事正在进行，情势那么紧急，要马上派他前去，因为没有第二个人有像他那样的才能，可以担当这一个重任。所以虽然我恨他像恨地狱里的刑罚一样，可是为了事实上的必要，我不得不和他假意周旋，那也不过是表面上的敷衍而已。你等他们出来找人的时候，只要领他们到马人旅馆去，一定可以找到他；我也在那边跟他在一起。再见。（下）

勃拉班修率众仆持火炬自下方上。

勃拉班修 真有这样的祸事！她去了，只有悲哀怨恨伴着我这衰朽的余年！罗德利哥，你在什么地方看见她的？啊，不幸的孩子！说跟那摩尔人在一起吗？谁还愿意做一个父亲！你怎么知道是她？唉，想不到她会这样欺骗我！她对你怎么说？再拿些蜡烛来！唤醒我的所有的亲族！你想他们有没有结婚？

罗德利哥 说老实话，我想他们已经结了婚啦。

勃拉班修 天哪！她怎么出去的？啊，骨肉的叛逆！做父亲的人啊，从此以后，你们千万留心你们女儿的行动，不要信任她们的心思。世上有没有一种引诱青年少女失去贞操的邪术？罗德利哥，你有没有在书上读到过这一类的事情？

罗德利哥 是的，先生，我的确读到过。

勃拉班修 叫起我的兄弟来！唉，我后悔不让你娶了她去！你们快去给我分头找寻！你知道我们可以在什么地方把她和那摩尔人一起捉到？

罗德利哥 我想我可以找到他的踪迹，要是您愿意多派几个得力的人手跟我前去。

勃拉班修 请你带路。我要到每一个人家去搜寻；大部分的人家都在我的势

力之下。喂，多带一些武器！叫起几个巡夜的警吏！去，好罗德利哥，我一定重谢你的辛苦。（同下）

第二场 另一街道

奥赛罗、伊阿古及侍从等持火炬上。

伊阿古 虽然我在战场上杀过不少的人，可是总觉得有意杀人是违反良心的；缺少作恶的本能，往往使我不能做我所要做的事。好多次我想要把我的剑从他的肋骨下面刺进去。

奥赛罗 还是随他说去吧。

伊阿古 可是他唠里唠叨地说了许多破坏您的名誉的难听话，连像我这样一个荒唐的家伙也实在忍不住心头的怒火。可是请问主帅，你们有没有完成婚礼？您要注意，这位元老是很得人心的，他的潜势力比公爵还要大上一倍；他会拆散你们的姻缘，尽量运用法律的力量来给您种种压制和迫害。

奥赛罗 随他怎样发泄他的愤恨吧；我对贵族们所立的功劳，就可以驳倒他的控诉。世人还没有知道，要是夸口是一件荣耀的事，我就要到处宣布，我是高贵的祖先的后裔，我有充分的资格，享受我目前所得到的值得骄傲的幸运。告诉你吧，伊阿古，倘不是我真心恋爱温柔的苔丝狄蒙娜，即使给我大海中所有的珍宝，我也不愿意放弃我的无拘无束的自由生活，来俯就家室的羁缚的。可是看！那边举着火把走来的是些什么人？

伊阿古 她的父亲带着他的亲友来找您了；您还是进去躲一躲吧。

奥赛罗 不，我要让他们看见我；我的人品、我的地位和我的清白的人格可以替我表明一切。是不是他们？

伊阿古 对双面神起誓，我想不是。

凯西奥及若干吏役持火炬上。

奥赛罗 原来是公爵手下的人，还有我的副将。晚安，各位朋友！有什么消息？

凯西奥 主帅，公爵向您致意，请您立刻就过去。

奥赛罗 你知道是为了什么事？

凯西奥 照我猜想起来，大概是塞浦路斯方面的事情，看样子很是紧急。就在这一个晚上，战船上已经连续不断派了十二个使者赶来告急；许多元老都从睡梦中被人叫了起来，在公爵府里集合了。他们正在到处找您；因为您不在家里，所以元老院派了三队人出来分头寻访。

奥赛罗 幸而我给你找到了。让我到这儿屋子里去说一句话，就来跟你同去。（下）

凯西奥 他到这儿来有什么事？

伊阿古 不瞒你说，他今天夜里登上了一艘陆地上的大船；要是能够证明那是一件合法的战利品，他可以从此成家立业了。

凯西奥 我不懂你的话。

伊阿古 他结了婚啦。

凯西奥 跟谁结婚？

奥赛罗重上。

伊阿古 呃，跟来，主帅，我们走吧。

奥赛罗 好，我跟你走。

凯西奥 又有一队人来找您了。

伊阿古 那是勃拉班修。主帅，请您留心点儿；他来是不怀好意的。

勃拉班修、罗德利哥及吏役等持火炬武器上。

奥赛罗 喂！站住！

罗德利哥 先生，这就是那摩尔人。

勃拉班修 杀死他，这贼！（双方拔剑）

伊阿古 你，罗德利哥！来，我们来比个高下。

奥赛罗 收起你们明晃晃的剑，它们沾了露水会生锈的。老先生，像您这么年高德劭的人，有什么话不可以命令我们，何必动起武来呢？

勃拉班修 啊，你这恶贼！你把我的女儿藏到什么地方去了？你不想想你自己是个什么东西，胆敢用妖法蛊惑她；我们只要凭着情理判断，像她这样一个年轻貌美、娇生惯养的姑娘，多少我们国里有财有势的俊秀子弟她都看不上眼，倘不是中了魔，怎么会不怕人家的笑话，背着尊亲投奔到你这个丑恶的黑鬼的怀里？吓都把她吓坏了，还有什么乐趣可言！世人可以替我评一评，是不是显而易见你用邪恶的符咒欺诱她的娇弱的心灵，用药饵丹方迷惑她的知觉；我要在法庭上叫大家评一评理，这种事情是不是很可能的。所以我现在逮捕你；妨害风化、行使邪术，便是你的罪名。抓住他；要是他敢反抗，你们就用武力制伏他。

奥赛罗 帮助我的，反对我的，大家放下你们的手！我要是想打架，我自己会知道应该在什么时候动手。您要我到什么地方去答复您的控诉?

勃拉班修　到监牢里去，等法庭上传唤你的时候你再开口。

奥赛罗　要是我听从您的话去了，那么怎么答复公爵呢?他的使者就在我的身边，因为有紧急的公事，等候着带我去见他。

吏　役　真的，大人；公爵正在举行会议，我相信他已经派人请您去了。

勃拉班修　怎么！公爵在举行会议！在这样夜深的时候！把他带去。我的事情也不是一件等闲小事；公爵和我的同僚们听见了这个消息，一定会感到这种侮辱简直就像加在他们自己身上一般。要是这样的行为可以置之不问，奴隶和异教徒都要来主持我们的国政了。(同下)

第三场　议事厅

公爵及众元老围桌而坐；吏役等随侍。

公　爵　这些消息彼此分歧，令人难以置信。

元老甲　它们真是参差不一；我的信上说是共有船只107艘。

公　爵　我的信上说是140艘。

元老乙　我的信上又说是200艘。可是它们所报的数目虽然各个不同，因为根据估计所得的结果，难免多少有些出入，不过它们都证实确有一支土耳其舰队在向塞浦路斯岛进发。

公　爵　嗯，这种事情推想起来很有可能；即使消息不尽正确，我也并不就此放心；大体上总是有根据的，我们倒不能不担着几分心事。

水　手　(在内)喂！喂！喂！有人吗?

吏　役　一个从船上来的使者。

一水手上。

公　爵　什么事?

水　手　安哲鲁大人叫我来此禀告殿下，土耳其人调集舰队，正在向罗得斯岛进发。

公　爵　你们对于这一个变动有什么意见?

元老甲　照常识判断起来，这是不会有的事；它无非是转移我们目标的一种诡计。我们只要想一想塞浦路斯岛对于土耳其人的重要性，远在罗得斯岛以上，而且攻击塞浦路斯岛，也比攻击罗得斯岛容易得多，因为它的防务比较空虚，不像罗得斯岛那样戒备严密；我们只要想到这一点，就可以断定土耳其人绝不会那样愚笨，甘心舍本逐末，避轻就重，进行一场无益的冒险。

公　爵　嗯，他们的目标绝不是罗得斯岛，这是可以断定的。

吏　役　又有消息来了。

一使者上。

使　者　公爵和各位大人，向罗得斯岛驶去的土耳其舰队，已经和后来的另外一支舰队会合了。

元老甲　嗯，果然符合我的预料。照你猜想起来，一共有多少船只？

使　者　30艘模样；它们现在已经回过头来，显然是要开向塞浦路斯岛去的。蒙太诺大人，您的忠实英勇的仆人，本着他的职责，叫我来向您报告这一消息。

公　爵　那么一定是到塞浦路斯岛去的了。玛克斯·勒西科斯不在威尼斯吗？

元老甲　他现在到佛罗伦萨去了。

公　爵　替我写一封十万火急的信给他。

元老甲　勃拉班修和那勇敢的摩尔人来了。

勃拉班修、奥赛罗、伊阿古、罗德利哥及吏役等上。

公　爵　英勇的奥赛罗，我们必须立刻派你出去向我们的公敌土耳其人作战。（向勃拉班修）我没有看见你；欢迎，高贵的大人，我们今晚正需要你的指教和帮助呢。

勃拉班修　我也同样需要您的指教和帮助。殿下，请您原谅，我并不是因为职责所在，也不是因为听到了什么国家大事而从床上惊起；国家的安危不能引起我的注意，因为我个人的悲哀是那么压倒一切，把其余的忧虑一起吞没了。

公　爵　啊，为了什么事？

勃拉班修　我的女儿！啊，我的女儿！

公　爵
众元老　死了吗？

勃拉班修　嗯，她对于我是死了。她已经被人污辱，人家把她从我的地方拐走，用江湖骗子的符咒药物引诱她堕落；因为一个没有残疾、眼睛明亮、理智健康的人，倘不是中了魔法的蛊惑，绝不会犯这样荒唐的错误的。

公　爵　如果有人用这种邪恶的手段引诱你的女儿，使她丧失了自己的本性，使你丧失了她，那么无论他是什么人，你都可以根据无情的法律，照你自己的解释给他应得的严刑；即使他是我的儿子，你也可以照样控诉他。

勃拉班修　感谢殿下。罪人就在这儿，就是这个摩尔人；好像您有重要的公事召他来的。

公　爵
众元老　那我们真是抱憾得很。

公　爵　（向奥赛罗）你自己对于这件事有什么话要分辩？

勃拉班修　没有，事情就是这样。

奥赛罗　威严无比、德高望重的各位大人，我的尊贵贤良的主人们，我把这位老人家的女儿带走了，这是完全真实的；我已经和她结了婚，这也是真的；我的最大的罪状仅止于此，别的就不是我所知道的了。我的语言是粗鲁的，一点不懂得那些温文尔雅的辞令；因为自从我这双手臂长了七年的膂力以后，直到最近这九个月时间在无所事事中蹉跎过去，它们一直都在战场上发挥它们的本领；对于这一个广大的世界，我除了冲锋陷阵以外，几乎一无所知，所以我也不能用什么动人的字句替我自己辩护。可是你们要是愿意耐心听我说下去，我可以向你们讲述一段质朴无文的、关于我的恋爱的全部经过的故事；告诉你们我用什么药物、什么符咒、什么驱神役鬼的手段、什么神奇玄妙的魔法，骗到了他的女儿，因为这是他所控诉我的罪名。

勃拉班修　一个素来胆小的女孩子，她的生性是那么幽娴贞静，甚至于心里略微动了一点感情，就会满脸羞愧；像她这样的性格，像她这样的年龄，竟会不顾国族的畛域，把名誉和一切作为牺牲，去跟一个她看着都感到害怕的人发生恋爱！假如有人宣称，这样好的姑娘会做下这样不近情理的事，那这个人的判断可太荒唐了；因此一定得查究，看到底使用了什么样的阴谋诡计，才会有这种事情？我断定他一定曾经用烈性的药饵或是邪术炼成的毒剂麻醉了她的血液。

公　爵　没有更确实显明的证据，单单凭着这些表面上的猜测和莫须有的武断，是不能使人信服的。

元老甲　奥赛罗，你说，你有没有用不正当的诡计诱惑这一位年轻的女郎，或是用强暴的手段逼迫她服从你；还是正大光明地对她披肝沥胆，达到你的求爱的目的？

奥赛罗　请你们差一个人到马人旅馆去把这位小姐接来，让她当着她的父亲的面告诉你们我是怎样一个人。要是你们根据她的报告，认为我是有罪的，你们不但可以撤销你们对我的信任，解除你们给我的职权，并且可以把我判处死刑。

公　爵　去把苔丝狄蒙娜带来。

奥赛罗　旗官，你领他们去；你知道她在什么地方。（伊阿古及吏役等下）当她没有到来以前，我要像对天忏悔我的血肉的罪恶一样，把我怎样得到这位美人的爱情和她怎样得到我的爱情的经过情形，忠实地向各位陈诉。

公　爵　说吧，奥赛罗。

奥赛罗　她的父亲很看重我，常常请我到他家里，每次谈话的时候，总是问起我过去的历史，要我讲述我一年又一年所经历的各次战争、围城和意外的遭遇；我就把我的一生事实，从我的童年时代起，直到他叫我讲述的时候为止，原原本本地说了出来。我说起最可怕的灾祸，海上陆上惊人的奇遇，间不容发的脱险，在傲慢的敌人手中被俘为奴和遇赎脱身的经过，以及旅途中的种种见闻；那些广大的岩窟、荒凉的沙漠、突兀的崖嶂、巍峨的峰岭；以及彼此相食的野蛮部落，和肩下生头的化外异民；这些都是我的谈话的题目。苔丝狄蒙娜对于这种故事，总是出神倾听；有时为了家庭中的事务，她不能不离座而起，可是她总是尽力把事情赶紧办好，再回来孜孜不倦地把我所讲的每一个字都听了进去。我注意到她这种情形，有一天在一个适当的时间，从她的嘴里透露出了她的真诚的心愿：她希望我能够把我的一生经历，对她做一次详细地复述，因为她平日所听到的只是一鳞半爪、残缺不全的片段。我答应了她的要求；当我讲到我在少年时代所遭逢的不幸的打击的时候，她往往忍不住掉下泪来。我的故事讲完以后，她用无数的叹息酬劳我；她发誓说，那是非常奇异而悲惨的；她希望她没有听到这段故事，可是又希望上天为她造下这样一个男子。她向我道谢，对我说，要是我有一个朋友爱上了她，我只要教他怎样讲述我的故事，就可以得到她的爱情。我听了这一个暗示，才向她吐露我的求婚的诚意。她为了我所经历的种种患难而爱我，我为了她对我所抱的同情而爱她：这就是我的唯一的妖术。她来了；让她为我证明吧。

苔丝狄蒙娜、伊阿古及吏役等上。

公　爵　像这样的故事，我想我的女儿听了也会着迷的。勃拉班修，木已成舟，不必懊恼了。刀剑虽破，比起手无寸铁来，总是略胜一筹。

勃拉班修　请殿下听她说；要是她承认她本来也有爱慕他的意思，而我却归咎于他，那就让我不得好死。过来，好姑娘，你看这在座的济济众人之间，谁是你所最应该服从的？

苔丝狄蒙娜 我的尊贵的父亲，我在这里所看到的是我的分歧的义务；对您说起来，我深荷您的生养教育的大恩，您给我的教养使我明白我应该怎样敬重您；您是我的家长和严君，我直到现在都是您的女儿。可是这儿是我的丈夫，正像我的母亲对您恪尽一个妻子的义务、把您看得比她的父亲更重一样，我也应该有权利向这位摩尔人，我的夫主，尽我应尽的名分。

勃拉班修 上帝和你同在！我没有话说了。殿下，请您继续处理国家的要务吧。我宁愿抚养一个义子，也不愿自己生男育女。过来，摩尔人。我现在用我的全副诚心，把她给了你；倘不是你早已得到了她，我一定再也不会让她到你手里。为了你的缘故，宝贝，我很高兴我没有别的儿女，否则你的私奔将要使我变成一个虐待儿女的暴君，替他们手脚加上镣铐。我没有话说了，殿下。

公 爵 让我设身处地，说几句话给你听听，也许可以帮助这一对恋人，使他们能够得到你的欢心。

眼看希望幻灭，厄运临头，
无可挽回，何必满腹牢愁？
为了既成的灾祸而痛苦，
徒然招惹出更多的灾祸。
既不能和命运争强斗胜，
还是付之一笑，安心耐忍。
聪明人遭盗窃毫不介意；
痛哭流涕反而伤害自己。

勃拉班修 让敌人夺去我们的海岛，
我们同样可以付之一笑。
那感激法官仁慈的囚犯，
他可以忘却刑罚的苦难；
倘然他怨恨那判决太重，
他就要忍受加倍的惨痛。
种种譬解虽能给人慰藉，
它们也会格外添人悲戚；

可是空言毕竟无补实际，

几曾有好听话送进心底？

请殿下继续进行原来的公事吧。

公　爵　土耳其人正在向塞浦路斯大举进犯；奥赛罗，那岛上的实力你是知道得十分清楚的；虽然我们派在那边代理总督职务的，是一个公认为很有能力的人，可是大家的意思都觉得由你去负责镇守，才可以万无一失；所以说只得打扰你的新婚的快乐，辛苦你去跑这一趟了。

奥赛罗　各位尊贵的元老们，习惯的暴力已经使我把冷酷无情的战场当作我的温软的眠床，对于艰难困苦，我总是挺身而赴。我愿意接受你们的命令，去和土耳其人作战；可是我要恳求你们，念在我替国家尽心出力，给我的妻子一个适当的安置，按照她的身份，供给她一切日常的需要。

公　爵　你要是同意的话，可以让她住在她父亲的家里。

勃拉班修　我不愿意收留她。

奥赛罗　我也不能同意。

苔丝狄蒙娜　我也不愿住在父亲的家里，让他每天看见我生气。最仁慈的公爵，愿您俯听我的陈请，让我的卑微的衷忱得到您的谅解和赞助。

公　爵　你有什么请求，苔丝狄蒙娜？

苔丝狄蒙娜　我不顾一切地跟命运对抗，代我向世人宣告，我因为爱这摩尔人，所以愿意和他过共同的生活；我的心灵完全为他的高贵的德行所征服；我先看到他那颗心，然后认识他那奇伟的仪表；我已经把我的灵魂和命运一起呈献给他了。所以，各位大人，要是他一个人迢迢出征，把我遗留在和平的后方，过着像蜉蝣般的生活，我将要因为不能朝夕侍奉他，而在镂心刻骨的离情别绪中度日如年了。让我跟他去吧。

奥赛罗　请你们允许了她吧。上天为我作证，我向你们这样请求，并不是为了满足我自己的欲望，因为青春的热情在我已成过去了；我的唯一的动机，只是不忍使她失望。请你们千万不要抱着那样的思想，以为她跟我在一起，会使我懈怠了你们所托付给我的重大的使命。不，要是插翅的爱神的风流解数，可以蒙蔽了我的灵明的理智，使我因为贪恋欢娱而误了正事，那么让主妇们把我的战盔当作水罐，让一切的污名都丛集于我的一身吧！

公　爵　她的去留行止，可以由你们自己去决定。事情很是紧急，你必须立刻出发。

元老甲　今天晚上你就得动身。

奥赛罗　很好。

公　爵　明天早上九点钟，我们还要在这儿聚会一次。奥赛罗，请你留下一个将佐在这儿，将来政府的委托状好由他转交给你；要是我们随后还有什么决定，可以叫他把我们的训令传达给你。

奥赛罗　殿下，我的旗官是一个很适当的人物，他的为人是忠实而可靠的；我还要请他负责护送我的妻子，要是此外还有什么必须寄给我的物件，也请殿下一起交给他。

公　爵　很好。各位晚安！（向勃拉班修）尊贵的先生，倘然以才取人，不凭容貌，你这位贤东床难道比不上翩翩少年？

元老甲　再会，勇敢的摩尔人！好好看顾苔丝狄蒙娜。

勃拉班修　留心看着她，摩尔人，不要视而不见；她已经愚弄了她的父亲，她也会把你欺骗。（公爵、众元老、吏役等同下）

奥赛罗　我用生命保证她的忠诚！正直的伊阿古，我必须把我的苔丝狄蒙娜托付给你，请你叫你的妻子当心照料她；看什么时候有方便，就烦你护送她们起程。来，苔丝狄蒙娜，我只有一小时的工夫和你诉说衷情，料理庶事了。我们必须服从环境的支配。（奥赛罗、苔丝狄蒙娜同下）

罗德利哥　伊阿古！

伊阿古　你怎么说，好人？

罗德利哥　你想我该怎么办？

伊阿古　上床睡觉去吧。

罗德利哥　我立刻就投水去。

伊阿古　好，要是你投了水，我从此不喜欢你了。嘿，你这傻大少爷！

罗德利哥　要是活着这样受苦，傻瓜才愿意活下去；一死可以了却烦恼，还是死了的好。

伊阿古　啊，该死！我在这世上也经历过四七二十八个年头了，自从我能够辨别利害以来，我从来不曾看见过什么人知道怎样爱惜他自己。要是我也会为了爱上一个雌儿的缘故而投水自杀，我宁愿变成一只猴子。

罗德利哥　我该怎么办？我承认这样痴心是一件丢脸的事，可是我没有力量把它补救过来呀。

伊阿古　力量！废话！我们要这样那样，只有靠我们自己。我们的身体就像一座园圃，我们的意志是这园圃里的园丁；不论我们插荨麻，种莴苣，栽下牛膝草，拔起百里香，或者单独培植一种草木，或者把全园种得万卉纷披，让它荒废不治也好，把它辛勤耕垦也好，那权力都在于我们的意志。要是在我们的生命之中，理智和情欲不能保持平衡，我们血肉的邪心就会引导我们到一个荒唐的结局；可是我们有的是理智，可以冲淡我们汹涌的热情，肉体的刺激和奔放的淫欲；我认为你所称为“爱情”的，也不过是那样一种东西。

罗德利哥　不，那不是。

伊阿古　那不过是在意志的默许之下一阵情欲的冲动而已。算了，做一个男人。投水自杀！捉几只大猫小狗投在水里吧！我曾经声明我是你的朋友，我承认我对你的友谊是用不可摧折的、坚韧的缆索联结起来的；现在正是我应该为你出力的时候。把银钱放在你的钱袋里；跟他们出征去；装上一脸假胡子，遮住了你的本来面目——我说，把银钱放在你的钱袋里。苔丝狄蒙娜爱那摩尔人绝不会长久——把银钱放在你的钱袋里——他也不会长久爱她。她一开始就把他爱得这样热烈，他们感情的破裂一定也是很突然的——你只要把银钱放在你的钱袋里。这些摩尔人很容易变心——把你的钱袋装满了钱——现在他吃起来像蝗虫一样美味的食物，不久便要变得像苦瓜柯萝辛一样涩口了。她必须换一个年轻的男子；当他的肉体使她餍足了以后，她就会觉悟她的选择的错误。她必须换换口味，她必须换；所以把银钱放在你的钱袋里。要是你一定要寻死，也得想一个比投水巧妙一点的死法。尽你的力量搜刮一些钱。要是凭着我的计谋和魔鬼们的奸诈，破坏这一个鲁莽的蛮子和这一个狡猾的威尼斯女人之间的脆弱的盟誓，还不算是一件难事，那么你一定可以享受她——所以快去设法弄些钱来吧。投水自杀！什么话！那根本就不用提；你宁可因为追求你的快乐而被人吊死，总不要在没有一亲她的香泽以前投水自杀。

罗德利哥　要是我期待着这样的结果，你一定会尽力帮助我达到我的愿望吗？

伊阿古　你可以完全信任我。去，弄一些钱来。我常常对你说，一次一次反复告诉你，我恨那摩尔人；我的怨怼蓄积在心头，你也对他抱着同样深刻的仇恨，让我们同心合力向他复仇；要是你能够替他戴上一顶绿头巾，你固然是如愿以偿，我也可以拍掌称快。无数人事的变化孕育在时间的胚胎里，我们等着看吧。去，预备好你的钱。我们明天再谈这件事吧。再见。

罗德利哥　明天早上我们在什么地方会面？

伊阿古　就在我的寓所里吧。

罗德利哥　我一早就来看你。

伊阿古　好，再会。你听见吗，罗德利哥？

罗德利哥　你说什么？

伊阿古　别再提起投水的话了，你听见没有？

罗德利哥　我已经变了一个人了。我要去把我的田地一起变卖。

伊阿古　好，再会！多往你的钱袋里放些钱。（罗德利哥下）我总是这样让这种傻瓜掏出钱来给我花；因为倘不是为了替自己解解闷，打算占些便宜，那我浪费时间跟这样一个呆子周旋，那才冤枉哩，那还算得什么有见识的人。我恨那摩尔人；有人说他和我的妻子私通，我不知道这句话是真是假；可是在这种事情上，即使不过是嫌疑，我也要把它当作实有其事一样看待。他对我很有好感，这样可以使我对他实行我的计策的时候格外方便一些。凯西奥是一个俊美的男子；让我想想看，夺到他的位置，实现我的一举两得的阴谋；怎么办？怎么办？让我看到，等过了一些时候，在奥赛罗的耳边捏造一些鬼话，说他跟他的妻子看上去太亲热了；他长得漂亮，性情又温和，天生一种媚惑妇人的魔力，像他这种人是很容易引起疑心的。那摩尔人是一个坦白爽直的人，他看见人家在表面上装出一副忠厚诚实的样子，就以为一定是个好人；我可以把他像一头驴子一般牵着鼻子跑。有了！我的计策已经产生。地狱和黑夜酝酿成这空前的罪恶，它必须向世界显露它的面目。（下）

第 二 幕

第一场 塞浦路斯岛海口一市镇码头附近的广场

蒙太诺及二军官上。

蒙太诺 你从那海岬望出去，看见海里有什么船只没有？

军官甲 一点望不见。波浪很高，在海天之间，我看不见一片船帆。

蒙太诺 风在陆地上吹得也很厉害；从来不曾有这么大的暴风摇撼过我们的雉堞。要是它在海上也这么猖狂，哪一艘橡树造成的船身支持得住山一样的巨涛迎头倒下？我们将要从这场风暴中间听到什么消息呢？

军官乙 土耳其的舰队一定要被风浪冲散了。你只要站在白沫飞溅的海岸上，就可以看见咆哮的汹涛直冲云霄，被狂风卷起的怒浪奔腾山立，好像要把海水浇向光明的大熊星上，熄灭那照耀北极的永古不移的斗宿一样。我从来没有见过这样可怕的惊涛骇浪。

蒙太诺 要是土耳其舰队没有避进港里，它们一定沉没了；这样的风浪是抵御不了的。

另一军官上。

军官丙 报告消息！咱们的战事已经结束了。土耳其人遭受这场风暴的突击，不得不放弃他们进攻的计划。一艘从威尼斯来的大船一路上看见他们的船只或沉或破，大部分零落不堪。

蒙太诺 啊！这是真的吗？

军官丙 大船已经在这儿进港，是一艘维洛那造的船；迈克尔·凯西奥，那勇武的摩尔人奥赛罗的副将，已经上岸来了；那摩尔人自己还在海上，他是奉到全权委任，到塞浦路斯这儿来的。

蒙太诺 我很高兴，这是一位很有才能的总督。

军官丙 可是这个凯西奥说起土耳其的损失，虽然兴高采烈，同时却满脸愁容，祈祷着那摩尔人的安全，因为他们是在险恶的大风浪中彼此失散的。

蒙太诺 但愿他平安无恙；因为我曾经在他手下做过事，知道他在治军用兵这方面，的确是一个大将之才。来，让我们到海边去！一方面看看新到的船舶，一方面把我们的眼睛遥望到海天相接的远处，盼望着勇敢的奥赛罗。

军官丙　来，我们去吧；因为每一分钟都会有更多的人到来。

凯西奥上。

凯西奥　谢谢，你们这座尚武的岛上的各位壮士，因为你们这样褒奖我们的主帅。啊！但愿上天帮助他战胜风浪，因为我是在险恶的波涛之中和他失散的。

蒙太诺　他的船靠得住吗？

凯西奥　船身很是坚固，舵师是一个很有经验的人，所以我还抱着很大的希望。（内呼声："一条船！一条船！一条船！"）

一使者上。

凯西奥　什么声音？

使　者　全市的人都出来了；海边站满了人，他们在嚷："一条船！一条船！"

凯西奥　我希望那就是我们新任的总督。（炮声）

军官乙　他们在放礼炮了；即使不是总督，至少也是我们的朋友。

凯西奥　请你去看一看，回来告诉我们究竟是什么人来了。

军官乙　我就去。（下）

蒙太诺　可是，副将，你们主帅有没有结过婚？

凯西奥　他的婚姻是再幸福不过的。他娶到了一位女郎，她的美貌才德，胜过一切的形容和崇高的名誉；笔墨的赞美不能写尽她的好处，没有一句适当的语言可以充分表达出她的天赋的优美。

军官乙重上。

凯西奥　啊！谁到来了？

军官乙　是元帅麾下的一个旗官，名叫伊阿古。

凯西奥　他倒一帆风顺地到了。汹涌的怒涛，咆哮的狂风，埋伏在海底的礁石沙碛，似乎也懂得爱惜美人，收敛了它们凶恶的本性，让神圣的苔丝狄蒙娜安然通过。

蒙太诺　她是谁？

凯西奥　就是我刚才说起的，我们大帅的主帅。勇敢的伊阿古护送她到这儿来，想不到他们路上走得这么快，比我们的预期还早七天。伟大的乔武啊，保佑奥赛罗，吹一口你的大力的气息在他的船帆上，让他的高大的桅樯在这儿海港里显现它的雄姿，让他跳动着一颗恋人的心投进了苔丝狄蒙娜的怀里，重新燃起我们奄奄欲绝的精神，使整个塞浦路斯充满了兴奋！

苔丝狄蒙娜、爱米利娅、伊阿古、罗德利哥及侍从等上。

凯西奥　啊！看，船上的珍宝到岸上来了。塞浦路斯人啊，向她下跪吧。祝福你，夫人！愿神灵在你前后左右周遭呵护你！

苔丝狄蒙娜　谢谢您，英勇的凯西奥。您知道我的丈夫有什么消息吗？

凯西奥　他还没有到来；我只知道他是平安的，大概不久就会到来。

苔丝狄蒙娜　啊！可是我怕，你们怎么会分散的？

凯西奥　天风和海水的猛烈的激战，使我们彼此失散。可是听！有船来了。

（内呼声“一条船！一条船”；炮声）

军官乙　他们向我们城上放礼炮了；到来的也是我们的朋友。

凯西奥　你去探看探看。（军官乙下。向伊阿古）老总，欢迎！（向爱米利娅）欢迎，嫂子！请你不要恼怒，好伊阿古，我总得讲个礼貌，按我的教养，就得来这样一个放肆的见面礼。（吻爱米利娅）

伊阿古　老兄，要是她向你掀动她的嘴唇，也像她向我掀动她的舌头一样，那你就要叫苦不迭了。

苔丝狄蒙娜　唉！她又不会多嘴。

伊阿古　真的，她太会多嘴了；每次我想睡觉的时候，总是被她吵得不得安宁。不过，在您夫人的面前，我还要说一句，她有些话是放在心里说的，人家看她不开口，她却在心里骂人。

爱米利娅　你没有理由这样冤枉我。

伊阿古　得啦，得啦，你们跑出门来像图画，走进房去像响铃，到了灶下像野猫；设计害人的时候，面子上装得像个圣徒，人家冒犯了你们，你们便活像夜叉；叫你们管家，你们只会一味胡闹，一上床却又十足像个忙碌的主妇。

苔丝狄蒙娜　啊，啐！你这毁谤女人的家伙！

伊阿古　不，我说的话儿千真万确，

你们起来游戏，上床工作。

爱米利娅　我再也不要你写赞美我的诗句。

伊阿古　对，不要叫我写。

苔丝狄蒙娜　要是叫你赞美我，你要怎么编法呢？

伊阿古　啊，好夫人，别叫我做这件事，因为我的脾气是要吹毛求疵的。

苔丝狄蒙娜　来，试试看。有人到港口去了吗？

伊阿古　是，夫人。

苔丝狄蒙娜　我虽然心里愁闷，姑且强作欢容。来，你怎么赞美我？

伊阿古　我正在想着呢；可是我的诗情粘在我的脑壳里，用力一挤就会把脑浆一起挤出的。我的诗神难产了——有了——孩子生出来了：

她要是既漂亮又智慧，
就不会误用她的娇美。

苔丝狄蒙娜　赞美得好！要是她虽黑丑而聪明呢？

伊阿古　她要是虽黑丑却聪明，
包她找到一位俊郎君。

苔丝狄蒙娜　不成话。

爱米利娅　要是美貌而愚笨呢？

伊阿古　美女人绝不是笨冬瓜，
蠢煞也会抱个小娃娃。

苔丝狄蒙娜　这些都是在酒店里骗傻瓜们笑笑的古老的歪诗。还有一种又丑又笨的女人，你也能够勉强赞美她两句吗？

伊阿古　别嫌她心肠笨相貌丑，
女人的戏法一样拿手。

苔丝狄蒙娜　啊，岂有此理！你把最好的赞美给了最坏的女人。可是对于一个贤惠的女人——连十足的坏蛋也得赞美的好女人——你又怎么赞美她呢？

伊阿古　她长得美，却从不骄傲，
能说会道，却从不叫嚣；
有的是钱，但从不妖娆；
摆脱欲念，嘴里说“我要！”；
她受人气恼，想把仇报，
却平了气，把烦恼打消；
明白懂事，不朝三暮四，
不拿鳕鱼头换鲑鱼翅；
会动脑筋，却闭紧小嘴，
有人盯梢，她头也不回；

要是有这样的女娇娘——

苔丝狄蒙娜 要她干什么呢？

伊阿古 养傻孩子，记油盐账。

苔丝狄蒙娜 啊，这可真是最蹩脚、最没劲的收尾！爱米利娅，不要听他的话，虽然他是你的丈夫。你怎么说，凯西奥？他不是一个粗俗的、胡说八道的家伙吗？

凯西奥 他说得很直爽，夫人。您要是把他当作一个军人，不把他当作一个文士，您就不会嫌他出言粗俗了。

伊阿古 （旁白）他捏着她的手心。嗯，交头接耳，好得很。我只要张起这么一个小小的网，就可以捉住像凯西奥这样一只大苍蝇。嗯，对她微笑，很好；我要叫你跌翻在你自己的礼貌中间。您说得对，正是正是。要是这种鬼殷勤会葬送你的前程，你还是不要老是吻着你的三个指头，表示你的绅士风度吧。很好；吻得不错！绝妙的礼貌！正是正是。又把你的手指放到你的嘴唇上去了吗？让你的手指头做你的通肠管我才高兴呢。（喇叭声）主帅来了！我听得出他的喇叭声音。

凯西奥 真的是他。

苔丝狄蒙娜 让我们去迎接他。

凯西奥 看！他来了。

奥赛罗及侍从等上。

奥赛罗 啊，我的娇美的战士！

苔丝狄蒙娜 我的亲爱的奥赛罗！

奥赛罗 看见你比我先到这里，真使我又惊又喜。啊，我心爱的人！要是每一次暴风雨之后，都有这样和煦的阳光，那么尽管让狂风肆意地吹，把死亡都吹醒了吧！让那辛苦挣扎的船舶爬上一座座如山的高浪，就像从高高的天上堕下幽深的地狱一般，一泻千丈地跌下来吧！要是我现在死去，那才是最幸福的；因为我怕我的灵魂已经尝到了无上的欢乐，此生此世，再也不会有同样令人欣喜的事情了。

苔丝狄蒙娜 但愿上天眷顾，让我们的爱情和欢乐与日俱增！

奥赛罗 阿门，慈悲的神明！我不能充分说出我心头的快乐；太多的欢喜室住了我的呼吸。（吻苔丝狄蒙娜）一个吻——再来一个——这便是两颗心间最大的冲突了。

伊阿古 （旁白）啊，你们现在是琴瑟调和，看我不动声色，叫你们松了弦线走了音。

奥赛罗　来，让我们到城堡里去。好消息，朋友们；我们的战事已经结束，土耳其人全都淹死了。我的岛上的旧友，您好？爱人，你在塞浦路斯将要受到众人的宠爱，我觉得他们都是非常热情的。啊，亲爱的，我自己太高兴了，所以会说出这样忘形的话来。好伊阿古，请你到港口去一趟，把我的箱子搬到岸上。带那船长到城堡里来；他是一个很好的家伙，他的才能非常叫人钦佩。来，苔丝狄蒙娜，我们又在塞浦路斯岛团圆了。

（除伊阿古、罗德利哥外均下）

伊阿古　你马上就到港口来会我。过来。人家说，爱情可以刺激懦夫，使他鼓起本来所没有的勇气；要是你果然有胆量，请听我说。副将今晚在卫舍守夜。第一我必须告诉你，苔丝狄蒙娜是直接跟他发生恋爱的。

罗德利哥　跟他发生了恋爱！那是不会有的事。

伊阿古　闭住你的嘴，好好听我说。你看她当初不过因为这摩尔人向她吹了些法螺，撒下了一些弥天大谎，她就爱得他那么热烈；难道她会继续爱他，只是为了他的吹牛的本领吗？你是个聪明人，不要以为世上会有这样的事。她的视觉必须得到满足；她能够从魔鬼脸上感到什么佳趣？情欲在一阵兴奋过了以后而渐生厌倦的时候，必须换一换新鲜的口味，方才可以把它重新刺激起来，或者是容貌的漂亮，或者是年龄的相称，或者是举止的风雅，这些都是这摩尔人所欠缺的；她因为在这些必要的方面不能得到满足，一定会觉得她的青春娇艳所托非人，而开始对这摩尔人由失望而憎恨，由憎恨而厌恶，她的天性就会迫令她再做第二次的选择。这种情形是很自然而可能的；要是承认了这一点，试问哪一个人比凯西奥更有享受这一种福分的便利？一个很会讲话的家伙，为了达到他的秘密的淫邪的欲望，他会恬不为意地装出一副殷勤文雅的外表。哼，谁也比不上他；一个狡猾阴险的家伙，惯会趁机取利，无孔不入，一个鬼一样的家伙！而且，这家伙又漂亮，又年轻，凡是可以使无知妇女醉心的条件，他无一不备。一个十足害人的家伙。这女人已经把他勾上了。

罗德利哥　我不能相信，她是一位圣洁的女郎。

伊阿古　他妈的圣洁！她喝的酒也是用葡萄酿成的；她要是圣洁，她就不会爱这摩尔人了。哼，圣洁！你没有看见她捏他的手心吗？你没有看见吗？

罗德利哥　是的，我看见的；可是那不过是礼貌罢了。

伊阿古　我举手为誓，这明明是奸淫！这一段意味深长的楔子，就包括无限淫情欲念的交流。他们的嘴唇那么贴近，他们的呼吸简直互相拥抱了。该死的思想，罗德利哥！这种表面上的亲热一开了端，主要的好戏就会跟着上场，肉体的结合是必然的结论。呸！可是，老兄，你依着我的话做去。我特意把你从威尼斯带来，今晚你代我值班守夜。我会给你把命令弄来；凯西奥是不认识你的；我就在离你不远的地方看着你；你见了凯西奥就找一些借口向他挑衅，或者高声辱骂，或者毁谤他的军誉，或者随你的意思用其他无论什么比较适当的方法。

罗德利哥　好。

伊阿古　老兄，他是个性情暴躁、易于发怒的人，也许会向你动武；即使他不动武，你也要激动他和你打起架来；因为借着这一个理由，我就可以在塞浦路斯人中间煽起一场暴动，假如要平息他们的愤怒，除了把凯西奥解职以外没有其他方法。这样你就可以在我的设计协助之下，早日达到你的愿望，你的阻碍也可以从此除去，否则我们的事情是决无成功之望的。

罗德利哥　我愿意这样干，要是我能够找到下手的机会。

伊阿古　那我可以向你保证。等会儿在城门口见我。我现在必须去替他把应用物件搬上岸来。再会。

罗德利哥　再会。（下）

伊阿古　凯西奥爱她，这一点我是可以充分相信的；她爱凯西奥，这也是一件很自然而可能的事。这摩尔人我虽然气他不过，却有一副坚定、仁爱、正直的性格；我相信他会对苔丝狄蒙娜做一个最多情的丈夫。讲到我自己，我也是爱她的，并不完全出于情欲的冲动，虽然也许我也犯着这样的罪名，可是一半是为要报复我的仇恨，因为我疑心这好色的摩尔人跨上了我的坐骑。这一种思想像毒药一样腐蚀我的肝肠，什么都不能使我心满意足，除非在他身上发泄这一口怨气；即使不能做到这一点，我也要叫这摩尔人心里长起根深蒂固的嫉妒来，没有一种理智的药饵可以把它治疗。为了达到这一个目的，我已经利用这威尼斯的瘟生做我的鹰犬；要是他果然听我的嗾使，我就可以抓住我们那位迈克尔·凯西奥的把柄，在这摩尔人面前诽谤他，因为我疑心凯西奥跟我的妻子也是有些暧昧的。这样我可以让这摩尔人感谢我、喜欢我、报答我，因为我叫他做了一头大大的驴子，用诡计捣乱他的平和安宁，使他因气愤而发疯。方针已经决定，前途未可预料；阴谋的面目必须到下手时才会揭晓。（下）

第二场　街　道

传令官持告示上；民众随后。

传令官　我们尊贵英勇的元帅奥赛罗有令，根据最近接到的消息，土耳其舰队已经全军覆没，全体军民听到这一个捷报，理应共同庆祝：跳舞的跳舞，燃放焰火的燃放焰火，每一个人都可以随他自己的高兴尽情欢乐；因为除了这些可喜的消息以外，我们同时还要祝贺我们元帅的新婚。公家的酒窖，伙食房，一律开放。从下午五时起，直到深夜十一时，无论何人，可以纵情饮酒宴乐。上天祝福塞浦路斯岛和我们尊贵的元帅奥赛罗！（同下）

第三场　城堡中的厅堂

奥赛罗、苔丝狄蒙娜、凯西奥及侍从等上。

奥赛罗　好迈克尔，今天请你留心警备；我们必须随时谨慎，免得因为纵乐无度而肇成意外。

凯西奥　我已经吩咐伊阿古怎样办了，我自己也要亲自督察照看。

奥赛罗　伊阿古是个忠实可靠的男人。迈克尔，晚安；明天你一早就来见我，我有话要跟你说。（向苔丝狄蒙娜）来，我的爱人，我们已经把彼此心身互相交换，愿今后花开结果，恩情美满。晚安！（奥赛罗、苔丝狄蒙娜及侍从等下）

伊阿古上。

凯西奥　欢迎，伊阿古；我们该守夜去了。

伊阿古　时候还早哪，副将；现在还不到十点钟。咱们主帅因为舍不得他的新夫人，所以这么早就打发我们出去；可是我们也怪不得他，他还没有跟她真个销魂，而这个女人就是天神见了也要动心的。

凯西奥　她是一位人间无比的佳人。

伊阿古　我可以担保她也是一个非常风流的人。

凯西奥　她的确是一个娇艳可爱的女郎。

伊阿古　她的眼睛多么迷人！简直在向人挑战。

凯西奥　一双动人的眼睛；可是却有一种端庄贞静的神气。

伊阿古　她说话的时候，不就是爱情的警报吗？

凯西奥　她真是十全十美。

伊阿古　好，愿他们被窝里快乐！来，副将，我还有一瓶酒；外面有两个塞浦路斯的军官，要想为黑将军祝饮一杯。

凯西奥　今夜可不能奉陪了，好伊阿古。我一喝了酒，头脑就会糊涂起来。我希望有人能够发明在宾客欢会的时候，用另外一种方法招待他们。

伊阿古　啊，他们都是我们的朋友；喝一杯吧，我也可以代你喝。

凯西奥　我今晚只喝了一杯，就是那一杯也被我偷偷地冲了些水，可是我的头已经有点儿昏啦。我知道自己的弱点，实在不敢再多喝了。

伊阿古　哎哟，朋友！这是一个狂欢的良夜，不要让那些军官们扫兴吧。

凯西奥　他们在什么地方？

伊阿古　就在这儿门外；请你去叫他们进来吧。

凯西奥　我去就去，可是我心里是不愿意的。（下）

伊阿古　他今晚已经喝过了一些酒，我只要再灌他一杯下去，他就会像小狗一样到处招惹是非。我们那位为情憔悴的傻瓜罗德利哥今晚为了苔丝狄蒙娜也喝了几大杯的酒，我已经派他守夜了。还有三个心性高傲、重视荣誉的塞浦路斯少年，都是这座尚武的岛上的优秀人物，我也把他们灌得酩酊大醉；他们今晚也是要守夜的。在这一群醉汉中间，我要叫我们这位凯西奥干出一些可以激起这岛上公愤的事来。可是他们来了。要是结果真就像我所梦想的，我这条顺风船儿顺流而下，前程可远大呢。

凯西奥率蒙太诺及军官等重上；众仆持酒后随。

凯西奥　上帝可以作证，他们已经灌了我一满杯啦。

蒙太诺　真的，只是小小的一杯，顶多也不过一品脱的分量；我是一个军人，从来不会说谎的。

伊阿古　喂，酒来！（唱）

一瓶一瓶复一瓶，
饮酒击瓶叮当鸣。
我为军人岂无情，
人命倏忽如烟云，
聊持杯酒遣浮生。
孩子们，酒来！

凯西奥　好一支歌儿！

伊阿古　这一支歌是我在英国学来的。英国人的酒量才厉害呢；什么丹麦人、德国人、大肚子的荷兰人，比起酒来，比起英国人来都不算什么。

凯西奥　英国人果然这样善于喝酒吗？

伊阿古　嘿，他会不动声色地把丹麦人灌得烂醉如泥，面不流汗地把德国人灌得不省人事，还没有倒满下一杯，那荷兰人已经呕吐狼藉了。

凯西奥　祝我们的主帅健康！

蒙太诺　赞成，副将，您喝我也喝。

伊阿古　啊，可爱的英格兰！（唱）

英明天子斯蒂芬，
做条裤子五百文；
硬说多花钱六个，
就把裁缝骂一顿。
王爷大名天下传，
你这小子是何人？
骄奢虚荣亡了国，
不如旧衣披在身。
喂，酒来！

凯西奥　好，上帝在我们头上，有的灵魂必须得救，有的灵魂就不能得救。

伊阿古　对了，副将。

凯西奥　讲到我自己，我并没有冒犯我们主帅或是无论哪一位大人物的意思，我是希望能够得救的。

伊阿古　我也这样希望，副将。

凯西奥　嗯，可是，对不起，你不能比我先得救；副将得救了，然后才是旗官得救。咱们别提这种话啦，还是去干我们的事吧。上帝赦免我们的罪恶！各位先生，我们不要忘记了我们的事情。不要以为我是醉了，各位先生。这是我的旗官；这是我的右手，这是我的左手。我现在并没有醉；我站得很稳，我说话也很清楚。

众　人　非常清楚。

凯西奥　那么很好，你们可不要以为我醉了。（下）

蒙太诺　各位朋友，来，我们到露台上守望去。

伊阿古　你们看刚才出去的这一个人；讲到指挥三军的才能，他可以和恺撒争一日之雄；可是你们看他这一种酗酒的样子，它正好和他的长处互相抵消。我真为他可惜！我怕奥赛罗对他如此信任，也许有一天会被他误了大事，使全岛大受震动的。

蒙太诺 可是他常常是这样的吗？

伊阿古 他喝醉了酒总要睡觉；要是没有酒替他催眠，他可以一昼夜都睡不着。

蒙太诺 这种情形应该向元帅提起；也许他没有觉察，也许他秉性仁恕，因为看重凯西奥的才能而忽略了他的短处。这句话对不对？

罗德利哥上。

伊阿古 （向罗德利哥旁白）怎么，罗德利哥！你快追到那副将后面去吧；去。（罗德利哥下）

蒙太诺 这高贵的摩尔人竟会让一个染上这种恶癖的人做他的辅佐，真是一件令人抱憾的事。谁能够老实对他这样说，才是一个正直的男人。

伊阿古 即使把这一座大好的岛送给我，我也不愿意说；我很爱凯西奥，要是有办法，我愿意尽力帮助他除去这一种恶癖。可是听！什么声音？（内呼声："救命！救命！"）

凯西奥驱罗德利哥重上。

凯西奥 浑蛋！狗贼！

蒙太诺 什么事，副将？

凯西奥 一个浑蛋竟敢教训起我来！我要把这浑蛋打进一只瓶子里去。

罗德利哥 打我！

凯西奥 你还要利嘴吗，狗贼？（打罗德利哥）

蒙太诺 （拉凯西奥）不，副将，请您住手。

凯西奥 放开我，先生，否则我要一拳打到你的头上来了。

蒙太诺 得啦，得啦，你醉了。

凯西奥 醉了！（与蒙太诺斗）

伊阿古 （向罗德利哥旁白）快走！到外边去高声嚷叫，说是出了乱子啦。（罗德利哥下）不，副将！天哪，各位先生！喂，来人！副将！蒙太诺！帮帮忙，各位朋友！这算是守的什么夜呀！（钟鸣）谁在那儿打钟？该死！全市的人都要起来了。天哪！副将，住手！你的脸要从此丢尽啦。

奥赛罗及侍从等重上。

奥赛罗 这儿出了什么事情？

蒙太诺 他妈的！我的血流个不停；我受了重伤啦。

奥赛罗 要活命的快住手！

伊阿古　喂，住手，副将！蒙太诺！各位先生！你们忘记你们的地位和责任了吗？住手！主帅在对你们说话；还不住手！

奥赛罗　怎么，怎么！为什么闹起来的？难道我们都变成野蛮人了吗？上天不许土耳其人攻打我们，我们倒自相残杀起来了吗？为了基督徒的面子，停止这场粗暴的争吵；谁要是一味怄气，再敢动一动，他就是看轻他自己的灵魂，他一举手我就叫他死。叫他们不要打那可怕的钟；它会扰乱岛上的人心。各位，究竟是怎么一回事？正直的伊阿古，看你懊恼得脸色惨淡，告诉我，谁开始这场争闹的？凭着你的忠心，老实对我说。

伊阿古　我不知道；刚才还是好好的朋友，像正在宽衣解带的新夫妇一般相亲相爱，一下子就好像受到什么星光的刺激，迷失了他们的本性，大家拔出剑来，向彼此的胸前直刺过去，拼个你死我活了。我说不出这场任性的争吵是怎么开始的；只怪我这双腿不曾在光荣的战阵上失去，那么我也不会踏进这种是非中间了！

奥赛罗　迈克尔，你怎么会这样忘记你自己的身份？

凯西奥　请您原谅我；我没有话可说。

奥赛罗　尊贵的蒙太诺，您一向是个温文知礼的人，您的少年端庄为举世所钦佩，在贤人君子之间，您有很好的名声；为什么您会这样自贬身价，牺牲您的宝贵的名誉，让人家说您是个在深更半夜里酗酒闹事的家伙？给我一个回答。

蒙太诺　尊贵的奥赛罗，我伤得很厉害，不能多说话；您的贵部下伊阿古可以告诉您我所知道的一切。其实我也不知道我在今夜说错了什么话或是做错了什么事，除非在暴力侵凌的时候，自卫是一桩罪恶。

奥赛罗　苍天在上，我现在可再也遏制不住我的怒气了。我只要动一动，或是举一举这一只胳臂，就可以叫你们中间最有本领的人在我的一怒之下丧失了生命。让我知道这一场可耻的骚扰是怎么开始的，谁是最初肇起事端来的人；要是证实了哪一个人是挑衅的罪魁，即使他是我的孪生兄弟，我也不能放过他。什么！一个新遭战乱的城市，秩序还没有恢复，人民的心里充满了恐惧，你们却在深更半夜，在全岛治安所系的所在为了私人间的细故争吵起来！岂有此理！伊阿古，谁是肇事的人？

蒙太诺　你要是意存偏袒，或是同僚相护，所说的话和事实不尽符合，你就不是个军人。

伊阿古　不要这样逼我；我宁愿割下自己的舌头，也不愿让它说迈克尔·凯西奥的坏话；可是事已如此，我想说老实话也不算对不起他。是这样的，主帅，蒙太诺跟我正在谈话，忽然跑进一个人来高呼救命，后面跟着凯西奥，杀气腾腾地提着剑，好像一定要杀死他才甘心似的；那时候这位先生就挺身前去拦住凯西奥，请他息怒；我自己追赶那个叫喊的人，因为恐怕他在外边大惊小怪，扰乱人心，后来果然不出我所料；可是他跑得快，我追不上，又听见背后刀剑碰撞和凯西奥高声咒骂的声音，所以就回来了；我从来没有听见他这样骂过人；我本来追得不远，一转身就看见他们在这儿你一刀、我一剑地厮杀得难解难分，正像您到来喝开他们的时候一样。我所能报告的就是这几句话。人总是人，圣贤也有犯错误的时候；一个人在愤怒之中，就是好朋友也会翻脸不认。虽然凯西奥给了他一点小小的伤害，可是我相信凯西奥一定从那逃走的家伙手里受到什么奇耻大辱，所以才会动起那么大的火来的。

奥赛罗　伊阿古，我知道你的忠实和义气，你把这件事情轻描淡写，替凯西奥减轻他的罪名。凯西奥，你是我的好朋友，可是从此以后，你不是我的部属了。

苔丝狄蒙娜率侍从重上。

奥赛罗　看！我的温柔的爱人也给你们吵醒了！（向凯西奥）我要拿你做一个榜样。

苔丝狄蒙娜　什么事？

奥赛罗　现在一切都没事了，亲爱的；去睡吧。先生，您受的伤我愿意亲自替您医治。把他扶出去。（侍从扶蒙太诺下）伊阿古，你去巡视市街，安定安定受惊的人心。来，苔丝狄蒙娜；难圆的是军人的好梦，才合眼又被杀声惊动。（除伊阿古、凯西奥外均下）

伊阿古　什么！副将，你受伤了吗？

凯西奥　嗯，我的伤是无药可救的。

伊阿古　哎哟，上天保佑没有这样的事！

凯西奥　名誉，名誉，名誉！啊，我的名誉已经一败涂地了！我已经失去我的生命中不死的一部分，留下来的也就跟畜生没有分别了。我的名誉，伊阿古，我的名誉！

伊阿古　我是个老实人，我还以为你受到了什么身体上的伤害，那是比名誉的损失痛苦得多的。名誉是一件无聊的骗人的东西；得到它的人未必有什么功德，失去它的人也未必有什么过失。你的名誉仍旧是好端端的，除非你自己以为它已经扫地了。嘿，朋友，你要恢复主帅对你的欢心，尽有办法呢。你现在不过一时遭逢他的恼怒；他给你的这种处分，与其说是表示对你的不满，还不如说是遮掩世人耳目的政策，正像有人为了吓退一只凶恶的狮子而故意鞭打他的驯良的狗一样。你只要向他恳求恳求，他一定会回心转意的。

凯西奥　我宁愿恳求他唾弃我，也不愿蒙蔽他的聪明，让这样一位贤能的主帅手下有这么一个酗酒放荡的不肖将校。纵饮无度！胡言乱语！吵架！吹牛！赌咒！跟自己的影子说些废话！啊，你空虚缥缈的旨酒的精灵，要是你还没有一个名字，让我们叫你做魔鬼吧！

伊阿古　你提着剑追逐不舍的那个人是谁？他怎么冒犯了你？

凯西奥　我不知道。

伊阿古　你怎么会不知道？

凯西奥　我记得一大堆的事情，可是全都是模模糊糊的；我记得跟人家吵起来，可是不知道为了什么。上帝啊！人们居然会把一个仇敌放进自己的嘴里，让它偷去他们的头脑！在欢天喜地之中，把我们自己变成了畜生！

伊阿古　可是你现在已经很清醒了；你怎么会明白过来的？

凯西奥　气鬼一上了身，酒鬼就自动退让；一件过失引起了第二件过失，简直使我自己也看不起自己了。

伊阿古　得了，你也太认真了。照此时此地的环境说起来，我但愿没有这种事情发生；可是既然事已如此，以后留心改过就是了。

凯西奥　我要向他请求恢复我的原职；他会对我说我是一个酒棍！即使我有一百张嘴，这样一个答复也会把它们一起封住。现在还是一个清清楚楚的人，不一会儿就变成个傻子，然后立刻就变成一头畜生！啊，奇怪！每一杯过量的酒都是魔鬼酿成的毒汁。

伊阿古　算了，算了，好酒只要不滥喝，也是一个很好的伙伴；你也不用咒骂它了。副将，我想你一定把我当作一个好朋友看待。

凯西奥　我很信任你的友谊。我醉了！

伊阿古　朋友，一个人有时候多喝了几杯，也是免不了的。让我告诉你一个办法。我们主帅的夫人现在是我们真正的主帅；我可以这样说，因为他心里只念着她的好处，眼睛里只看见她的可爱。你只要在她面前坦白忏悔，恳求恳求她，她一定会帮助你官复原职。她的性情是那么慷慨仁慈，那么体贴人心，人家请她出十分力，她要是没有出到十二分，就觉得对不起人似的。你请她替你弥缝弥缝你跟她的丈夫之间的这一道裂痕，我可以拿我的全部财产打赌，你们的交情一定反而会因此格外加强的。

凯西奥 你的主意出得很好。

伊阿古 我发誓这一种意思完全出于一片诚心。

凯西奥 我充分信任你的善意；明天一早我就请求贤德的苔丝狄蒙娜替我尽力说情。要是我在这儿给他们革退了，我的前途也就从此毁了。

伊阿古 你说得对。晚安，副将；我还要守夜去呢。

凯西奥 晚安，正直的伊阿古！（下）

伊阿古 谁说我做事奸恶？我贡献给他的这番意见，不是光明正大、很合理，而且的确是挽回这摩尔人的心意的最好办法吗？只要是正当的请求，苔丝狄蒙娜总是有求必应的；她的为人是再慷慨、再热心不过的了。至于叫她去说动这摩尔人，更是不费吹灰之力；他的灵魂已经完全成为她的爱情的俘虏，无论她要做什么事，或是把已经做成的事重新推翻，即使叫他抛弃他的信仰和一切得救的希望，他也会唯命是从，让她的喜恶主宰他无力反抗的身心。我既然向凯西奥指示了这一条对他有利的方策，谁还能说我是个恶人呢？佛面蛇心的鬼魅！恶魔往往用神圣的外表，引诱世人干最恶的罪行，正像我现在所用的手段一样；因为当这个老实的呆子恳求苔丝狄蒙娜为他转圜，当她竭力在那摩尔人面前替他说情的时候，我就要用毒药灌进那摩尔人的耳中，说是她所以要运动凯西奥复职，只是为了恋奸情热的缘故。这样她越是忠于所托，越是会加强那摩尔人的猜疑；我就利用她善良的心肠污毁她的名誉，让他们一个个都落进了我的罗网之中。

罗德利哥重上。

伊阿古 啊，罗德利哥！

罗德利哥 我在这儿给你们驱来赶去，不像一头追寻狐兔的猎狗，倒像是替你们凑凑热闹的。我的钱也差不多花光了，今夜我还挨了一顿痛打；我想这番教训，大概就是我费去不少辛苦换来的代价了。现在我的钱囊已经空空如也，我的头脑里总算增加了一点智慧，我要回威尼斯去了。

伊阿古 没有耐性的人是多么可怜！什么伤口不是慢慢地平复起来的？你知道我们干事情全赖计谋，并不是用的魔法；用计谋就必须等待时机成熟。一切不是进行得很顺利吗？凯西奥固然把你打了一顿，可是你受了一点小小的痛苦，已经使凯西奥把官职都丢了。虽然在太阳光底下，各种草木都欣欣向荣，可是最先开花的果子总是最先成熟。你安心点儿吧。哎哟，天已经亮啦；又是喝酒，又是打架，闹哄哄的就让时间飞过去了。你去吧，回到你的宿舍里去；去吧，有什么消息我再来告诉你；去吧。（罗德利哥下）我还要做两件事情：第一是叫我的妻子在她的女主人面前替凯西奥说两句好话；同时我就去设法把那摩尔人骗开，等到凯西奥去向他的妻子请求的时候，再让他亲眼看见这幕把戏。好，言之有理；不要迁延不决，耽误了锦囊妙计。（下）

第 三 幕

第一场 塞浦路斯城堡前

凯西奥及若干乐工上。

凯西奥 列位朋友，就在这儿奏起来吧；我会酬劳你们的。奏一支简短一些的乐曲，敬祝我们的主帅晨安。（音乐）

小丑上。

小 丑 怎么，列位朋友，你们的乐器都曾到过那不勒斯，所以会这样嗡嗡地用鼻音说话吗？

乐工甲 怎么，大哥，怎么？

小 丑 请问这些都是管乐器吗？

乐工甲 正是，大哥。

小 丑 啊，难怪下面有个那玩意儿。

乐工甲 什么玩意儿，大哥？

小 丑 我知道，有好多管乐器就都有那玩意儿。可是，列位朋友，这儿是赏钱；将军非常喜欢你们的音乐，他请求你们千万不要再奏下去了。

乐工甲 好，大哥，那么我们不奏了。

小 丑 要是你们会奏听不见的音乐，请奏起来吧；可是正像人家说的，将军对于听音乐这件事不大感兴趣。

乐工甲 我们不会奏那样的音乐。

小 丑 那么把你们的笛子藏起来，因为我要去了。去，消失在空气里吧；去！（乐工等下。）

凯西奥 你听没听见，我的好朋友？

小 丑 不，我没有听见您的好朋友；我只听见您。

凯西奥 少说笑话。这一块小小的金币你拿了去；要是侍候将军夫人的那位奶奶已经起身，你就告诉她有一个凯西奥请她出来说话。你肯不肯？

小 丑 她已经起身了，先生；要是她愿意出来，我就告诉她。

凯西奥　谢谢你，我的好朋友。（小丑下。）

伊阿古上。

凯西奥　来得正好，伊阿古。

伊阿古　你还没有上过床吗？

凯西奥　没有；我们分手的时候，天早就亮了。伊阿古，我已经大胆叫人去请你的妻子出来；我想请她替我设法见一见贤德的苔丝狄蒙娜。

伊阿古　我去叫她立刻出来见你。我还要想一个法子把那摩尔人调开，好让你们谈话方便一些。

凯西奥　多谢你的好意。（伊阿古下）我从来没有认识过一个比他更善良正直的佛罗伦萨人。

爱米利娅上。

爱米利娅　早安，副将！听说您误触主帅之怒，真是一件令人懊恼的事；可是一切就会转祸为福的。将军和他的夫人正在谈起此事，夫人竭力替您辩白，将军说，被您伤害的那个人，在塞浦路斯是很有名誉、很有势力的，为了避免受人非难起见，他不得不把您斥革；可是他说他很喜欢您，即使没有别人替您说情，他也会留心着一有适当的机会，就让您恢复原职的。

凯西奥　可是我还要请求您一件事：要是您认为没有妨碍，或是可以办得到的话，请您设法让我独自见一见苔丝狄蒙娜，跟她做一次简短的谈话。

爱米利娅　请您进来吧；我可以带您到一处让您从容吐露您的心曲所在。

凯西奥　那真使我感激万分了。（同下）

第二场　城堡中一室

奥赛罗、伊阿古及军官等上。

奥赛罗　伊阿古，这几封信你拿去交给舵师，叫他回去替我呈上元老院。我就在堡垒上走走；你把事情办好以后，就到那边来见我。

伊阿古　是，主帅，我就去。

奥赛罗　各位，我们要不要去看看这儿的防务？

众　人　我们愿意奉陪。（同下）

第三场 城堡前

苔丝狄蒙娜、凯西奥及爱米利娅上。

苔丝狄蒙娜 好凯西奥，你放心吧，我一定尽力替你说情就是了。

爱米利娅 好夫人，请您千万出力。不瞒您说，我的丈夫为了这件事情，也懊恼得不得了，就像是他自己身上的事情一般。

苔丝狄蒙娜 啊！你的丈夫是一个好人。放心吧，凯西奥，我一定会设法使我的丈夫对你恢复原来的友谊。

凯西奥 大恩大德的夫人，无论迈克尔·凯西奥将来会有什么成就，他永远是您忠实的仆人。

苔丝狄蒙娜 我知道；我感谢你的好意。你爱我的丈夫，你又是他多年的至交；放心吧，他除了表面上因为避免嫌疑而对你略示疏远以外，绝不会真对你见外的。

凯西奥 您说得很对，夫人。可是为了“避嫌”，就可能因为细碎小事或偶然事件要拖得很长时间，结果我失去了在帐下供奔走的机会，日久之后，有人代替了我的地位，恐怕主帅就要把我的忠诚和微劳一起忘记了。

苔丝狄蒙娜 那你不用担心；当着爱米利娅的面，我保证你一定可以官复原职。请你相信我，要是我发誓帮助一个朋友，我一定会帮助他到底。我的丈夫将要不得安息，无论睡觉吃饭的时候，我都要在他耳旁聒噪；无论他干什么事，我都要插进嘴去替凯西奥说情。所以高兴起来吧，凯西奥，因为你的辩护人是宁死不愿放弃你的权益的。

奥赛罗及伊阿古自远处上。

爱米利娅 夫人，将军来了。

凯西奥 夫人，我告辞了。

苔丝狄蒙娜 啊，等一等，听我说。

凯西奥 夫人，改日再谈吧；我现在心里很不自在，见了主帅恐怕反多不便。

苔丝狄蒙娜 好，随您的便。（凯西奥下）

伊阿古 嘿！我不喜欢那种样子。

奥赛罗 你说什么？

伊阿古 没有什么，主帅；要是——我不知道。

奥赛罗 那从我妻子身边走开去的，不是凯西奥吗？

伊阿古　凯西奥，主帅？不，我想他一定不会看见您来了，就好像做了什么亏心事似的偷偷溜走的。

奥赛罗　我相信是他。

苔丝狄蒙娜　啊，我的主！刚才有人在这儿向我请托，他因为失去了您的欢心，非常抑郁不快呢。

奥赛罗　你说的是什么人？

苔丝狄蒙娜　就是您的副将凯西奥呀。我的好夫君，要是我还有几分面子，或是几分可以左右您的力量，请您立刻对他恢复原来的恩宠吧；因为他倘不是一个真心爱您的人，他的过失倘不是无心而是有意的，那么我就是看错了人啦。请您叫他回来吧。

奥赛罗　他刚才从这儿走开吗？

苔丝狄蒙娜　嗯，是的。他是那样满含着羞愧，使我也不禁对他感到同情的悲哀。爱人，叫他回来吧。

奥赛罗　现在不必，亲爱的苔丝狄蒙娜；慢慢再说吧。

苔丝狄蒙娜　可是那不会太久吗？

奥赛罗　亲爱的，为了你的缘故，我叫他早一点复职就是了。

苔丝狄蒙娜　能不能在今天晚餐的时候？

奥赛罗　不，今晚可不能。

苔丝狄蒙娜　那么明天午餐的时候？

奥赛罗　明天我不在家里吃午餐；我要跟将领们在营中会面。

苔丝狄蒙娜　那么明天晚上吧；或者星期二早上，星期二中午，晚上，星期三早上，随您指定一个时间，可是不要超过三天上。他对于自己的行为失检，的确非常悔恨；固然在这种战争的时期，地位较高的人必须以身作则，可是照我们平常的眼光看来，他的过失实在是微乎其微。什么时候让他来？告诉我，奥赛罗。要是您有什么事情要求我，我想我绝不会拒绝您，或是这样吞吞吐吐的。什么！迈克尔·凯西奥，您向我求婚的时候，是他陪着您来的；好多次我表示对您不满意的时候，他总是为您辩护；现在我请您把他重新启用，却会这样为难！相信我，我可以。奥赛罗　好了，不要说下去了。让他随便什么时候来吧；你要什么我总不愿拒绝的。

苔丝狄蒙娜　这并不是一个恩惠，就好像我请求您戴上您的手套，劝您吃些富于营养的菜肴，穿些温暖的衣服，或是叫您做一件对您自己有益的事情一样。不，要是我真的向您提出什么要求，来试探试探您的爱情；那一定是一件非常棘手而难以应允的事。

奥赛罗　我什么都不愿拒绝你；可是现在你必须答应暂时离开我一会儿。

苔丝狄蒙娜　我会拒绝您的要求吗？不。再会，我的主。

奥赛罗　再会，我的苔丝狄蒙娜；我马上就来看你。

苔丝狄蒙娜　爱米利娅，来吧。您爱怎么样就怎么样，我总是服从您的。（苔丝狄蒙娜、爱米利娅同下）

奥赛罗　可爱的女人！要是我不爱你，让我的灵魂永堕地狱！当我不爱你的时候，世界也要复归于混沌了。

伊阿古　尊贵的主帅！

奥赛罗　你说什么，伊阿古？

伊阿古　当您向夫人求婚的时候，迈克尔·凯西奥也知道你们在恋爱吗？

奥赛罗　他从头到尾都知道。你为什么问起？

伊阿古　不过是为了解释我心头的一个疑惑，并没有其他用意。

奥赛罗　你有什么疑惑，伊阿古？

伊阿古　我以为他本来跟夫人是不相识的。

奥赛罗　啊，不，他常常在我们两人之间传递消息。

伊阿古　当真！

奥赛罗　当真！嗯，当真。你觉得有什么不对吗？他这人不老实吗？

伊阿古　老实，我的主帅？

奥赛罗　老实！嗯，老实。

伊阿古　主帅，照我所知道的——

奥赛罗　你有什么意见？

伊阿古　意见，我的主帅！

奥赛罗　意见，我的主帅！天哪，你在学我的舌，好像在你的思想之中，藏着什么丑恶得不可见人的怪物似的。你的话里含着意思。刚才凯西奥离开我妻子的时候，我听见你说，你不喜欢那种样子；你不喜欢什么样子呢？当我告诉你在我求婚的全部过程中他都参与我们的秘密的时候，你又喊着说："当真！"蹙紧了你的眉头，好像在把一个可怕的思想关锁在你的脑筋里一样。要是你爱我，把你所想到的事告诉我吧。

伊阿古　主帅，您知道我是爱您的。

奥赛罗　我相信你的话。因为我知道你是一个忠诚正直的人，从来不让一句没有忖度过的话轻易出口，所以你这种吞吞吐吐的口气格外使我惊疑。对于一个奸诈的小人，这些不过是一套玩惯了的戏法；可是对于一个正人君子，那就是从心底里不知不觉自然流露出来的秘密的抗议。

伊阿古 讲到迈克尔·凯西奥，我敢发誓我相信他是忠实的。

奥赛罗 我也这样想。

伊阿古 人们的内心应该跟他们的外表一致，有的人却不是这样；要是他们能够脱下假面，那就好了！

奥赛罗 不错，人们的内心应该跟他们的外表一致。

伊阿古 所以我想凯西奥是个忠实的人。

奥赛罗 不，我看你还有一些别的意思。请你老老实实把你的思想告诉我，尽管用最坏的字眼，说出你所想到的最坏的事情。

伊阿古 我的好主帅，请原谅我；凡是我名分上应尽的责任，我当然不敢躲避，可是您不能勉强我做那一切奴隶们也没有那种义务的事。吐露我的思想？也许它们是邪恶而卑劣的；哪一座庄严的宫殿里，不会有时被下贱的东西闯入呢？哪一个人的心胸这样纯洁，没有一些污秽的念头和正大的思想分庭抗礼呢？

奥赛罗 伊阿古，要是你以为你的朋友受人欺侮了，可是却不让他知道你的思想，这不成合谋卖友了吗？

伊阿古 也许我是以小人之腹度君子之心，因为我承认我有一种坏毛病，是个秉性多疑的人，常常会无中生有，错怪了人家；所以请您凭着您的见识，还是不要把我的无稽猜测放在心上，更不要因为我的胡乱妄言而自寻烦恼。要是我让您知道了我的思想，一则将会破坏您的安宁，对您没有什么好处；二则那会影响我的人格，对我也是一件不智之举。

奥赛罗 你的话是什么意思？

伊阿古 我的好主帅，无论男人女人，名誉是他们灵魂里面最切身的珍宝。谁偷窃我的钱囊，不过偷窃到一些废物，一些虚无的东西，它只是从我的手里转到他的手里，而它也曾做过千万人的奴隶；可是谁偷去了我的名誉，那么他虽然并不因此而富足，我却因为失去它而成为赤贫了。

奥赛罗 凭着上天起誓，我一定要知道你的思想。

伊阿古 即使我的心在您的手里，您也不能知道我的思想；当它还在我的保管之下，我更不能让您知道。

奥赛罗 嘿！

伊阿古　啊，主帅，您要留心嫉妒啊；那是一个绿眼的妖魔，谁做了它的牺牲，就要受它的玩弄。本来并不爱他的妻子的那种丈夫，虽然明知被他的妻子欺骗，算来还是幸福的；可是啊！一方面那样痴心疼爱，一方面又是那样满腹狐疑，这才是活活地受罪！

奥赛罗　啊，难堪的痛苦！

伊阿古　贫穷而知足，可以赛过富有；有钱的人要是时时刻刻都在担心他会有一天变成穷人，那么即使他有无限的资财，实际上也像冬天一样贫困。天哪，保佑我们不要嫉妒吧！

奥赛罗　咦，这是什么意思？你以为我会在嫉妒里消磨我的一生，随着每一次月亮的变化，发生一次新的猜疑吗？不，我有一天感到怀疑，就要把它立刻解决。要是我会让这种捕风捉影的猜测支配我的心灵，像你所暗示的那样，我就是一头愚蠢的山羊。谁说我的妻子貌美多姿，爱好交际，口才敏慧，能歌善舞，又弹得一手好琴，绝不会使我嫉妒；对于一个贤淑的女子，这些是锦上添花的美妙外饰。我也绝不因为我自己的缺点而担心她会背叛我；她倘不是独具慧眼，绝不会选中我的。不，伊阿古，我在没有亲眼目睹以前，绝不妄起猜疑；当我感到怀疑的时候，我就要把它证实；果然有了确实的证据，我就一了百了，让爱情和嫉妒同时毁灭。

伊阿古　您这番话使我听了很是高兴，因为我现在可以用更坦白的精神，向您披露我的忠爱之忱了；既然我不能不说，您且听我说吧。我还不能给您确实的证据。注意尊夫人的行动；留心观察她对凯西奥的态度；用冷静的眼光看着他们，不要一味多心，也不要过于大意。我不愿您的慷慨豪迈的天性被人欺罔；留心着吧。我知道我们国家里娘儿们的脾气；在威尼斯她们背着丈夫干的风流活剧，是不瞒天地的；她们可以不顾羞耻，干她们所要干的事，只要不让丈夫知道，就可以问心无愧。

奥赛罗　你真的这样说吗？

伊阿古　她当初跟您结婚，曾经骗过她的父亲；当她好像对您的容貌战栗畏惧的时候，她的心里却在热烈地爱着它。

奥赛罗　她正是这样。

伊阿古　好，她这样小小的年纪，就有这般能耐，做得不露一丝破绽，把她父亲的眼睛完全遮掩过去，使他疑心您用妖术把她骗走。可是我不该说这种话；请您原谅我对您过分的忠心吧。

奥赛罗　我永远感激你的好意。

伊阿古　我看这件事情有点儿令您扫兴。

奥赛罗　一点不，一点不。

伊阿古　真的，我怕您在生气啦。我希望您把我这番话当作善意的警戒。可是我看您真的在动怒啦。我必须请求您不要因为我这么说了，就武断地下了结论；不过是一点嫌疑，还不能就认为是事实哩。

奥赛罗　我不会的。

伊阿古　您要是这样，主帅，那么我的话就要引起不幸的后果，完全违反我的本意了。凯西奥是我的好朋友，主帅，我看您在动怒啦。

奥赛罗　不，并不怎么动怒。我相信苔丝狄蒙娜是贞洁的。

伊阿古　但愿她永远如此！但愿您永远这样想！

奥赛罗　可是一个人往往容易迷失本性。伊阿古　嗯，问题就在这儿。说句大胆的话，当初多少跟她同国族、同肤色、同阶级的人向她求婚，照我们看来，要是成功了，那真是天作之合，可是她都置之不理，这明明是违反常情的举动；嘿！从这儿就可以看到一个荒唐的意志、乖僻的习性和不近人情的思想。可是原谅我，我不一定指着她说。虽然我恐怕她因为一时的冲动跟随了您，也许后来会觉得您在各方面不能符合她自己的标准而懊悔她的选择。

奥赛罗　再会，再会。要是你还观察到什么事，请让我知道；叫你的妻子留心察看。离开我，伊阿古。

伊阿古　主帅，我告辞了。（欲去）

奥赛罗　我为什么要结婚呢？这个诚实的男人所看到、所知道的事情，一定比他向我宣布出来的多得多。

伊阿古　（回转）主帅，我想请您最好把这件事情搁一搁，慢慢再说吧。凯西奥虽然应该复职，因为他对于这一个职位是非常胜任的；可是您要是愿意对他暂时延宕一下，就可以借此窥探他的真相，看他钻的是哪一条门路。您只要注意尊夫人在您面前是不是着力替他说情；从那上头就可以看出不少事情。现在请您只把我的意见认作无谓的过虑——我相信我的确太多疑了——仍旧把尊夫人看成一个清白无罪的人。

奥赛罗　你放心吧，我不会失去理智的。

伊阿古　那么我告辞了。（下）

奥赛罗　这是一个非常诚实的家伙，对于人情世故是再熟悉不过的了。要是我能够证明她是一只没有被驯服的野鹰，虽然我用自己的心弦把她系住，我也要放她随风远去，追寻她自己的命运。也许因为我生得黑丑，缺少绅士们温柔风雅的谈吐；也许因为我年纪老了点儿，虽然还不算顶老所以她才会背叛我；我已经自取其辱，只好割断对她这一段痴情。啊，结婚的烦恼！我们可以在名义上把这些可爱的人称为我们所有，却不能支配她们的爱憎喜恶！我宁愿做一只蛤蟆，呼吸牢室中的浊气，也不愿占住了自己心爱之物的一角；让别人把它享用。可是那是富贵者也不能幸免的灾祸，他们并不比贫贱者享有更多的特权；那是像死一样不可逃避的命运，我们一生下来就已经在冥冥中注定了要戴那顶倒霉的绿头巾。看！她来了。倘然她是不贞的，啊！那么上天在开自己的玩笑了。我不信。

苔丝狄蒙娜及爱米利娅重上。

苔丝狄蒙娜　啊，我亲爱的奥赛罗！您所宴请的那些岛上的贵人都在等着您去就席哩。

奥赛罗　是我失礼了。

苔丝狄蒙娜　您怎么说话这样没有劲？您不大舒服吗？

奥赛罗　我有点儿头痛。

苔丝狄蒙娜　那一定是因为睡少的缘故，不要紧的；让我替您绑紧了，一小时内就可以痊愈。

奥赛罗　你的手帕太小了。（苔丝狄蒙娜手帕坠地）随它去；来，我跟你一块儿进去。

苔丝狄蒙娜　您身子不舒服，我很懊恼。（奥赛罗、苔丝狄蒙娜下）

爱米利娅　我很高兴我拾到了这方手帕；这是她从那摩尔人手里第一次得到的礼物。我那古怪的丈夫向我说过了不知多少好话，要我把它偷来；可是她非常喜欢这玩意儿，因为他叫她永远保存，不许遗失，所以她随时带在身边，一个人的时候就拿出来把它亲吻，对它说话。我要去把那花样描下来，再把它送给伊阿古；究竟他拿去有什么用，天才知道，我可不知道。我只不过为了讨他的喜欢。

伊阿古重上。

伊阿古　啊！你一个人在这儿干吗？

爱米利娅　不要骂；我有一件好东西给你。

伊阿古　一件好东西给我？一件不值钱的东西。

爱米利娅 嘿!

伊阿古 娶了一个愚蠢的老婆。

爱米利娅 啊!当真?要是我现在把那方手帕给了你,你给我什么东西?

伊阿古 什么手帕?

爱米利娅 什么手帕!就是那摩尔人第一次送给苔丝狄蒙娜,你老是叫我偷的那方手帕呀。

伊阿古 已经偷来了吗?

爱米利娅 不,不瞒你说,她自己不小心掉了下来,我正在旁边,乘此机会就把它拾起来了。看,这不是吗?

伊阿古 好妻子,给我。

爱米利娅 你一定要我偷了它来,究竟有什么用?

伊阿古 哼,那关你什么事?(夺帕)

爱米利娅 要是没有重要的用途,还是把它还给我吧。可怜的夫人!她失去这方手帕,准要发疯了。

伊阿古 不要说出来;我自有用处。去,离开我。(爱米利娅下)我要把这手帕丢在凯西奥的寓所里,让他找到它。像空气一样轻的小事,对于一个嫉妒的人,也会变成天书一样坚强的确证;也许这就可以引起一场是非。这摩尔人已经中了我的毒药的毒,他的心理已经发生变化了;危险的思想本来就是一种毒药,虽然在开始的时候尝不到什么苦涩的味道,可是渐渐地在血液里活动起来,就会像硫矿一样轰然爆发。我的话果然不差;看,他又来了!

奥赛罗重上。

伊阿古 罂粟、曼陀罗或是世上一切使人昏迷的药草,都不能使你得到昨天晚上还安然享受的酣眠。

奥赛罗 嘿!嘿!对我不贞?

伊阿古 啊,怎么,主帅!别老想着那件事啦。

奥赛罗 去!滚开!你害得我好苦。与其知道得不明不白,还是稀里糊涂受人家欺弄的好。

伊阿古 怎么,主帅!

奥赛罗 她瞒着我跟人家私通,我不是一无知觉吗?我没有看见,没有想到,它对我漠不相干;到了晚上,我还是睡得好好的,逍遥自得,无忧无虑,在她的嘴唇上找不到凯西奥吻过的痕迹。被盗的人要是不知道偷盗走了他什么东西，他就等于没有被盗一样。

伊阿古 我很抱歉听见您说这样的话。

奥赛罗 要是全营的将士，从最低微的工兵起，都曾领略过她的肉体的美妙，只要我一无所知，我还是快乐的。啊！从今以后，永别了，宁静的心绪！永别了，平和的幸福！永别了，威武的大军、激发壮志的战争！啊，永别了！永别了，长嘶的骏马、锐厉的号角、惊魂的鼙鼓、刺耳的横笛、庄严的大旗和一切战阵上的威仪！还有你，杀人的巨炮啊，你的残暴的喉管里模仿着天神乔武的怒吼，永别了！奥赛罗的事业已经完毕。

伊阿古 一至于吗，主帅？

奥赛罗 恶人，你必须证明我的爱人是一个淫妇，你必须给我目击的证据；否则凭着人类永生的灵魂起誓，我激起了的怒火将要喷射在你的身上，使你悔恨自己当初不曾投胎做一条狗！

伊阿古 竟会到了这样的地步吗？

奥赛罗 让我亲眼看见这种事实，或者至少给我无可置疑的切实的证据，不这样可不行，否则我要活活要你的命！

伊阿古 尊贵的主帅！

奥赛罗 你要是故意捏造谣言，毁坏她的名誉，使我受到难堪的痛苦，那么你再不要祈祷吧；放弃一切恻隐之心，让各种残酷的罪恶集于你一身，尽管做一些使上天悲泣、使人世惊愕的暴行吧，因为你现在已经罪大恶极，没有什么可以使你在地狱里沉沦得更深的了。

伊阿古 天哪！您是一个男人吗？您有灵魂吗？您有知觉吗？上帝和您同在！我也不要做这劳什子的旗官了。啊，倒霉的傻瓜！你以为自己是个老实人，人家却把你的老实当作了罪恶！啊，丑恶的世界！注意，注意，世人啊！说老实话，做老实人，是一件危险的事哩。谢谢您给我这一个有益的教训；既然善意反而遭人嗔怪，从此以后，我再也不对什么朋友贡献我的真情了。

奥赛罗 不，且慢；你应该做一个老实人。

伊阿古 我应该做一个聪明人；因为老实人就是傻瓜，虽然一片好心，结果还是不能取信于人。

奥赛罗 我想我的妻子是贞洁的，可是又疑心她不大贞洁；我想你是诚实的，可是又疑心你不大诚实。我一定要得到一些证据。她的名誉本来是像狄安娜的容颜一样皎洁的，现在已经染上污垢，像我自己的脸一样黝黑了。

要是这儿有绳子、刀子、毒药、火焰或是使人窒息的河水，我一定不能忍受下去。但愿我能够扫除这一块疑团！

伊阿古　主帅，我看您完全被感情所支配了。我很后悔不该惹起您的疑心。那么您愿意知道究竟吗？

奥赛罗　愿意！嘿，我一定要知道。

伊阿古　那倒是可以的；可是怎样去知道它呢，主帅？您还是眼睁睁地当场看她被人奸污吗？

奥赛罗　啊！该死该死！

伊阿古　叫他们当场出丑，我想很不容易；他们干这种事，总是要避人眼目的。那么怎么样呢？我应该怎么说呢？怎样才可以拿到真凭实据？即使他们像山羊一样风骚，猴子一样好色，豺狼一样贪淫，即使他们是糊涂透顶的傻瓜，您也看不到他们这一幕把戏。可是我说，有了确凿的线索，就可以探出事实的真相；要是这一类间接的旁证可以替您解除疑惑，那倒是不难得到的。

奥赛罗　给我一个充分的理由，证明她已经失节。

伊阿古　我不欢喜这件差事；可是既然愚蠢的忠心已经把我拉进了这一桩纠纷里去，我也不能再保持沉默了。最近我曾经和凯西奥同过榻；我因为牙痛不能入睡；世上有一种人，他们的灵魂是不能保守秘密的，往往会在睡梦之中吐露他们的私事，凯西奥也就是这一种人；我听见他在梦寐中说："亲爱的苔丝狄蒙娜，我们须要小心，不要让别人窥破了我们的爱情！"于是，主帅，他就紧紧地捏住我的手，嘴里喊："啊，可爱的人！"然后狠狠地吻着我，好像那些吻是长在我的嘴唇上，他恨不得把它们连根拔起一样；然后他又把他的脚搁在我的大腿上，叹一口气，亲一个吻，喊一声"该死的命运，把你给了那摩尔人！"

奥赛罗　啊，可恶！可恶！

伊阿古　不，这不过是他的梦。

奥赛罗　虽然只是一个梦，已经可以断定一切。

伊阿古　这也许可以进一步证实其他的疑窦。

奥赛罗　我要把她碎尸万段。

伊阿古　不，您不能太鲁莽了；我们还没有看见实际的行动；也许她还是贞洁的。告诉我这一点：您有没有看见过尊夫人的手里有一方绣着草莓花样的手帕？

奥赛罗　我给过她这样一方手帕，那是我第一次送给她的礼物。

伊阿古　那我不知道；可是今天我看见凯西奥用这样一方手帕抹他的胡子，我相信它一定就是尊夫人的。

奥赛罗　假如就是那一方手帕！

伊阿古　假如就是那一方手帕，或者是其他她所用过的手帕，那么又是一个对她不利的证据了。

奥赛罗　啊，我但愿那家伙有四万条生命！单单让他死一次是发泄不了我的愤怒的。现在我明白这件事情全然是真的了。看，伊阿古，我把我的全部痴情向天空中吹散；它已经随风消失了。黑暗的复仇，从你的幽窟之中升起来吧！爱情啊，把你的王冠和你的心灵深处的宝座让给残暴的憎恨吧！胀起来吧，我的胸膛，因为你已经满载着毒蛇的螫舌！

伊阿古　请不要发恼。

奥赛罗　啊，血！血！血！

伊阿古　忍耐点儿吧；也许您的意见会改变过来的。

奥赛罗　绝不，伊阿古。就像黑海的寒涛滚滚奔流，流进马尔马拉海，直冲达达尼尔海峡，永远不会后退一样，我的风驰电掣的流血的思想，在复仇的目的没有充分达到以前，也绝不会踟蹰回顾，化为绕指的柔情。（跪）苍天在上，我倘不能报复这奇耻大辱，誓不偷生人世。

伊阿古　且慢起来。（跪）亘古炳耀的日月星辰，环抱宇宙的风云雨雾，请你们为我做证：从现在起，伊阿古愿意尽心竭力，为被欺的奥赛罗效劳；无论他叫我做什么残酷的工作，我一定都唯命是从。

奥赛罗　我不用空口的感谢接受你的好意，为了表示我的诚心，我要请你立刻履行你的诺言：在这三天以内，让我听见你说凯西奥已经不在人世。

伊阿古　我的朋友的死已经决定了，因为这是您的意旨；可是放她活命吧。

奥赛罗　该死的淫妇！啊，咒死她！来，跟我去；我要为这美貌的魔鬼想出一个干脆的死法。现在你是我的副将了。

伊阿古　我永远是您的忠仆。（同下）

第四场　城　堡　前

苔丝狄蒙娜、爱米利娅及小丑上。

苔丝狄蒙娜　喂，你知道凯西奥副将家在哪儿吗？

小　丑　我可不敢说他有“家”。

苔丝狄蒙娜　为什么，好人？

小　丑　他是个军人，要是说军人有“假”，那可是出人命的事儿。

苔丝狄蒙娜　好吧，那么他住在什么地方呢？

小　丑　告诉您他住在什么地方，就是告诉您我在撒谎。

苔丝狄蒙娜　那是什么意思？

小　丑　我不知道他住在什么地方；要是胡乱想出一个地方来，说他“家”在这儿，“家”在那儿，那就是我存心说“假”话了。

苔丝狄蒙娜　你可以打听打听他在什么地方呀。

小　丑　好，我就去到处向人家打听，看他们怎么回答我。

苔丝狄蒙娜　找到了他，你就叫他到这儿来；对他说我已经替他在将军面前说过情了，大概可以得到圆满的结果。

小　丑　干这件事是一个人的智力所能及的，所以我愿意去干一下。（下）

苔丝狄蒙娜　我究竟在什么地方掉了那方手帕呢，爱米利娅？

爱米利娅　我不知道，夫人。

苔丝狄蒙娜　相信我，我宁愿失去我的一袋金币；倘然我的摩尔人不是这样一个光明磊落的男人，倘然他也像那些多疑善妒的卑鄙男人一样，这是很可以引起他的疑心的。

爱米利娅　他不会嫉妒吗？

苔丝狄蒙娜　谁！他？我想在他生长的地方，那灼热的阳光已经把这种气质完全从他身上吸去了。

爱米利娅　看！他来了。

苔丝狄蒙娜　我在他没有跟凯西奥当面谈话以前，绝不离开他一步。

奥赛罗上。

苔丝狄蒙娜　您好吗，我的主？

奥赛罗　好，我的好夫人。（旁白）啊，装假脸真不容易！你好，苔丝狄蒙娜？

苔丝狄蒙娜　我好，我的好夫君。

奥赛罗　把你的手给我。这手很潮润呢，我的夫人。

苔丝狄蒙娜　它还没有感到老年的侵袭，也没有受过忧伤的损害。

奥赛罗　这一只手表明它的主人是胸襟宽大而心肠慷慨的；这么热，这么潮。奉劝夫人努力克制邪心，常常斋戒祷告，反躬自责，礼拜神明，因为这儿有一个年少风流的魔鬼，惯会在人们血液里捣乱。这是一只好手，一只很慷慨的手。

苔丝狄蒙娜 您真的可以这样说，因为就是这一只手把我的心献给您的。

奥赛罗 一只慷慨的手。从前的姑娘把手给人，同时把心也一起给了他；现在时世变了，得到一位姑娘的手，不一定能够得到她的心。

苔丝狄蒙娜 这种话我不会说。来，您答应我的事怎么样啦？

奥赛罗 我答应你什么，乖乖？

苔丝狄蒙娜 我已经叫人去请凯西奥来跟您谈谈了。

奥赛罗 我的眼睛有些胀痛，老是淌着眼泪。把你的手帕借给我一用。

苔丝狄蒙娜 这儿，我的主。

奥赛罗 我给你的那一方呢？

苔丝狄蒙娜 我没有带在身边。

奥赛罗 没有带？

苔丝狄蒙娜 真的没有带，我的主。

奥赛罗 那你可错了。那方手帕是一个埃及女人送给我的母亲的；她是一个能够洞察人心的女巫，她对我的母亲说，当她保存着这方手帕的时候，它可以使她得到我父亲的欢心，享受专房的爱宠，可是她要是失去了它，或是把它送给旁人，我父亲就要对她发生憎恶，他的心就要另觅新欢了。她在临死的时候把它传给我，叫我有了妻子以后，就把它交给新妇。我遵照她的吩咐给了你，所以你必须格外小心，珍惜它像珍惜你自己宝贵的眼睛一样；万一失去了，或是送给别人，那就难免遭到一场无比的灾祸。

苔丝狄蒙娜 真会有这种事吗？

奥赛罗 真的，这一方小小的手帕，却有神奇的魔力织在里面；它是一个二百岁的神巫在一阵心血来潮的时候缝就的；它那一缕缕的丝线，也不是世间的凡蚕所吐；织成以后，它曾经在用处女的心炼成的丹液里浸过。

苔丝狄蒙娜 当真！这是真的吗？

奥赛罗 绝对的真实；所以留心藏好它吧。

苔丝狄蒙娜 上帝啊，但愿我从来没有见过它！

奥赛罗 嘿！为什么？

苔丝狄蒙娜 您为什么说得这样暴躁？

奥赛罗 它已经失去了吗？不见了吗？说，它是不是已经丢了？

苔丝狄蒙娜 上天祝福我们！

奥赛罗　你说。

苔丝狄蒙娜　它没有失去；可是要是失去了，那可怎么办呢？

奥赛罗　怎么？苔丝狄蒙娜　我说它没有失去。

奥赛罗　去把它拿来给我看。

苔丝狄蒙娜　我可以去把它拿来，可是现在我不高兴。这是一个诡计，要想把我的要求赖了过去。请您把凯西奥重新录用了吧。

奥赛罗　给我把那手帕拿来。我起疑心了。

苔丝狄蒙娜　得啦，得啦，您再也找不到一个比他更能干的人。

奥赛罗　手帕！

苔丝狄蒙娜　请您还是跟我谈谈凯西奥的事情吧。

奥赛罗　手帕！

苔丝狄蒙娜　他一向受您的眷爱，跟着您同甘共苦，历尽艰辛。奥赛罗　手帕！

苔丝狄蒙娜　凭良心说，您也太不该。

奥赛罗　去！（下）

爱米利娅　这个人在嫉妒吗？

苔丝狄蒙娜　我从来没有见过他这样子。这手帕一定有些不可思议的魔力；我真倒霉把它丢了。

爱米利娅　好的男人一两年也难得碰见见一个。男人是一个胃，我们是一块肉；他们贪婪地把我们吞下去，吃饱了，就把我们呕出来。您看！凯西奥跟我的丈夫来啦。

伊阿古及凯西奥上。

伊阿古　没有别的法子，只好央求她出力。看！好运气！去求求她吧。

苔丝狄蒙娜　啊，好凯西奥！您有什么见教？

凯西奥　夫人，我还是要向您重提我原来的请求，希望您发挥鼎力，让我重新做人，能够在我所尊敬的主帅麾下再邀恩眷。我不能这样延宕下去了。假如我果然罪大恶极，无论过去的微劳、现在的悔恨或是将来立功自赎的决心，都不能博取他的矜怜宽谅，那么我也希望得到一个明白的答复，我就死心塌地向别处去乞讨命运的布施了。

苔丝狄蒙娜　唉，善良的凯西奥！我的话已经变成刺耳的噪音了；我的丈夫已经不是我的丈夫，要是他的面貌也像他的脾气一样改变，我简直要不认识他了。愿神灵保佑我！我已经尽力替您说话；为了我的言辞的笨拙，我已经遭到他的憎恶。您必须暂时忍耐；只要是我力量所及的事，我都愿意为您一试；请您相信我，倘然那是我自己的事情，我也不会这样热心的。这样，您心里也该满意了吧。

伊阿古 主帅发怒了吗？

爱米利娅 他刚才从这儿走开，他的神气暴躁异常。

伊阿古 他会发怒吗？我曾经看见大炮冲散他的队伍，像魔鬼一样把他的兄弟从他身边轰掉，他仍旧不动声色。他也会发怒吗？那么一定出了什么重大的事情了。我要去看看他。他要是发怒，一定有些缘故。

苔丝狄蒙娜 请你就去吧。（伊阿古下）一定是威尼斯有什么国家大事，或是他在这儿塞浦路斯发现了什么秘密的阴谋，扰乱了他清明的神志；人们在这种情形之下，往往会为了一些些小事而生气，虽然实际激怒他们的却是其他更大的原因。正是这样，我们一个指头疼痛的时候，全身都会觉得难受。我们不能把男人当作完美的天神，也不能希望他们永远像新婚之夜那样殷勤体贴。爱米利娅，我真该死，我可真是个不体面的“战士”，会在心里抱怨他的无情；现在我才觉悟我是错怪他了。

爱米利娅 谢天谢地，但愿果然像您所想的，是为了些国家的事情，不是因为对您起了疑心。

苔丝狄蒙娜 唉！我从来没有给过他一些可以使他怀疑的理由。

爱米利娅 可是多疑的人是不会因此而满足的；他们往往不是因为有了什么理由而嫉妒，只是为了嫉妒而嫉妒，那是一个凭空而来、自生自长的怪物。

苔丝狄蒙娜 愿上天保佑奥赛罗，不要让这怪物钻进他的心里！

爱米利娅 阿门，夫人。

苔丝狄蒙娜 我去找他去。凯西奥，您在这儿走走；要是我看见他可以跟他说几句话，我会向他提起您的请求，尽力给您转圜就是了。

凯西奥 多谢夫人。（苔丝狄蒙娜、爱米利娅下）

比恩卡上。

比恩卡 你好，凯西奥朋友！

凯西奥 你怎么不在家里？你好，我最娇美的比恩卡？不骗你，亲爱的，我正要到你家里来呢。

比恩卡 我也是要到你的尊寓去的，凯西奥。什么！一个星期不来看我？七天七夜？一百六十八小时？在相思里挨过的时辰，比时钟是要慢上八十倍的；啊，这一笔算不清的糊涂账！

凯西奥　对不起，比恩卡，这几天来我实在心事太重，改日加倍补报你就是了。亲爱的比恩卡，（以苔丝狄蒙娜手帕授比恩卡）替我把这手帕上的花样描下来。

比恩卡　啊，凯西奥！这是什么地方来的？这一定是哪个新相好送给你的礼物；我现在明白你不来看我的缘故了。有这等事吗？好，好。

凯西奥　得啦，女人！把你这种瞎疑心丢还给魔鬼吧。你在吃醋了，你以为；不，凭着我的良心发誓，比恩卡。

比恩卡　那么，这是谁的？

凯西奥　我不知道，亲爱的；我在寝室里找到它。那花样我很喜欢，我想乘失主没有来问我讨还以前，把它描了下来。请你拿去给我描一描。现在请你暂时离开我。

比恩卡　离开你！为什么？

凯西奥　我在这儿等候主帅到来；让他看见我有女人陪着，恐怕不大方便，我不愿这样。

比恩卡　为什么？我倒要请问。

凯西奥　不是因为我不爱你。

比恩卡　只是因为你并不爱我。请你陪我稍微走一段路，告诉我今天晚上你来不来看我。

凯西奥　我只能陪你稍走几步，因为我在这儿等人；可是我就会来看你的。

比恩卡　那很好；我也不能勉强你。（各下）

第 四 幕

第一场 塞浦路斯城堡前

奥赛罗及伊阿古上。

伊阿古 您愿意这样想吗?

奥赛罗 这样想,伊阿古!

伊阿古 什么!背着人接吻?

奥赛罗 这样的接吻是为礼法所不许的。

伊阿古 脱光了衣服,和她的朋友睡在一床,经过一个多小时,却一点不起邪念?

奥赛罗 伊阿古,脱光衣服睡在床上,还会不起邪念!这明明是对魔鬼的假意矜持;他们的本心是规矩的,可偏偏干出了这种勾当;魔鬼欺骗了他们,而他们就去欺骗上天。

伊阿古 要是他们不及于乱,那还不过是一个小小的过失;可是假如我把一方手帕给了我的妻子……奥赛罗 给了她便怎样?

伊阿古 啊,主帅,那时候它就是她的东西了;既然是她的东西,我想她可以把它送给无论什么人的。

奥赛罗 她的贞操也是她自己的东西,她也可以把它送给无论什么人吗?

伊阿古 她的贞操是一种不可捉摸的品质;世上有几个真正贞洁的妇人?可是讲到那方手帕——

奥赛罗 天哪,我但愿忘记那句话!你说!啊!它笼罩着我的记忆,就像预兆不祥的乌鸦在染疫人家的屋顶上回旋一样,你说我的手帕在他的手里。

伊阿古 是的,在他手里便怎么样?

奥赛罗 那可不大好。

伊阿古 什么!要是我说我看见他干那对您不住的事?或是听见他说,世上尽多那种家伙,他们靠着死命的追求征服了一个女人,或者得到什么情妇的自动的垂青,就禁不住到处向人吹嘘。

奥赛罗 他说过什么话吗?

伊阿古　说过的，主帅；可是您放心吧，他说过的话，他都可以发誓否认的。

奥赛罗　他说过什么？

伊阿古　他说，他曾经，我不知道他曾经干些什么事。

奥赛罗　什么？什么？

伊阿古　跟她睡？

奥赛罗　在一床？

伊阿古　睡在一床，睡在她的身上；随您怎么说吧。

奥赛罗　跟她睡在一床！睡在她的身上！我们说睡在她身上，岂不是对她的污辱！该死，岂有此理！手帕——口供——手帕！叫他招供了，再把他吊死。先把他吊起来，然后叫他招供。我一想起就气得发抖。人们总是有了某种感应，阴暗的情绪才会笼罩他的心灵；一两句空洞的话是不能给我这样大的震动的。呸！磨鼻子，咬耳朵，吮嘴唇。会有这样的事吗？口供！手帕！啊，魔鬼！（晕倒）

伊阿古　显出你的效力来吧，我的妙药，显出你的效力来吧！轻信的愚人是这样落进了圈套；许多贞洁贤淑的女人，都是这样蒙上了不白之冤。喂，主帅！主帅！奥赛罗！

凯西奥上。

伊阿古　啊，凯西奥！

凯西奥　怎么一回事？

伊阿古　咱们大帅发起癫痫来了。这是他第二次发作；昨天他也发过一次。

凯西奥　在他太阳穴上摩擦摩擦。

伊阿古　不，不行；他这种昏迷状态，必须保持安静；要不然的话，他就要嘴里冒出白沫，慢慢地会发起疯来的。看！他在动了。你暂时走开一下，他就会恢复原状的。等他走了以后，我还有要紧的话跟你说。（凯西奥下）怎么啦，主帅？您没有摔痛您的头吧？

奥赛罗　你在讥笑我吗？

伊阿古　我讥笑您！不，没有这样的事！我愿您像一个大丈夫似的忍受命运的捉弄。

奥赛罗　顶上了绿头巾，还算一个人吗？

伊阿古　在一座热闹的城市里，这种不算人的人多着呢。

奥赛罗　他自己公然承认了吗？

伊阿古　主帅，您看破一点吧；您只要想一想，哪一个有家室的须眉男子，没有遭到跟您同样命运的可能；世上不知有多少男人，他们的卧榻上容留过无数素昧平生的人，他们自己还满以为这是一块私人的禁地哩；您的情形还不算顶坏。啊！这是最刻毒的恶作剧，魔鬼的最大的玩笑，让一个男人安安心心地搂着一个荡妇亲嘴，还以为她是一个贞烈的女人！不，我要睁开眼，先看清自己成了个什么东西，也就看准了该拿她怎么办。

奥赛罗 啊！你是个聪明人；你说得一点不错。

伊阿古 现在请您暂时站在一旁，竭力耐住您的怒气。刚才您恼得昏过去的时候，大人物怎么能这样感情冲动啊，凯西奥曾经到这儿来过；我说您不省人事是因为一时不适，把他打发走了，叫他过一会儿再来跟我谈谈；他已经答应我了。您只要找一处所在躲一躲，就可以看见他满脸得意忘形，冷嘲热讽的神气；因为我要叫他从头叙述他历次跟尊夫人相会的情形，还要问他重温好梦的时间和地点。您留心看看他那副表情吧。可是不要气恼；否则我就要说您一味意气用事，一点没有大丈夫的气概啦。

奥赛罗 告诉你吧，伊阿古，我会很巧妙地不动声色；可是，你听着，我也会包藏一颗最可怕的杀心。

伊阿古 那很好；可是什么事都要看准时机。您走远一步吧。（奥赛罗退后）现在我要向凯西奥谈起比恩卡，一个靠着出卖风情维持生活的雌儿；她热恋着凯西奥；这也是娼妓们的报应，往往她们迷惑了多少的男子，结果却被一个男人迷昏了心。他一听见她的名字，就会忍不住捧腹大笑。他来了。

凯西奥重上。

伊阿古 他一笑起来，奥赛罗就会发疯；可怜的凯西奥的嬉笑的神情和轻狂的举止，在他那充满着无知的嫉妒的心头，一定可以引起严重的误会。您好，副将？

凯西奥 我因为丢掉了这个头衔，正在懊恼得要死，你却还要这样称呼我。

伊阿古 在苔丝狄蒙娜跟前多说几句央求的话，包你原官起用。（低声）要是这件事情换在比恩卡手里，早就不成问题了。

凯西奥 唉，可怜虫！

奥赛罗 （旁白）看！他已经在笑起来啦！

伊阿古 我从来不知道一个女人会这样爱一个男人。

凯西奥 唉，小东西！我看她倒是真的爱我。

奥赛罗 （旁白）现在他在含糊否认，想把这事情用一笑搪塞过去。

伊阿古 你听见吗，凯西奥？

奥赛罗 （旁白）现在他要他讲经过情形啦。说下去；很好，很好。

伊阿古 她向人家说你将要跟她结婚；你有这个意思吗？

凯西奥 哈哈哈！

奥赛罗 （旁白）你这样得意吗，好家伙？你这样得意吗？

凯西奥 我跟她结婚！什么？一个卖淫妇？对不起，你不要这样看轻我，我还不至于糊涂到这等地步哩。哈哈哈！

奥赛罗 （旁白）好，好，好，好。得胜的人才会笑逐颜开。

伊阿古 不骗你，人家都在说你将要跟她结婚。

凯西奥 对不起，别说笑话啦。

伊阿古 我要是骗了你，我就是个大大的浑蛋。

凯西奥 一派胡言！她自己一相情愿，相信我会跟她结婚；我可没有答应她。

奥赛罗 （旁白）伊阿古在向我打招呼；现在他开始讲他的故事啦。

凯西奥 她刚才还在这儿；她到处缠着我。前天我正在海边跟几个威尼斯人谈话，那傻东西就来啦；不瞒你说，她这样攀住我的颈项——

奥赛罗 （旁白）叫一声“啊，亲爱的凯西奥！”我可以从他的表情之间猜得出来。

凯西奥 她这样拉住我的衣服，靠在我的怀里，哭个不停，还这样把我拖来拖去，哈哈哈！

奥赛罗 （旁白）现在他在讲她怎样把他拖到我的寝室里去啦。啊！我看见你的鼻子，可是不知道应该把它丢给哪一条狗吃。

凯西奥 好，我只好离开她。

伊阿古 啊！看，她来了。

凯西奥 好一头抹香粉的臭猫！

比恩卡上。

凯西奥 你这样到处盯着我不放，是什么意思呀？

比恩卡 让魔鬼跟他的老娘盯着你吧！你刚才给我的那方手帕算是什么意思？我是个大傻瓜，才会把它受了下来。叫我描下那花样！好看的花手帕可真多哪，居然让你在你的寝室里找到它，却不知道谁把它丢在那边！这一定是哪一个贱丫头送给你的东西，却叫我描下它的花样来！拿去，还给你那个相好吧；随你从什么地方得到这方手帕，我可不高兴描下它的花样。

凯西奥　怎么，我的亲爱的比恩卡！怎么！怎么！

奥赛罗　（旁白）天哪，那该是我的手帕哩！

比恩卡　今天晚上你要是愿意来吃饭，尽管来吧；要是不愿意来，等你下回有兴致的时候再来吧。（下）

伊阿古　追上去，追上去。

凯西奥　真的，我必须追上去，否则她会沿街谩骂的。

伊阿古　你准备到她家里去吃饭吗？

凯西奥　是的，我想去。

伊阿古　好，也许我会再碰见你；因为我很想跟你谈谈。

凯西奥　请你一定来吧。

伊阿古　得啦，别多说啦。（凯西奥下）

奥赛罗　（趋前）伊阿古，我应该怎样杀死他？

伊阿古　您看见他一听到人家提起他的丑事，就笑得多么高兴吗？

奥赛罗　啊，伊阿古！

伊阿古　您还看见那方手帕吗？

奥赛罗　那就是我的吗？

伊阿古　我可以举手起誓，那是您的。看他多么看得起您那位痴心的太太！她把手帕送给他，他却拿去给了他的娼妇。

奥赛罗　我要用九年的时间慢慢地磨死她。一个高雅的女人！一个美貌的女人！一个温柔的女人！

伊阿古　不，您必须忘掉那些。

奥赛罗　嗯，让她今夜腐烂、死亡、堕入地狱吧，因为她不能再活在世上。不，我的心已经变成铁石了；我打它，反而打痛了我的手。啊！世上没有一个比她更可爱的东西；她可以睡在一个皇帝的身边，命令他干无论什么事。

伊阿古　您素来不是这个样子的。

奥赛罗　让她死吧！我不过说她是怎么样的一个人。她的针线活儿是这样精妙！一个出色的音乐家！啊，她唱起歌来，可以驯服一只野熊的心！她的心思才智，又是这样敏慧多能！

伊阿古　唯其这样多才多艺，干出这种丑事来，才格外叫人气恼。

奥赛罗　啊！一千倍、一千倍的可恼！而且她的性格又是这样温柔！

伊阿古　嗯，太温柔了。

奥赛罗　对啦，一点不错。可是，伊阿古，可惜！啊！伊阿古！伊阿古！太可惜啦！

伊阿古　要是您对于一个失节之妇，还是这样恋恋不舍，那么索性采取放任吧；因为既然您自己也不以为意，当然更不干别人的事。

奥赛罗　我要把她剁成一堆肉酱。叫我当一个王八！

伊阿古　啊，她太不顾羞耻啦！

奥赛罗　跟我的部将通奸！

伊阿古　那尤其可恶。

奥赛罗　给我弄些毒药来，伊阿古；今天晚上。我不想跟她多费唇舌，免得她的肉体和美貌再打动了我的心。今天晚上，伊阿古。

伊阿古　不要用毒药，在她床上扼死她，就在那被她玷污了的床上。

奥赛罗　好，好；那是一个大快人心的处置，很好。

伊阿古　至于凯西奥，让我去取他的命吧；您在午夜前后，一定可以听到消息。

奥赛罗　好极了。(内喇叭声)那是什么喇叭的声音？

伊阿古　一定是从威尼斯来了什么人。是罗多维科奉公爵之命到这儿来了；看，您那位太太也跟他在一起。

罗多维科、苔丝狄蒙娜及侍从等上。

罗多维科　上帝保佑您，尊贵的将军！

奥赛罗　祝福您，大人。

罗多维科　公爵和威尼斯的元老们问候您安好。(把信交给奥赛罗)

奥赛罗　我谨尊他们的恩命。(拆信阅读)

苔丝狄蒙娜　罗多维科大哥，威尼斯有什么消息？

伊阿古　我很高兴看见您，大人；欢迎您到塞浦路斯来！

罗多维科　谢谢。凯西奥副将好吗？

伊阿古　他还健在，大人。

苔丝狄蒙娜　大哥，他跟我的丈夫闹了点儿别扭；可是您可以使他们言归于好。

奥赛罗　你有把握吗？

苔丝狄蒙娜　您怎么说，我的主？

奥赛罗　(读信)“务必照办为要，不得有误。”

罗多维科　他没有回答；他正在忙着读信。将军跟凯西奥果然有了意见吗？

苔丝狄蒙娜　有了很不幸的意见；为了我对凯西奥所抱的好感，我很愿意尽力调解他们。

奥赛罗　该死！

苔丝狄蒙娜　您怎么说，我的主？

奥赛罗　你聪明吗？

苔丝狄蒙娜　什么！他生气了吗？

罗多维科　也许这封信激动了他；因为照我猜想起来，他们是要召他回国，叫凯西奥代理他的职务。

苔丝狄蒙娜　真的吗？那好极了。

奥赛罗　当真！

苔丝狄蒙娜　您怎么说，我的主？

奥赛罗　你要是发了疯，我才高兴。

苔丝狄蒙娜　为什么，亲爱的奥赛罗？

奥赛罗　魔鬼！（击苔丝狄蒙娜）

苔丝狄蒙娜　我没有错处，您不该这样对待我。

罗多维科　将军，我要是把这回事情告诉威尼斯人，即使发誓说我亲眼看见，他们也一定不会相信我。这太过分了；向她赔罪吧，她在哭了。

奥赛罗　啊，魔鬼！魔鬼！要是妇人的眼泪有滋生化育的力量，她的每一滴泪，掉在地上都会变成一条鳄鱼。走开，不要让我看见你！

苔丝狄蒙娜　我不愿留在这儿害您生气。（欲去）

罗多维科　真是一位顺从的夫人。将军，请您叫她回来吧。

奥赛罗　夫人！

苔丝狄蒙娜　我的主？

奥赛罗　大人，您要跟她说些什么话？

罗多维科　谁？我吗，将军？

奥赛罗　嗯，您要我叫她转来，现在她转过来了。她会转来转去，走一步路回一个身；她还会哭，大人，她还会哭；她是非常顺从的，正像您所说，非常顺从。尽管流你的眼泪吧。大人，这信上的意思——好一股装腔作势的劲儿！是要叫我回去。你去吧，等会儿我再叫人来唤你。大人，我服从他们的命令，不日就可以束装上路，回到威尼斯去，去！滚开！（苔丝狄蒙娜下）凯西奥可以接替我的位置。今天晚上，大人，我还要请您赏

光便饭。欢迎您到塞浦路斯来！山羊和猴子！（下）

罗多维科　这就是为我们整个元老院所同声赞叹、称为全才全德的那位英勇的摩尔人吗？这就是那喜怒之情不能把它震撼的高贵的天性吗？那命运的箭矢不能把它擦伤穿破的坚定的德操吗？

伊阿古　他已经大大变了样子啦。

罗多维科　他的头脑没有毛病吗？他的神经是不是有点错乱？

伊阿古　他就是这个样子；我可不敢说他还会变成什么样子；如果他不是像他所应该的那样，那么但愿他也不至于此！

罗多维科　什么！打他的妻子！

伊阿古　真的，那可不大好；可是我但愿知道他对她没有比这更暴虐的行为！

罗多维科　他一向都是这样的吗？还是因为信上的话激怒了他，才会有这种以前所没有的过失？

伊阿古　唉！唉！按着我的地位，我实在不便把我所看见、所知道的一切说出口来。您不妨留心注意他，他自己的行动就可以说明一切，用不着我多说了。请您跟上去，看他还会做出什么花样来。

罗多维科　他竟是这样一个人，真使我大失所望啊。（同下）

第二场　城堡中一室

奥赛罗及爱米利娅上。

奥赛罗　那么，你没有看见什么吗？

爱米利娅　没有看见，没有听见，也没有疑心。

奥赛罗　你不是看见凯西奥跟她在一起吗？

爱米利娅　可是我不知道那有什么不对，而且我听见他们两人所说的每一个字。

奥赛罗　什么！他们从来不曾低声耳语吗？

爱米利娅　从来没有，将军。

奥赛罗　也不曾打发你走开吗？

爱米利娅　没有。

奥赛罗　没有叫你去替她拿扇子、手套、脸罩，或是什么东西吗？

爱米利娅　没有，将军。

奥赛罗　那可奇怪了。

爱米利娅 将军，我敢用我的灵魂打赌她是贞洁的。要是您疑心她有非礼的行为，赶快除掉这种思想吧，因为那是您心理上的一个污点。要是哪一个浑蛋把这种思想放进您的脑袋里，让上天罚他变成一条蛇，受永远的咒诅！假如她不是贞洁、贤淑和忠诚的，那么世上没有一个幸福的男人了；最纯洁的妻子，也会变成最丑恶的淫妇。

奥赛罗 叫她到这儿来，去！（爱米利娅下）她的话说得很动听；可是这种拉惯皮条的人，都是天生的利嘴。这是一个狡猾的淫妇，一肚子千刁万恶，当着人却会跪下来向天祈祷；我看见过她这一种手段。

爱米利娅偕苔丝狄蒙娜重上。

苔丝狄蒙娜 我的主，您有什么吩咐？

奥赛罗 过来，乖乖。

苔丝狄蒙娜 您要我怎么样？

奥赛罗 让我看看你的眼睛；看着我的脸。

苔丝狄蒙娜 这是什么古怪的念头？

奥赛罗 （向爱米利娅）你去干你的事吧，奶奶；把门关了，让我们两人在这儿谈谈心。要是有人来了，你就在门口咳嗽一声。干你的贵营生去吧；快，快！（爱米利娅下）

苔丝狄蒙娜 我跪在您的面前，请您告诉我您这些话是什么意思？我知道您在生气，可是我不懂您的话。

奥赛罗 嘿，你是什么人？

苔丝狄蒙娜 我的主，我是您的妻子，您的忠心不贰的妻子。

奥赛罗 来，发一个誓，让你自己死后下地狱吧；因为你的外表太像一个天使了，倘不是在不贞之上，再加一重伪誓的罪名，也许魔鬼们会不敢抓你下去的；所以发誓说你是贞洁的吧。

苔丝狄蒙娜 天知道我是贞洁的。

奥赛罗 天知道你是像地狱一样淫邪的。

苔丝狄蒙娜 我的主，我对谁干了欺心的事？我跟哪一个人有不端的行为？我怎么是淫邪的？

奥赛罗 啊，苔丝狄蒙娜！去！去！去！

苔丝狄蒙娜 唉，不幸的日子！您为什么哭？您的眼泪是为我而流的吗，我的主？要是您疑心这次奉召回国，是我父亲的主意，请您不要怪我；您固然失去他的好感，我也已经失去他的慈爱了。

奥赛罗　要是上天的意思，要让我受尽种种的折磨；要是他用诸般的痛苦和耻辱降在我毫无防备的头上，把我浸没在贫困的泥沼里，剥夺我的一切自由和希望，我也可以在我的灵魂的一隅之中，找到一滴忍耐的甘露。可是唉！在这尖酸刻薄的世上，做一个被人戟指笑骂的焦点！就连这个，我也可以容忍；可是我的心灵失去了归宿，我的生命失去了寄托，我的活力的源泉枯竭了，变成了蛤蟆繁育生息的污地！忍耐，你朱唇韶颜的天姿啊，转变你的脸色，让它化成地狱般的狰狞吧。

苔丝狄蒙娜　我希望我在我的尊贵的夫主眼中，是一个贤良贞洁的妻子。

奥赛罗　啊，是的，就像夏天肉铺里的苍蝇一样贞洁，飞来飞去撒它的卵子。你这野草闲花啊！你的颜色是这样娇美，你的香气是这样芬芳，人家看见你嗅到你就会心疼；但愿世上从来不曾有过你！

苔丝狄蒙娜　唉！我究竟犯了什么连我自己也不知道的罪恶呢？

奥赛罗　这一张皎洁的白纸，这一本美丽的书册，是要让人家写上“娼妓”两个字的吗？犯了什么罪恶！啊，你这人尽可夫的娼妇！我只要一说起你所干的事，我的两颊就会变成两座熔炉，把廉耻烧为灰烬。犯了什么罪恶！天神见了它要掩鼻而过；月亮看见了要羞得闭上眼睛；碰见什么都要亲吻的淫荡的风，也静悄悄地躲在岩窟里面，不愿听见人家提起它的名字。犯了什么罪恶！不要脸的娼妇！

苔丝狄蒙娜　天啊，您不该这样侮辱我！

奥赛罗　你不是一个娼妇吗？

苔丝狄蒙娜　不，我发誓我不是，否则我就不是一个基督徒。要是为我的主保持这一个清白的身子，不让淫邪的手把它污毁，要是这样的行为可以使我免去娼妇的恶名，那么我就不是娼妇。

奥赛罗　什么！你不是一个娼妇吗？

苔丝狄蒙娜　不，否则我死后没有得救的希望。

奥赛罗　真的吗？

苔丝狄蒙娜　啊！上天饶恕我们！

奥赛罗　那么，我真是多多冒昧了；我还以为你就是那个嫁给奥赛罗的威尼斯的狡猾的娼妇哩。喂，你这位刚刚和圣彼得干着相反的差事的，看守地狱门户的奶奶！

爱米利娅重上。

奥赛罗　你，你，对了，你！我们的谈话已经完毕。这几个钱是给你作为酬

劳的；请你开了门上的锁，不要泄露我们的秘密。（下）

爱米利娅 唉！这位老爷究竟在转些什么念头呀？您怎么啦，夫人？您怎么啦，我的好夫人？

苔丝狄蒙娜 我是在半醒半睡之中。

爱米利娅 好夫人，我的主到底有些什么心事？

苔丝狄蒙娜 谁？

爱米利娅 我的主呀，夫人。

苔丝狄蒙娜 谁是你的主？

爱米利娅 我的主就是你的丈夫，好夫人。

苔丝狄蒙娜 我没有丈夫。不要对我说话，爱米利娅；我不能哭，我没有话可以回答你，除了我的眼泪。请你今夜把我结婚的被褥铺在我的床上，记好了；再去替我叫你的丈夫来。

爱米利娅 真是变了，变了！（下）

苔丝狄蒙娜 我应该受到这样的待遇，全然是应该的。我究竟有些什么不检点的行为，哪怕只是一丁点儿，才会引起他的猜疑呢？

爱米利娅率伊阿古重上。

伊阿古 夫人，您有什么吩咐？您怎么啦？

苔丝狄蒙娜 我不知道。小孩子做了错事，做父母的总是用温和的态度，轻微的责罚教训他们；他也应该这样责备我，因为我是一个娇养惯了的孩子，不惯受人家责备的。

伊阿古 怎么一回事，夫人？

爱米利娅 唉！伊阿古，将军口口声声骂她娼妇，用那样难堪的名字加在她的身上，稍有人心的人，谁听见了都不能忍受。

苔丝狄蒙娜 我应该得到那样一个称呼吗，伊阿古？

伊阿古 什么称呼，好夫人？

苔丝狄蒙娜 就像她说我的主称呼我的那种名字。

爱米利娅 他叫她娼妇；一个喝醉了酒的叫花子，也不会把这种名字加在他的姘妇身上。

伊阿古 为什么他要这样？

苔丝狄蒙娜 我不知道。我相信我不是那样的女人。

伊阿古 不要哭，不要哭。唉！

爱米利娅 多少名门贵族向她求婚，她都拒绝了；她抛下了老父，离乡背井，远别亲友，结果却只讨他骂一声娼妇吗？这还不叫人伤心吗？

苔丝狄蒙娜 都是我自己命薄。

伊阿古 他太岂有此理了！他怎么会起这种心思的？

苔丝狄蒙娜 天才知道。

爱米利娅 我可以打赌，一定有一个万劫不复的恶人，一个爱管闲事、鬼讨好的家伙，一个说假话骗人的奴才，因为要想钻求差事，造出这样的谣言来；要是我的话说得不对，我愿意让人家把我吊死。

伊阿古 呸！哪里有这样的人？一定不会的。

苔丝狄蒙娜 要是果然有这样的人，愿上天宽恕他！

爱米利娅 宽恕他！一条绳子箍住他的颈项，地狱里的恶鬼咬碎他的骨头！他为什么叫她娼妇？谁跟她在一起？什么所在？什么时候？什么方式？什么根据？这摩尔人一定是上了不知哪一个千刁万恶的坏人的当，一个下流的大浑蛋，一个卑鄙的家伙；天啊！愿你揭破这种家伙的嘴脸，让每一个老实人的手里都拿一根鞭子，把这些浑蛋脱光了衣服抽一顿，从东方一直抽到西方！

伊阿古 别嚷得给外边都听见了。

爱米利娅 哼，可恶的东西！前回弄昏了你的头，使你疑心我跟这摩尔人有暧昧的，也就是这种家伙。

伊阿古 好了，好了；你是个傻瓜。

苔丝狄蒙娜 好伊阿古啊，我应当怎样重新取得我的丈夫的欢心呢？好朋友，替我向他解释解释；因为凭着天上的太阳起誓，我实在不知道我怎么会失去他的宠爱。我对天下跪，要是在思想上、行动上，我曾经有意背弃他的爱情；要是我的眼睛、我的耳朵或是我的任何感觉，曾经对别人产生爱悦；要是我在过去、现在和将来，不是那样始终深深地爱着他，即使他把我弃如敝屣，也不因此而改变我对他的忠诚；要是我果然有那样的过失，愿我终身不能享受快乐的日子！无情可以给人重大的打击；他的无情也许会摧残我的生命，可是永不能毁坏我的爱情。我不愿提起“娼妇”两个字，一说到它就会使我心生憎恶，更不用说亲自去干那博得这种丑名的勾当了；整个世界的荣华也不能诱动我。

伊阿古 请您宽心，这不过是他一时的心绪恶劣，在国事方面受了点刺激，所以跟您怄起气来啦。

苔丝狄蒙娜 要是没有别的原因——

伊阿古 只是为了这个原因，我可以保证。（喇叭声）听！喇叭在吹晚餐的信号了；威尼斯的使者在等候进餐。进去，不要哭；一切都会圆满解决的。

（苔丝狄蒙娜、爱米利娅下）

罗德利哥上。

伊阿古 啊，罗德利哥！

罗德利哥 我看你全然在欺骗我。

伊阿古 我怎么欺骗你？

罗德利哥 伊阿古，你每天在我面前捣鬼，把我支吾过去；照我现在看来，你非但不给我开一线方便之门，反而使我的希望一天一天地破灭下去。我实在再也忍不住了。因为自己的愚蠢，我已经吃了不少的苦头，这一笔账我也不能就此善罢甘休。

伊阿古 你愿意听我说吗，罗德利哥？

罗德利哥 哼，我已经听得太多了；你的话和行动是不相符合的。

伊阿古 你太冤枉人啦。

罗德利哥 我一点没有冤枉你。我的钱都花光啦。你从我手里拿去送给苔丝狄蒙娜的珠宝，即使一个圣徒也会被它诱惑的；你对我说她已经收下了，告诉我不久就可以得到喜讯，可是到现在还不见一点动静。

伊阿古 好，算了；很好。

罗德利哥 很好！算了！我不能就此算了，朋友；这事情也不很好。我举手起誓，这种手段太卑鄙了；我开始觉得我自己受了骗了。

伊阿古 很好。

罗德利哥 我告诉你这事情不很好。我要亲自去见苔丝狄蒙娜，要是她肯把我的珠宝还我，我愿意死了这片心，忏悔我这种非礼的追求；要不然的话，你留心点儿吧，我一定要跟你算账。

伊阿古 你现在话说完了吧？

罗德利哥 嗯，我的话都是说过就做的。

伊阿古 好，现在我才知道你是一个有骨气的人；从这一刻起，你已经使我比从前加倍看重你了。把你的手给我，罗德利哥。你责备我的话，都非常有理；可是我还要声明一句，我替你干这件事情，的的确确是尽忠竭力，不敢昧一分良心的。

罗德利哥 那还没有事实的证明。

伊阿古 我承认还没有事实的证明，你的疑心不是没有理由的。可是，罗德利哥，要是你果然有决心，有勇气，有胆量，我现在相信你一定有的，今晚你就可以表现出来；要是明天夜里你不能享用苔丝狄蒙娜，你可以用无论什么恶毒的手段、阴险的计谋，取去我的生命。

罗德利哥 好，你要我怎么干？是说得通做得到的事吗？

伊阿古 老兄，威尼斯已经派了专使来，叫凯西奥代替奥赛罗的职位。

罗德利哥 真的吗？那么奥赛罗和苔丝狄蒙娜都要回到威尼斯去了。

伊阿古 啊，不，他要到毛里塔尼亚去，把那美丽的苔丝狄蒙娜一起带走，除非这儿出了什么事，使他耽搁下来。最好的办法是把凯西奥除掉。

罗德利哥 你说把他除掉是什么意思？

伊阿古 砸碎他的脑袋，让他不能担任奥赛罗的职位。

罗德利哥 那就是你要我去干的事吗？

伊阿古 嗯，要是你敢做一件对你自己有利益的事。他今晚在一个妓女家里吃饭，我也要到那儿去见他。现在他还不知道自己的命运。我可以设法让他在十二点到一点之间从那儿出来，你只要留心在门口守候，就可以照你的意思把他处置；我就在附近接应你，他在我们两人之间一定逃不了。来，不要发呆，跟我去；我可以告诉你为什么他的死是必要的，你听了就会知道这是你的一件无可推辞的行动。现在正是晚餐的时候，夜过去得很快，准备起来吧。

罗德利哥 我还要听一听你要叫我这样做的理由。

伊阿古 我一定可以向你解释明白。（同下）

第三场 城堡中另一室

奥赛罗、罗多维科、苔丝狄蒙娜、爱米利娅及侍从等上。

罗多维科 将军请留步吧。

奥赛罗 啊，没有关系；散散步对我也是很有好处的。

罗多维科 夫人，晚安；谢谢您的盛情。

苔丝狄蒙娜 大驾光临，我们是十分欢迎的。

奥赛罗 请吧，大人。啊！苔丝狄蒙娜——！

苔丝狄蒙娜 我的主？

奥赛罗 你快进去睡吧；我马上就回来的。把你的侍女们打发开了，不要忘记。

苔丝狄蒙娜　是，我的主。（奥赛罗、罗多维科及侍从等下）

爱米利娅　怎么？他现在的脸色温和得多啦。

苔丝狄蒙娜　他说他就会回来的；他叫我去睡，还叫我把你遣开。

爱米利娅　把我遣开！

苔丝狄蒙娜　这是他的吩咐；所以，好爱米利娅，把我的睡衣给我，你去吧，我们现在不能再惹他生气了。

爱米利娅　我希望您当初并不和他相识！

苔丝狄蒙娜　我却不希望这样；我是那么喜欢他，即使他的固执、他的呵斥、他的怒容——请你替我取下衣上的扣针——在我看来也是可爱的。

爱米利娅　我已经照您的吩咐，把那些被褥铺好了。

苔丝狄蒙娜　很好。天哪！我们的思想是多么傻！要是我比你先死，请你就把那些被褥做我的殓衾。

爱米利娅　得了得了，您在说傻话。

苔丝狄蒙娜　我的母亲有一个侍女名叫巴巴拉，她跟人家有了恋爱；她的爱人发了疯，把她丢了。她有一支《杨柳歌》，那是一支古老的曲调，可是正好说中了她的命运；她到死的时候，嘴里还在唱着它。那支歌今天晚上老是萦回在我的脑际；我的烦乱的心绪，使我禁不住侧下我的头，学着可怜的巴巴拉的样子把它歌唱。请你赶快点儿。

爱米利娅　我要不要就去把您的睡衣拿来？

苔丝狄蒙娜　不，先替我取下这儿的扣针。这个罗多维科是一个俊美的男子。

爱米利娅　一个很漂亮的人。

苔丝狄蒙娜　他的谈吐很高雅。

爱米利娅　我知道威尼斯有一个女郎，愿意赤了脚步行到巴勒斯坦，为了希望碰一碰他的下唇。

苔丝狄蒙娜　（唱）

可怜的她坐在枫树下啜泣，
　歌唱那青青杨柳；
她手抚着胸膛，她低头靠膝，
　唱杨柳，杨柳，杨柳。
清澈的流水吐出她的呻吟，
　唱杨柳，杨柳，杨柳。
她的热泪融化了顽石的心。

把这些放在一旁。(唱)

唱杨柳，杨柳，杨柳。

快一点，他就要来了。(唱)

青青的柳枝编成一个翠环；
不要怪他，我甘心受他笑骂。

不，下面一句不是这样的。听！谁在敲门？

爱米利娅 是风哩。

苔丝狄蒙娜 (唱)

我叫情哥负心郎，他又怎讲？
唱杨柳，杨柳，杨柳。
我见异思迁，由你另换情郎。

你去吧；晚安。我的眼睛在跳，那是哭泣的预兆吗？

爱米利娅 没有这样的事。

苔丝狄蒙娜 我听见人家这样说。啊，这些男人！这些男人！凭你的良心说，爱米利娅，你想世上有没有背着丈夫干这种坏事的女人？

爱米利娅 怎么没有？

苔丝狄蒙娜 你愿意为了整个世界的财富而干这种事吗？

爱米利娅 难道您不愿意吗？

苔丝狄蒙娜 不，我对着明月起誓！

爱米利娅 不，对着光天化日，我也不干；要干也得暗地里干。

苔丝狄蒙娜 难道你愿意为了整个的世界而干这种事吗？

爱米利娅 世界是伟大的；用一件小小的坏事换得这样大的代价是值得的。

苔丝狄蒙娜 真的，我想你不会。

爱米利娅 真的，我想我应该干的。当然为了一枚对合的戒指、几丈细麻布或是几件衣服、几件裙子、一两顶帽子，以及诸如此类的小玩意儿而叫我干这种事，我当然不愿意；可是为了整个的世界，谁不愿意出卖自己的贞操，让她的丈夫做一个皇帝呢？我就是因此而下炼狱，也是甘心的。

苔丝狄蒙娜 我要是为了整个的世界，会干出这种丧心病狂的事来，一定不得好死。

爱米利娅 世间的是非本来没有定准；您因为干了一件错事而得到整个的世界，在您自己的世界里，您还不能把是非颠倒过来吗？

苔丝狄蒙娜 我想世上不会有那样的女人的。

爱米利娅　这样的女人不仅有，还多着呢，足以把她们用风流韵事换来的世界塞满了。照我想来，妻子的堕落总是丈夫的过失；要是他们疏忽了自己的责任，把我们所珍爱的东西浪掷在外人的怀里，或是无缘无故吃起醋来，约束我们行动的自由，或是殴打我们，削减我们的花粉钱，我们也是有脾气的，虽然生就温柔的天性，到了一个时候也是会复仇的。让做丈夫的人们知道，他们的妻子也和他们有同样的感觉：她们的眼睛也能辨别美恶，她们的鼻子也能辨别香臭，她们的舌头也能辨别甜酸，正像她们的丈夫们一样。他们厌弃了我们，另寻新欢，是为了什么缘故呢？是逢场作戏吗？我想是的。是因为爱情的驱使吗？我想也是的。还是因为喜新厌旧的人之常情呢？那也是一个理由。那么难道我们就不会对别人发生爱情，难道我们就没有逢场作戏的欲望，难道我们就不会喜新厌旧，跟男人们一样吗？所以让他们好好地对待我们吧；否则我们要让他们知道，我们所干的坏事都是出于他们的指教。

苔丝狄蒙娜　晚安，晚安！愿上天监视我们的言行；我不愿以恶为师，我只愿鉴非自警！（各下）

第 五 幕

第一场 塞浦路斯街道

伊阿古及罗德利哥上。

伊阿古 来，站在这堵披屋后面；他就会来的。把你的宝剑拔出鞘来，看准要害刺过去。快，快，不要怕；我就在你旁边。成功失败，在此一举，你得下定决心。

罗德利哥 不要走开，也许我会失手。

伊阿古 我就在这儿，你的近旁。胆子放大些，站定了。（退后）

罗德利哥 我对于这件事情不是顶热心；可是他讲的理由十分充足。反正不过除掉一个人。出来，我的剑；他必须死！

伊阿古 我已经触动这小脓包的心，他居然动起怒来了。不管是他杀死凯西奥，还是凯西奥杀死他，或者两败俱伤，对于我都是有好处的。要是罗德利哥活在世上，他总有一天要问我讨还那许多我从他手里拿来、说是送给苔丝狄蒙娜的金银珠宝；这可断断不能。要是凯西奥活在世上，他那样风度翩翩，叫我每天都要在他的旁边相形见绌；而且那摩尔人万一向他当面质问起来，我的阴谋就会暴露，那时候我的处境就非常危险了。不，他非死不可。就这样吧。我听见他来了。

凯西奥上。

罗德利哥 我认识他的走路的姿势；正是他。恶人，你给我死吧！（挺剑刺凯西奥）

凯西奥 幸亏我穿着一身好甲，否则那一剑一定会致我的死命。让我也来试一试你的甲牢不牢吧。（拔剑刺伤罗德利哥）

罗德利哥 啊，我死了！（伊阿古自后刺伤凯西奥的腿，下）

凯西奥 我从此终身残废了！救命啊！杀了人啦！杀了人啦！（倒地）

奥赛罗自远处上。

奥赛罗 凯西奥的声音。伊阿古果然没有失信。

罗德利哥 啊，我真是个恶人！

奥赛罗　一点不错。

凯西奥　啊，救命哪！拿火来！找一个医生！

奥赛罗　正是他。勇敢正直的伊阿古啊，你这样奋不顾身，为你的朋友复仇雪耻，真是难得！你给我一个教训了。贱人，你心爱的人已经死在这儿，你的末日就在眼前；娼妇，我来了！从我的心头抹去你的媚眼的魔力；让淫邪的血溅洒你那被淫邪玷污了的枕席。（下）

罗多维科及葛莱西安诺自远处上。

凯西奥　喂！怎么！没有巡夜的逻卒？没有过路的行人？杀人啦！杀人啦！

葛莱西安诺　出了什么乱子啦？这叫声很是凄惨。

凯西奥　救命啊！

罗多维科　听！

罗德利哥　啊，该死的恶人！

罗多维科　两三个人在那儿呻吟。这是一个很阴沉的黑夜；也许他们是故意假装出来的，我们人手孤单，冒冒失失过去，恐怕不大安全。

罗德利哥　没有人来吗？那么我要流血而死了！

罗多维科　听！

伊阿古持火炬重上。

葛莱西安诺　有一个人穿着衬衫，一手拿火、一手举着武器来了。

伊阿古　那边是谁？什么人在那儿喊杀人？

罗多维科　我们不知道。

伊阿古　你们听见一个呼声吗？

凯西奥　这儿，这儿！看在上天的面上，救救我！

伊阿古　怎么一回事？

葛莱西安诺　这个人好像是奥赛罗麾下的旗官。

罗多维科　正是，一个很勇敢的男人。

伊阿古　你是什么人，在这儿叫喊得这样凄惨？

凯西奥　伊阿古吗？啊，我被恶人算计，害得我不能做人啦！救救我！

伊阿古　哎哟，副将！这是什么恶人干的事？

凯西奥　我想有一个暴徒还在这儿；他逃不了。

伊阿古　啊，可恶的奸贼！（向罗多维科、葛莱西安诺）你们是什么人？过来帮帮忙。

罗德利哥　啊，救救我！我在这儿。

凯西奥　他就是恶党中的一人。

伊阿古　好一个杀人的凶徒！啊，恶人！（刺罗德利哥）

罗德利哥　啊，万恶的伊阿古！没有人心的狗！

伊阿古　在暗地里杀人！这些凶恶的贼党都在哪儿？这地方多么寂静！喂！杀了人啦！杀了人啦！你们是什么人？是好人还是坏人。

罗多维科　请你自己判断我们吧。

伊阿古　罗多维科大人吗？

罗多维科　正是，老总。

伊阿古　恕我失礼了。这儿是凯西奥，被恶人们刺伤，倒在地上。

葛莱西安诺　凯西奥！

伊阿古　怎么样，兄弟？

凯西奥　我的腿断了。

伊阿古　哎哟，罪过罪过！两位先生，请替我照火；我要用我的衫子把它包扎起来。

比恩卡上。

比恩卡　喂，什么事？谁在这儿叫喊？

伊阿古　谁在这儿叫喊！

比恩卡　哎哟，我亲爱的凯西奥！我温柔的凯西奥！啊，凯西奥！凯西奥！凯西奥！

伊阿古　哼，你这声名狼藉的娼妇！凯西奥，照你猜想起来，向你下这样毒手的大概是些什么人？

凯西奥　我不知道。

葛莱西安诺　我正要找你来，谁料你会遭逢这样的祸事，真是恼人！

伊阿古　借给我一条吊袜带。好。啊，要是有一张椅子，让他舒舒服服躺在上面，把他抬去才好！

比恩卡　哎哟，他晕过去了！啊；凯西奥！凯西奥！凯西奥！

伊阿古　两位先生，我很疑心这个贱人也是那些凶徒的同党。忍耐点儿，好凯西奥。来，来，借我一个火。我们认不认识这一张面孔？哎哟！是我的同国好友罗德利哥吗？不。唉，果然是他！天哪！罗德利哥！

葛莱西安诺　什么！威尼斯的罗德利哥吗？

伊阿古　正是他，先生。你认识他吗？

葛莱西安诺　认识他！我怎么不认识他？

伊阿古 葛莱西安诺先生吗？请您原谅，这些流血的惨剧，使我礼貌不周，失敬得很。

葛莱西安诺 哪儿的话，我很高兴看见您。

伊阿古 你怎么啦，凯西奥？啊，来一张椅子！来一张椅子！

葛莱西安诺 罗德利哥！

伊阿古 他，他，正是他。（众人携椅上）啊！很好；椅子。几个人把他小心抬走；我就去找军医官来。（向比恩卡）你，奶奶，你也不用装腔作势啦。凯西奥，死在这儿的这个人是我的好朋友。你们两人有什么仇恨？

凯西奥 一点没有；我根本不认识这个人。

伊阿古 （向比恩卡）什么！你脸色变白了吗？啊！把他抬进屋子里去。（众人舁凯西奥、罗德利哥二人下）等一等，两位先生。奶奶，你脸色变白了吗？你们看见她眼睛里这一股惊慌的神气吗？哼，要是你这样睁大了眼睛，我们还要等着听一些新鲜的话哩。留心看着她；你们看；你们看见了吗，两位先生？哼，犯了罪的人，即使舌头僵住了，也会不打自招的。

爱米利娅上。

爱米利娅 唉！出了什么事啦？出了什么事啦，丈夫？

伊阿古 凯西奥在这儿黑暗之中，被罗德利哥和几个在逃的同党袭击；他几乎送了性命，罗德利哥已经死了。

爱米利娅 哎哟，好一位绅士！哎哟，好凯西奥！

伊阿古 这是他爱嫖的结果。爱米利娅，你去问问凯西奥，他今天晚上在什么地方吃饭的。什么！你听了这句话就发抖吗？

比恩卡 他在我家里吃饭；可是我并没有因此而发抖。

伊阿古 噢，他在你家里吃饭？你跟我走！

爱米利娅 呸，呸，你这不要脸的娼妇！

比恩卡 我不是娼妇；我跟你一样清白。

爱米利娅 跟我一样清白！呸！不要脸！

伊阿古 两位好先生，让我们去帮助帮助可怜的凯西奥，替他把伤口扎好。来，奶奶，你必须对我们讲老实话。爱米利娅，你快奔到城堡里去，告诉将军和夫人这儿发生了什么事。你们先请吧。（旁白）今夜是我的命运所寄，倘不能青云直上，就要一败涂地。（同下）

第二场　城堡中的卧室

苔丝狄蒙娜睡床上，一灯照耀室内，奥赛罗上。

奥赛罗　只是为了这一个原因，只是为了这一个原因，我的灵魂！纯洁的星星啊，让我不要向你们说出它的名字！只是为了这一个原因……可是我不愿溅她的血，也不愿毁伤她那比白雪更皎洁、比石膏更腻滑的肌肤。可是她不能不死，否则她将要陷害更多的男子。让我熄灭了这一盏灯，然后我就熄灭你生命的火焰。融融的灯光啊，我把你吹熄以后，要是我心生后悔，仍旧可以把你重新点亮；可是你，造化最精美的形象啊，你的火焰一旦熄灭，我不知道什么地方有那天上的神火，能够燃起你原来的光彩！我摘下了蔷薇，就不能再给它已失的生机，只好让它枯萎凋谢；当它还在枝头的时候，我要嗅一嗅它的芳香。（吻苔丝狄蒙娜）啊，甘美的气息！你几乎诱动公道的心，使她折断她的利剑了！再一个吻，再一个吻。愿你到死都是这样；我要杀死你，然后再爱你。再一个吻，这是最后的一吻了；这样销魂，却又是这样无比的惨痛！我必须哭泣，然而这些是无情的眼泪。这阵阵悲伤是神圣的，因为它惩罚的正是它的最爱。她醒来了。

苔丝狄蒙娜　谁？奥赛罗吗？

奥赛罗　嗯，苔丝狄蒙娜。

苔丝狄蒙娜　您要睡了吗，我的主？

奥赛罗　你今晚有没有祈祷过，苔丝狄蒙娜？

苔丝狄蒙娜　祈祷过了，我的主。

奥赛罗　要是你想到在你的一生之中，还有什么罪恶不会为上帝所宽宥，赶快恳求他的恩赦吧。

苔丝狄蒙娜　哎哟！我的主，您这句话是什么意思？

奥赛罗　嘿，祈祷吧，干脆点儿；我就在一旁等着你。我不愿杀害你没有准备的灵魂；不，上天禁止这种罪行！我不愿杀害你的灵魂。

苔丝狄蒙娜　您在说杀人的话吗？

奥赛罗　嗯，是的。

苔丝狄蒙娜　那么愿上天垂怜于我！

奥赛罗　阿门，但愿如此！

苔丝狄蒙娜　要是您这样说，我希望您不至于把我杀死。

奥赛罗　哼！

苔丝狄蒙娜　可是我怕您。因为您的眼珠这样滚转的时候，已经动了杀机。我不知道我为什么害怕，因为我不知道我有什么罪；可是我觉得害怕。

奥赛罗　想想你的罪恶吧。

苔丝狄蒙娜　除非我对您的爱是罪恶，我不知道我有什么罪恶。

奥赛罗　好，你必须因此而死。

苔丝狄蒙娜　为了爱而被杀，那样的死是违反人情的。唉！您为什么这样咬着您的下唇呢？一种饮血的欲念震撼您的全身，这便是它的征兆。可是我希望，我希望您的怒气不是对我而发。

奥赛罗　闭嘴，不要作声！

苔丝狄蒙娜　是。可是请您告诉我究竟为了什么事？

奥赛罗　你把我给你的那条我心爱的手帕送给凯西奥。

苔丝狄蒙娜　不，凭着我的生命和灵魂起誓！您叫他来问好了。

奥赛罗　好人，留心不要发伪誓；你的死已在眼前了。

苔丝狄蒙娜　不，我现在还不能死。

奥赛罗　你必须立刻死，所以赶快坦白招认你的罪恶吧；即使你发誓否认每一件事实，也不能除去那使我痛心的坚强的确信。你必须死。

苔丝狄蒙娜　那么愿上帝垂怜于我！

奥赛罗　阿门。

苔丝狄蒙娜　愿您也大发慈悲！我生平从不曾得罪过您，也从不曾用上天所不容的非分的爱情滥施在凯西奥的身上；我没有给过他什么东西。

奥赛罗　苍天在上，我亲眼看见我的手帕在他的手里。欺罔神明的妇人！你使我的心变成坚硬；我本来想把你作为献祭的牺牲，现在却被你激起我的屠夫的恶念来了。我明明看见那手帕的。

苔丝狄蒙娜　那么是他在什么地方拾到的；我没有给他。叫他到这儿来，让他供认事实的真相。

奥赛罗　他已经承认了。

苔丝狄蒙娜　承认什么，我的主？

奥赛罗　承认他已经和你发生关系。

苔丝狄蒙娜　怎么？非法的关系吗？

奥赛罗　嗯。

苔丝狄蒙娜　他不会这样说的。

奥赛罗　是的，他的嘴已经闭住，正直的伊阿古已经把他解决了。

苔丝狄蒙娜　啊，我的恐惧竟成事实！什么！他死了吗？

奥赛罗　即使他每一根头发里都有生命，我的复仇的怒火也会把它们一起吞下。

苔丝狄蒙娜　唉！他被人陷害，我的一生也从此断送了！

奥赛罗　不要脸的娼妇！你当着我的面为他哭泣吗？

苔丝狄蒙娜　啊，我的主，把我放逐，可是不要杀我！

奥赛罗　倒下，娼妇！

苔丝狄蒙娜　明天杀我，让我活过今天！

奥赛罗　不，要是你想挣扎——

苔丝狄蒙娜　给我半点钟的时间！

奥赛罗　已经决定了，没有挽回的余地。

苔丝狄蒙娜　可是让我做一次祷告吧！

奥赛罗　太迟了。（扼苔丝狄蒙娜咽喉）

爱米利娅　（在内）将军，将军！喂！将军，将军！

奥赛罗　这是什么声音？没有死吗？还没有完全死去吗？我虽然狠心，却还有几分慈悲；我不愿你多挨受一刻痛苦。好，好。（刺苔丝狄蒙娜）

爱米利娅　（在内）喂！将军，将军！

奥赛罗　哪一个？

爱米利娅　（在内）啊，将军！我要跟您说句话儿。

奥赛罗　是的，这是爱米利娅。等一等。她死了。她多半要来说起凯西奥的死。外边已经听得见嘈杂的声音。嘿！一动也不动了吗？像坟墓一样沉寂。要不要让她进来？妥当不妥当？我想她又在动了，不，怎么办呢？要是她进来，她一定要跟我的妻子说话。我的妻子！我的妻子！什么妻子？我没有妻子。啊，难堪！啊，不幸的时辰！我想现在日月应该晦暗不明，受惊的地球看见这种非常的灾变，也要吓得目瞪口呆。

爱米利娅　（在内）啊，好将军！请您让我进来对您说句话儿。

奥赛罗　我忘记了。啊，进来，爱米利娅。慢点儿，等一等。让我把帐幕拉下来。你在哪儿？（启锁开门）

爱米利娅上。

奥赛罗　现在你可有什么事？

爱米利娅　啊，好将军！那边出了杀人命案啦！

奥赛罗　什么！现在？

爱米利娅　就是刚才，将军。

奥赛罗　那都是因为月亮走错了轨道，比平常更近地球，所以人们都发起疯来了。

爱米利娅　将军，凯西奥杀死了一个名叫罗德利哥的威尼斯青年。

奥赛罗　罗德利哥被杀了！凯西奥也被杀了吗？

爱米利娅　不，凯西奥没有死。

奥赛罗　凯西奥没有死！那么杀人认错了对象，痛快的复仇又有了变卦啦。

苔丝狄蒙娜　啊，死得好冤枉呀！

爱米利娅　哎哟！那是什么呼声？

奥赛罗　那！什么？

爱米利娅　哎哟！那是夫人的声音。救命！救命啊！救命！啊，夫人，再说一声话儿！亲爱的苔丝狄蒙娜！啊，亲爱的夫人，说呀！

苔丝狄蒙娜　我是无罪而死的。

爱米利娅　啊！这是谁干的事？

苔丝狄蒙娜　谁也没有干，是我自己。再会吧，替我向我的仁慈的夫君致意。啊，再会吧！（死）

奥赛罗　啊！她怎么会被人杀死的？

爱米利娅　唉！谁知道？

奥赛罗　你听见她说是她自己，我没有杀死她。

爱米利娅　她是这样说，我只好按照事实去报告。

奥赛罗　她到地狱的火焰里去，还不愿说一句真话。杀死她的是我。

爱米利娅　啊，那么她就是一个天使，你就是一个黑心的魔鬼了！

奥赛罗　她干了无耻的事，她是个淫妇。

爱米利娅　你冤枉她，你是个魔鬼。

奥赛罗　她像水一样轻浮。

爱米利娅　你说她轻浮，你自己才像火一样粗暴。啊，她是圣洁而忠贞的！

奥赛罗　凯西奥和她通奸，不信你去问你的丈夫吧。啊，要是我采取这种极端的手段，并没有正当的理由，死后就要永远堕入地狱的底层！你的丈夫一切全都知道。

爱米利娅　我的丈夫！

奥赛罗　你的丈夫。

爱米利娅　他知道她不守贞节吗？

奥赛罗　嗯，他知道她跟凯西奥有暧昧。嘿，要是她是个贞洁的妇人，即使上帝为我用一颗完整的宝石另外造一个世界，我也不愿用她去交换。

爱米利娅　我的丈夫！

奥赛罗　嗯，他最初告诉我这件事。他是个正人君子，他痛恨卑鄙龌龊的行为。

爱米利娅　我的丈夫！

奥赛罗　妇人，为什么把这句话说了又说呢？我是说你的丈夫。

爱米利娅　啊，夫人！你因为多情，受了奸人的愚弄了！我的丈夫说她不贞！

奥赛罗　正是他，妇人；我说你的丈夫；你懂得这句话吗？我的朋友，你的丈夫，正直的、正直的伊阿古。

爱米利娅　要是他果然说了这样的话，愿他恶毒的灵魂每天一分一寸地糜烂！他全然胡说；她对于她的最卑鄙的男人是太痴心了。

奥赛罗　嘿！

爱米利娅　随你把我怎么样吧。你配不上这样的好妻子，你这种行为是上天所不容的。

奥赛罗　还不闭嘴！

爱米利娅　你没有半分力量可以伤害我；我的心碎了，还怕你什么！啊，笨蛋！傻瓜！泥土一样蠢的家伙！你已经做了一件大大不该的事，我不怕你的剑；我要宣布你的罪恶，即使我将要因此而丧失二十条生命。救命！救命啊！救命！摩尔人杀死了夫人啦！杀了人啦！杀了人啦！

蒙太诺、葛莱西安诺、伊阿古及余人等上。

蒙太诺　什么事？怎么，将军！

爱米利娅　啊！你来了吗，伊阿古？你做的好事，人家都把杀人的罪名扣在你头上啦！

葛莱西安诺　什么事？

爱米利娅　你倘是个男人，赶快否认这恶人所说的话吧；他说你告诉他他的妻子不贞。我知道你不会说这种话，你还不会是这样一个恶人。说吧，我的心都要胀破了。

伊阿古　我不过把我自己的意思告诉他；我对他所说的话，已经由他自己证实了。

爱米利娅 可是你有没有对他说她是不贞的?

伊阿古 我对他说过。

爱米利娅 你说谎，一个可憎的、万恶不赦的谎!凭着我的灵魂起誓，一个谎，一个罪恶的谎!她跟凯西奥私通!你说她跟凯西奥私通吗?

伊阿古 跟凯西奥私通，太太。好了好了，收住你的舌头吧。

爱米利娅 我不愿收住我的舌头，我必须说话。夫人在这张床上被人谋杀了。

众 人 啊，哪会有这样的事!

爱米利娅 都是你造的谣言，引起这场血案。

奥赛罗 各位不必惊慌;，这事情是真的。

葛莱西安诺 真有这样的事，那可奇了!

蒙太诺 啊，骇人的行为!

爱米利娅 诡计!诡计!诡计!我现在想起来了;啊，诡计!那时候我就有些怀疑;我要伤心死了!啊，诡计!诡计!

伊阿古 什么!你疯了吗?快给我回家去!

爱米利娅 各位先生，让我有一个说话的机会。照理我应该服从他，可是现在却不能服从他。也许，伊阿古，我永远不再回家了。

奥赛罗 啊!啊!啊!(扑卧床上)

爱米利娅 哼，你躺下来哭叫吧;因为你已经杀死一个世间最温柔纯洁的人。

奥赛罗 啊，她是淫污的!我简直不认识您啦，叔父。那边躺着您的侄女，她的呼吸刚才被我这双手扼断;我知道这件行为在世人眼中看起来是惊人而残酷的。

葛莱西安诺 可怜的苔丝狄蒙娜!幸亏你父亲已经死了;你的婚事是他致死的原因，悲伤摧折了他衰老的生命。要是他现在还活着，看见这种惨状，一定会干出一些疯狂的事情来的;他会诅咒天地，赶走守护神，毁灭自己的灵魂。

奥赛罗 这诚然是一件伤心的事;可是伊阿古知道她曾经跟凯西奥干过许多回无耻的勾当，凯西奥自己也承认了。她还把我的定情礼物送给凯西奥，表示接受他的献媚。我看见它在他的手里;那是一方手帕，我的父亲给我母亲的一件古老的纪念品。

爱米利娅 天啊!天上的神明啊!

伊阿古 算了，闭住你的嘴!

爱米利娅 事情总会败露的，事情总会败露的。闭住我的嘴?不，不，我要像北风一样自由地说话；让天神、世人和魔鬼全都把我嘲讽羞辱，我也要说我的话。

伊阿古 放明白一些，回家去吧。

爱米利娅 我不愿回家。（伊阿古拔剑欲刺爱米利娅）

葛莱西安诺 呸！你向一个妇人动武吗？

爱米利娅 你这愚笨的摩尔人啊！你所说起的那方手帕，是我偶然拾到，把它给了我的丈夫；虽然那只是一件小小的东西，他却几次三番恳求我替他偷出来。

伊阿古 长舌的淫妇！

爱米利娅 她送给凯西奥！唉！不，是我拾到了，把它交给我的丈夫的。

伊阿古 贱人，你说谎！

爱米利娅 苍天在上，我没有说谎；我没有说谎，各位先生。杀人的傻瓜啊！像你这样一个蠢才，怎么配得上这样好的一位妻子呢？

奥赛罗 天上没有石块，可以像雷霆一样打下来吗？好一个奸贼！（向伊阿古扑奔；伊阿古刺爱米利娅逃下）

葛莱西安诺 这妇人倒下来了；他把他的妻子杀死了。

爱米利娅 是，是；啊！把我放在夫人的身旁吧！

葛莱西安诺 他走了，他的妻子给他杀了。

蒙太诺 这是一个罪大恶极的凶徒。你拿着我从这摩尔人手里夺下来的剑。来，在门外看守好了，别让他出去；他要是想逃走，尽管把他杀死。我要去追那恶人，那是一个不可宽恕的家伙。（蒙太诺、葛莱西安诺下）

奥赛罗 我的勇气也离我而去了，每一个孱弱的懦夫都可以夺下我的剑来。可是奸恶既然战胜了正直，哪里还会有荣誉存在呢？让一切都归于幻灭吧！

爱米利娅 你的歌儿是一个谶兆吗，夫人？听，你听没听见我的声音？我要像天鹅一般在歌声里死去。（唱）

杨柳，杨柳，杨柳……

摩尔人，她是贞洁的；她爱你，狠心的摩尔人。我说的是真话，愿我的灵魂享受天福；我的话是跟我的思想一致的。我死了，我死了。（死）

奥赛罗 我还有一柄剑在这屋子里，那是一柄用冰泉的水所浸炼的西班牙宝剑。啊，在这儿！叔父，我一定要出来。

葛莱西安诺 （在内）你要是敢试一试，就得付重大的代价；你没有武器，只好屈服。

奥赛罗　那么进来看看我吧，我有话对你说；否则我虽然没有武器，也只好不顾一切跟你拼一下了。

葛莱西安诺重上。

葛莱西安诺　什么事？

奥赛罗　看！我有一柄剑；从来不曾在一个战士的身边佩带过一柄比这更好的剑；凭着这一条小小的胳臂和这一柄利剑，我曾经冲破二十倍于你们这样人数的包围；可是，无聊的夸口啊！谁能主宰他自己的命运呢？现在我已经没有那样的本领了。虽然你看我拿着武器，可是不用害怕，这儿是我的旅途的终点，我的航程的最后的目标。你吓得退走了吗？这是不必要的惊恐；谁只要拿一根灯草向奥赛罗的胸前刺去，他也会向后退缩的。奥赛罗应该到什么地方去呢？——啊，让我再看看你的脸吧，薄命的女郎！像你的衬衣一样惨白！我们在天庭对簿的时候，你这一副脸色就可以把我的灵魂赶下天堂，让魔鬼把它抓去。你的全身冰冷，我的恋人！正像你的贞洁一样凛若寒霜。啊，该死的、该死的奴才！魔鬼啊，把我从这天仙一样美人的面前鞭逐出去吧！让狂风把我吹卷、硫黄把我熏烤、沸汤的深渊把我沉浸吧！啊，苔丝狄蒙娜！苔丝狄蒙娜！死了！啊！啊！啊！

罗多维科、蒙太诺、二侍从以卧椅抬凯西奥及吏役等押伊阿古同上。

罗多维科　这鲁莽而不幸的人在哪儿？

奥赛罗　那就是从前的奥赛罗。我在这儿。

罗多维科　那条毒蛇呢？把这恶人带上来。

奥赛罗　据说魔鬼的脚是分趾的，让我看看他的脚是不是这样。要是你真的是一个魔鬼，我也不能杀死你。（刺伤伊阿古）

罗多维科　把他手里的剑夺下来。

伊阿古　我不过流了点儿血，还没有给他杀死。

奥赛罗　那也好，我要你留着活命；因为在我看来，死倒是一桩幸福。

罗多维科　啊，奥赛罗！你本来是一个很好的男人，却会中一个万恶的奸人的诡计，我们该说你什么呢？

奥赛罗　随便你们怎么说吧；要是你们愿意，不妨说我是一个正直的凶手，因为我所干的事，都是出于荣誉的观念，不是出于猜嫌的私恨。

罗多维科　这恶人已经承认了一部分他的奸谋；杀死凯西奥是你跟他同谋

的吗？

奥赛罗　是的。

凯西奥　主帅，我从来不曾得罪过您。

奥赛罗　我相信你的话，请你原谅我吧。你们问一问那个顶着人头的恶魔，为什么他要这样陷害我的灵魂和肉体？

伊阿古　什么也不要问我，你们所知道的，你们已经知道了。从这一刻起，我不再说一句话。

罗多维科　什么！你也不要祈祷吗？

葛莱西安诺　酷刑可以逼你开口。

奥赛罗　嘿，你这是最好的办法。

罗多维科　将军，一切经过，你将会明白的，我相信你现在还一点也不知道。这是从已死的罗德利哥衣袋里搜到的一封信；这儿还有一封；其中一封信里说到杀死凯西奥的事情由罗德利哥动手执行。

奥赛罗　啊，奸贼！

凯西奥　野蛮残忍的阴谋！

罗多维科　这儿还有从他的衣袋里找到的一封充满怨言的信，看来好像是罗德利哥预备寄给这个万恶的奸人的；可是信还没有寄出，伊阿古就来给他满足了。

奥赛罗　啊，恶毒的奸贼！凯西奥，我的妻子的手帕怎么会到你手里的？

凯西奥　我在我的房间里找到它；他刚才已经亲口承认是他有意把它丢在那里的，借此可以达到他自己的图谋。

奥赛罗　啊，傻瓜！傻瓜！傻瓜！

凯西奥　在罗德利哥的信里，他又埋怨伊阿古不该撺掇他在我值夜的时候向我寻事；我就是为了那一回事情而去职的。就在刚才，他从长时间的昏迷中醒了过来，还说起他一切都受伊阿古的指使，结果却是伊阿古伤了他的生命。

罗多维科　你必须离开这所屋子，跟我们去；你的军队和兵权必须全部交卸，让凯西奥主持塞浦路斯的军政重务。对于这个家伙，我们将要用一切巧妙的酷刑加在他的身上，使他遍受种种的痛苦，而不至于立刻死去。我们还要把你严密监禁，等候威尼斯政府判决你的罪状。来，把他带下去。

奥赛罗　且慢，在你们未走以前，再听我说一两句话。我对于国家曾经立过相当的功劳，这是执政官诸公所知道的；那些话现在也不用说了。当你们把这种不幸的事实报告他们的时候，请你们在公文上老老实实照我本来的样子叙述，不要徇情维护，也不要恶意诬陷；你们应当说我是一个在恋爱上不智而过于深情的人；一个不容易发生嫉妒，可是一旦被人煽动以后，就会糊涂到极点的人；一个像那印度人一样愚蠢，把一颗比他整个部落所有的财产更贵重的珍珠随手抛弃的人；一个虽然不惯于流妇人之泪，可是当他被感情征服的时候，也会像涌流着胶液的阿拉伯胶树一般两眼泛滥的人。请你们把这些话记下，再补充一句说：在阿拉伯地方，曾经有一个裹着头巾的敌意的土耳其人殴打一个威尼斯人，诽谤我们的国家，那时候我就一把抓住这受割礼的狗的咽喉，就这样把他杀了。（以剑自刎）

罗多维科　啊，残酷的结局！

葛莱西安诺　一切说过的话，现在又要颠倒过来了。

奥赛罗　我在杀死你以前，曾经用一吻和你诀别；现在我自己的生命也在一吻里终结。（倒扑在苔丝狄蒙娜身上，死）

凯西奥　我早就担心会有这样的事发生，可是我还以为他没有武器；他的心地是光明正大的。

罗多维科　（向伊阿古）你这比痛苦、饥饿和大海更凶暴的猛犬啊！看看这床上一双浴血的尸身吧；这是你干的好事。这样惊心的景象，赶快把它遮盖起来吧。葛莱西安诺，请您接收这一座屋子；这摩尔人的全部家产，都应该归您继承。总督大人，怎样处置这一个恶魔般的奸徒，什么时候，什么地点，用怎样的刑法，都要请您全权办理，千万不要宽纵他！我现在就要上船回去禀明政府，用一颗悲哀的心报告这一段悲哀的故事。（同下）

科利奥兰纳斯

剧中人物

卡厄斯·马歇斯　后称卡厄斯·马歇斯·科利奥兰纳斯

泰特斯·拉歇斯 } 征伐伏尔斯人的将领
考密涅斯

米尼涅斯·阿格立巴　科利奥兰纳斯之友

西西涅斯·维鲁特斯 } 护民官
裘涅斯·勃鲁托斯

小马歇斯　科利奥兰纳斯之子

罗马传令官

塔勒斯·奥菲狄乌斯　伏尔斯人的大将

奥菲狄乌斯的副将

奥菲狄乌斯的党羽们

尼凯诺　罗马人

安息市民

阿德里安　伏尔斯人

二伏尔斯守卒

伏伦妮娅　科利奥兰纳斯之母

维吉利娅　科利奥兰纳斯之妻

凡勒利娅　维吉利娅之友

维吉利娅的侍女

罗马及伏尔斯元老、贵族、警吏、侍卫、兵士、市民、使者、奥菲狄乌斯的仆人及其他侍从等

地　点

罗马及其附近；科利奥里及其附近；安息

第 一 幕

第一场 罗马街道

一群暴动的市民各持棍棒及其他武器上。

市民甲 在我们继续前进之前，先听我说句话。

众 人 说，说。

市民甲 你们都下了决心，宁愿死，不愿挨饿吗？

众 人 我们都下了决心了，我们都下了决心了。

市民甲 第一，你们知道卡厄斯·马歇斯是人民的最大公敌。

众 人 我们知道，我们知道。

市民甲 让我们杀死他，然后我们要多少谷就有多少谷。我们就这样决定了吗？

众 人 不用多说；就这么干。走，走！

市民乙 各位好市民，听我说一句话。

市民甲 我们都是苦百姓，贵族才是好市民。那些有权有势的人吃饱了，装不下的东西就可以救济我们。他们只要把吃剩下来的东西趁着新鲜的时候赏给我们，我们就会以为他们是出于人道之心来救济我们；可是在他们看来，我们都是不值得救济的。我们的痛苦饥寒，我们的枯瘦憔悴，就像是列载着他们的富裕的一张清单；我们的受难就是他们的享福。让我们举起我们的武器来复仇，趁着我们还没有瘦得只剩下几根骨头。天神知道我说这样的话，只是迫于没有面包吃的饥饿，不是因为渴于复仇。

市民乙 你特别提出卡厄斯·马歇斯来作为攻击的对象吗？

市民甲 我们第一要攻击他；他是出卖群众的狗。

市民乙 你不想到他为祖国立下了什么功劳吗？

市民甲 我知道得很清楚，我也不愿抹杀他的功劳；可是他因为过于骄傲，他的功劳已经被抵消了。

市民乙 你不要恶意诽谤。

市民甲　我对你说，他所做的轰轰烈烈的事情，都只有一个目的：虽然心肠仁厚的人愿意承认那是为了他的国家，其实他只是要取悦于他的母亲，同时使他可以傲视别人；他的勇气绝不下于他的傲气。

市民乙　他自己也无能为力的天生的癖性，你却认为是他的罪恶。你不能说他是个贪心的人。

市民甲　要是我不能这样说他，我也不会缺少攻击他的理由；他有数不清的过失，说来也会叫人口酸。（内呼声）这些是什么呼声？城那边的人们也起来了。我们还在这儿多说什么？到议会去！

众　人　来，来。

市民甲　且慢！谁来啦？

米尼涅斯·阿格立巴上。

市民乙　尊贵的米尼涅斯·阿格立巴；他是常常爱护着平民的。

市民甲　他是个好人；要是别人都像他一样就好了！

米尼涅斯　同胞们，你现在要干些什么事？你们拿着这些棍棒到什么地方去？为了什么事？请你们告诉我。

市民甲　我们的事情元老院不是不知道的；他们这半个月来早已得到消息，知道我们将要有什么行动，现在我们就要做给他们看。人家说，穷人诉苦的时候，嘴里会发出一股可怕的气息；我们要让他们知道，我们还有一双可怕的手臂哩。

米尼涅斯　哎哟，列位，我的好朋友们，你们不要活命了吗？

市民甲　先生，我们早就没有命活了。

米尼涅斯　我告诉你们，朋友们，贵族们对于你们是非常关切的。你们要是把你们的穷困和饥饿归罪政府，还不如举起你们的棍棒来打天。因为这次饥荒是天神的意旨，不是贵族们造成的。你们应该屈膝哀求，不该举手反抗，才会对你们有好处。唉！灾祸使你们迷失了本性，引导你们到更大的灾祸的路上。你们毁谤着国家的领导者，他们像慈父一样爱护你们，你们却像仇敌一样诅咒他们。

市民甲　爱护我们！真的！他们从来没有爱护过我们，让我们忍受饥寒，他们的仓库里却堆满了谷粒；颁布保护高利贷的法令；每天都在忙着取消那些不利于富人的正当的法律，重新制定束缚穷人的苛酷的条文。我们要是不死在战争里，也会死在他们手里；这就是他们对我们的爱护！

米尼涅斯　你们必须承认你们自己太会恶意猜疑，否则你们就是一群不懂好歹的傻子。我要讲一个有趣的故事给你们听，也许你们已经听见过；可是因为它适合我的目的，我要把它的意思再引申一下。

市民甲 好，我倒要听听，先生；可是你不要以为用一个故事就可以把我们的耻辱蒙混过去。请你讲吧。

米尼涅斯 从前有一个时候，身体上的各部器官联合向肚子反抗；它们申斥它像一个无底洞似的占据在身体的中央，无所事事，其余的器官有的管看，有的管听，有的管思想，有的管教训，有的管步行，有的管感觉，分工合作，共同应付着全身的需要，只有它只知容纳食物，不知分担劳苦。市民甲 好，先生，那肚子怎么回答？

米尼涅斯 别急，让我讲给你听。那肚子微微地露出一丝冷笑，因为你看，我既然可以叫肚子说话，那么当然也可以叫它微笑，带着讥讽的口气回答那些愤愤不平的、妒嫉它的收入的作乱的器官，正像你们因为元老们跟你们地位不同，所以把他们信口诽谤一样。

市民甲 你那肚子怎么回答？哼！那戴着王冠的头，那视察一切的眼睛，那运筹决策的心，那手臂——我们的兵士，那腿——我们的坐骑，那舌头——我们的吹号人，以及其他在我们这一个组织里各尽寸劳的属僚佐贰，要是他们——

米尼涅斯 要是他们怎样？天哪，这家伙还滔滔不绝了！要是他们怎样？要是他们怎样？

市民甲 要是他们受制于饕餮的肚子，那不过是身体上的一个藏污纳垢的地方——

米尼涅斯 好，那便怎样？

市民甲 要是他们提出抗议，那肚子有什么话好回答呢？

米尼涅斯 我会告诉你的；只要你略微忍耐片刻，不要这么性急，你就可以听到肚子的回答。

市民甲 你讲话太不爽快。

米尼涅斯 听着，好朋友；这位庄严的肚子是很从容不迫的，不像攻击他的人们那样鲁莽轻率，他这样回答："不错，我的全体的朋友们，"他说，"你们全体赖以生活的食物，是由我最先收纳下来的；这是理所当然的事，因为我是整个身体的仓库和工场；可是你们应该记得，那些食物就是我把它们从你们的血液的河流里一路运输过去，一直传送到心的宫廷和脑的宝座；经过人身的五官百窍，最强韧的神经和最微细的血管，都从我得到保持他们活力的资粮。你们，我的好朋友们，虽然在一时之间——”听着，这是那肚子说的话——

市民甲　好，好，他怎么说？

米尼涅斯　“虽然在一时之间不能看见我怎样把食物分送到各部分去，可是我可以清算我的收支，大家都从我这里领回食物的精华，剩下给我自己的只是一些糟粕。”你们觉得他的话说得怎样？

市民甲　那也回答得有理。你说这一段话是什么用意呢？

米尼涅斯　罗马的元老们就是这一个好肚子，你们就是那一群作乱的器官；因为你们要是把他们所讨论、所关切的问题仔细检讨一下，把有关大众幸福的事情彻底想一想，你们就会知道你们所享受的一切公共的利益，都是从他们手里得到，完全不是靠着你们自己的力量。你以为怎样，你这一群人中间的大脚趾头？

市民甲　我是大脚趾头？为什么我是大脚趾头？

米尼涅斯　因为你在这一场最聪明的叛乱里，是一个最低微、最卑鄙的人，却跑在众人的最前面；你这最下贱的恶棍，为了妄图非分的利益，竟敢自居于领导的地位。你们准备好举起你们粗硬的棍棒来吧；罗马和她的群鼠已经到了决战的关头；总有一方不免遭殃。

卡厄斯·马歇斯上。

米尼涅斯　祝福，尊贵的马歇斯！

马歇斯　谢谢。什么事，你们这些违法乱纪的流氓，凭着你们那些肮脏有毒的意见，使你们自己变成了社会上的疥癣？

市民甲　我们一向多承您温语相加。

马歇斯　谁要是对你们温语相加，他也会恭维他心里所痛恨的人了。你们究竟要什么，你们这些恶狗？你们既不喜欢和平，又不喜欢战争；战争会使你们害怕，和平又使你们妄自尊大。谁要是信任你们，他将会发现他所找寻的狮子不过是一群野兔，他所找寻的狐狸不过是一群鹅；你们比冰上的炭火、阳光中的雹点更不可靠。你们的美德是尊敬那犯罪的囚徒，诅咒那执法的刑官。谁立下了功德，就应该受你们的憎恨；你们的欢心就像病人的口味，只爱吃那些足以加重他的病症的食物。谁要是信赖着你们的欢心，等于用铅造的鳍游泳，用灯芯草去砍伐橡树。该死的东西！相信你们？你们每一分钟都要变换一个心，你们会称颂你们刚才所痛恨的人，唾骂你们刚才所赞美的人。你们在城里到处鼓噪，攻击尊贵的元老院，究竟是怎么一回事？倘使没有他们帮助着神明把你们约束住了，使你们有一点畏惧，你们早就彼此相食了。他们究竟是什么目的？

米尼涅斯　他们要求照他们所提出的价格给他们谷物；他们说这城里存谷有的是。

马歇斯　该死的东西！他们说！他们只会坐在火炉旁边，假充知道议会里所干的事；谁将要升起，谁正在得势，谁将要没落；宣布他们猜想中的婚姻；党同伐异，凡是他们所赞成的一方面，就夸赞它的强大；凡是他们所反对的一方面，就放在他们的破鞋子底下践踏。他们说有很多的谷！要是那些贵族们愿意放下他们的慈悲，让我运用我的剑，我要把几千个这样的奴才杀死，堆成一座像我举起的枪尖一样高的尸山。

米尼涅斯　不，这些人差不多已经完全悔悟了；因为他们虽然行事十分鲁莽，然而他们都是非常怯懦的。可是请问，还有那一群怎么说？

马歇斯　他们已经解散了，该死的东西！他们说他们肚子饿；叹息出一些老废话：什么饥饿可以摧毁石墙；什么狗也要吃东西；什么肉是供口腹享受的；什么天神降下五谷，不是单为富人。用这种陈词滥调，倾吐他们的不平；他们的申诉是接受了，他们的请愿也得到了准许。一个奇怪的请愿，最慷慨的人听见了也会伤心，最大胆的人看见了也会失色。于是他们抛掷他们的帽子，高声欢呼，好像打赌谁可以把他的帽子挂到月亮的钩上去似的。

米尼涅斯　准许了他们什么请愿？

马歇斯　由他们自己选出五个护民官，保护他们下贱的智慧：一个是裘涅斯·勃鲁托斯，一个是西西涅斯·维鲁特斯，还有那几个我不知道。哼！如果是我的话，就让这些乌合之众把城头上的天拆毁了，也绝不答应他们；这样会使他们渐渐扩展势力，引起更大的叛乱。

米尼涅斯　真是怪事。

马歇斯　去，滚回家去，你们这些废物！

一使者匆匆上。

使　者　卡厄斯·马歇斯呢？

马歇斯　这儿；什么事？

使　者　将军，伏尔斯人起兵了。

马歇斯　我很高兴；我们可以有机会发泄发泄我们剩余下来的腐朽精力了。看，我们的元老们来了。

考密涅斯、泰特斯·拉歇斯及其他元老；裘涅斯·勃鲁托斯、西西涅斯·维鲁特斯、同上。

元老甲 马歇斯，您最近对我们说的话不错；伏尔斯人果然起兵了。

马歇斯 他们有一个领袖，塔勒斯·奥菲狄乌斯，你们就会知道他的厉害。我很妒嫉他的高贵的品格，倘然我不是我自己，我就希望我是他。

考密涅斯 您曾经跟他交过战。

马歇斯 要是整个世界分成两半，互相厮杀，而他也站在我这一方面，那么我为了要跟他交战的缘故，也会向自己的一方叛变，能够猎逐像他这样一头狮子，我认为是一件可以自傲的事。

元老甲 那么，尊贵的马歇斯，跟随考密涅斯出征去吧。

考密涅斯 这是您已经答应过的。

马歇斯 是的，我绝不食言。泰特斯·拉歇斯，你将要再见我向塔勒斯挥剑。怎么！你动也不动？你想置身事外吗？

拉歇斯 不，卡厄斯·马歇斯；即使我必须一手扶杖而行，我也要用另一手挥杖从征，绝不落后于人。

米尼涅斯 啊！这才是英雄本色！

元老甲 请你们各位驾临议会；我们那些最高贵的朋友们都在那边等着我们。

拉歇斯 （向考密涅斯）您先走；（向马歇斯）您跟在考密涅斯后面；我们必须跟在您的后面。您走在我们前面是当之无愧的。

考密涅斯 尊贵的马歇斯！

元老甲 （向众市民）去！各人回家去！去！

马歇斯 不，让他们一起来吧。伏尔斯人有许多的谷物；带这些耗子去吃空他们的谷仓吧。敬天畏上的叛徒们，你们已经表现了非常的勇敢；请你们跟着来吧。（众元老、考密涅斯、马歇斯、泰特斯、米尼涅斯同下；众市民偷偷散开）

西西涅斯 你见过像这马歇斯一样骄傲的人吗？

勃鲁托斯 没有人可以和他相比。

西西涅斯 当我们被选为护民官的时候。

勃鲁托斯 你没有留心到他的嘴唇和眼睛吗？

西西涅斯 他那种冷嘲热讽才叫人难堪呢。

勃鲁托斯 碰到他动怒的时候，天神也免不了挨他一顿骂。

西西涅斯 温柔的月亮也要遭他的讥笑。

勃鲁托斯 这些战争把他葬送了，他太为自己的勇敢骄傲了。

西西涅斯　这样一种性格，一旦被胜利冲昏了头脑，甚至会看不起正午时他践踏的自己的影子。可是我不知道凭着他这种傲慢的脾气，怎么能够俯首接受考密涅斯的号令。

勃鲁托斯　他的目的只是争取名誉，他现在也已经有很好的名誉；一个人要保持固有的名誉，获得更大的名誉，最好的办法就是处在次于领袖的地位；因为要是有过失的话，就可以归咎于主将，虽然他已经尽了最大的能力；盲目的舆论就会替马歇斯发出惋惜的呼声："啊！要是他担负了这个责任就好了！"

西西涅斯　而且，要是事情进行得顺利的话，舆论因为一向认定马歇斯是他们的英雄，考密涅斯的功劳也会被他掩盖。

勃鲁托斯　对了，即使马歇斯没有出一点力，考密涅斯的一半的光荣也是属于他的；考密涅斯的一切的错处，对于马歇斯也会变成光荣，虽然他不曾立下一点功劳。

西西涅斯　让我们去听听他们怎样调兵遣将；还要看看他除了这一副孤僻的神气以外，是用怎样的态度出发作战的。

勃鲁托斯　我们去吧。（同下）

第二场　科利奥里元老院

塔勒斯·奥菲狄乌斯及科利奥里众元老上。

元老甲　所以照您看来，奥菲狄乌斯，罗马人已经预闻我们的计谋，知道我们行动的情形了。

奥菲狄乌斯　那不也是您的意见吗？凡是我们这儿所想到的事情，哪一件不是在我们还没有把它实行以前，罗马就已经准备好对策了？自从我得到那边来的消息以后，到现在还不满四天；那消息是这样的：我想这封信还在我身边；是的，在这儿。"他们已经调遣一支军队，不知道是开向东方去的，还是开向西方去的。饥荒很是严重；民不聊生，人心思乱。据闻那支军队由考密涅斯、马歇斯——你的旧日的敌人，罗马人比你还要恨他——和泰特斯·拉歇斯——一个非常勇敢的罗马人——这三个人率领；大概是要开到你们边境上来的，请考虑考虑吧。"

元老甲　我们的军队已经在战场上；我们相信罗马一定准备着迎战了。

奥菲狄乌斯　你们以为把你们伟大的计划遮掩一下，让它到最后的关头才暴露出来，是一个很聪明的办法；可是当它正在进行的时候，就已经被罗马人知晓了。我们本来预备趁罗马还没有知道我们计划以前，就用迅雷不及掩耳的手段，占领许多城市，现在消息已经泄露，我们的计划也要受到影响了。

元老乙　尊贵的奥菲狄乌斯，请您接受我们的委任，赶快到军前去；让我们守卫科利奥里。要是他们兵临我们城下，您就带领军队回来把他们赶走；可是我想他们一定还没有防备我们的进攻。

奥菲狄乌斯　啊！那可不能这么说；我可以确定说他们已经有充分的准备。不但如此，他们一部分军队已经出发，把我们这儿作为唯一的目标。我去了。要是我有机会碰见卡厄斯·马歇斯，那么我们曾经立誓在先，一定要战到精疲力尽才罢手。

众元老　愿神明帮助您！

奥菲狄乌斯　愿你们各位平安！

元老甲　再会！

元老乙　再会！

众元老　再会！（各下）

第三场　罗马 马歇斯家中一室

伏伦妮娅及维吉利娅上，各坐矮凳上做针线。

伏伦妮娅　媳妇，你唱一支歌吧，或者让你自己高兴一点儿。倘若我的儿子是我的丈夫，我宁愿他出外去争取光荣，不愿他贪恋着闺房中儿女的私情。当他还不过是一个身体娇嫩的孩子，我膝下还只有他这么一个儿子的时候，当他的青春和美貌吸引着众人的注目，帝王们的整天的请求都不能使一个母亲答应让她的儿子离开她的眼前一小时的时候，我因为想到名誉对于这样一个人是多么重要，要是让他坐守家园，岂不等于一幅悬挂在墙上的画像？所以就放他出去追寻危险，从危险中间博取他的声名。我让他参加一场残酷的战争；当他回来的时候，他的头上戴着橡叶的桂冠。我告诉你，媳妇，我第一次知道他是个男孩子的时候，还不及第一次看见他已经变成一个堂堂男子的时候那样欢喜得跳跃起来。

维吉利娅　婆婆，要是他战死了呢？

伏伦妮娅　那么他的不朽的声名就是我的儿子，就是我的后裔。听我说句真心的话，要是我有十二个儿子，我都是同样爱着他们，就像爱着我们亲爱的马歇斯一样，我也宁愿十一个儿子为了他们的国家而光荣地战死，不愿一个儿子闲养他的大好的身子。

侍女上。

侍　女　太太，凡勒利娅夫人看您来啦。

维吉利娅　请您准许我进去。

伏伦妮娅　不，你不要进去。我仿佛已经听见你丈夫的鼓声，看见他拉着奥菲狄乌斯的头发把他拽下马来，那些伏尔斯人见了他就像小孩子见了一头熊似地纷纷逃避；我仿佛看见他这样顿足高呼："上前，你们这些懦夫！虽然你们是罗马人，你们却是在恐惧中生下来的。"他用套着甲的手揩去他额角上的血，奋勇前进，好像一个割稻的农夫，倘使不把所有的稻一起割下，主人就要把他解雇一样。

维吉利娅　他额角上的血！朱庇特啊！不要让他流血！

伏伦妮娅　去，你这傻子！血更可以显出他的雄姿，远胜于为他的墓冢饰金。当赫卡柏哺乳着赫克托的时候，她的丰美的乳房还不及赫克托轻蔑地迎着希腊人剑锋时流血的额角好看。请凡勒利娅夫人进来。（侍女下）

维吉利娅　上天保佑我的丈夫不要遭奥菲狄乌斯的毒手！

伏伦妮娅　他会把奥菲狄乌斯的头打倒在脚下，在他的脖子上践踏。

侍女率凡勒利娅及阍者重上。

凡勒利娅　两位夫人早安。

伏伦妮娅　好夫人。

维吉利娅　今天幸会夫人，不胜欣慰。

凡勒利娅　你们两位都好？真是一对贤主妇！你们在这儿缝些什么？好一处清净的所在。小哥儿好吗？

维吉利娅　谢谢夫人，他很好。

伏伦妮娅　他宁愿看刀剑听鼓声，不愿见教书先生的面。

凡勒利娅　真是有其父必有其子；我可以发誓他是一个很可爱的孩子。不瞒你们说，星期三那天我曾经看了他足足半个钟头；他有一副多么坚强的脸。我见他追赶着一只金翅的蝴蝶，捉到了手又把它放走，放走了又去追它；这么奔来奔去，捉了放，放了捉，也不知道是因为跌了一跤呢，还是因为别的缘故，他发起脾气来，咬紧了牙齿，把那蝴蝶撕碎了；啊！看他撕的时候那股劲儿！

伏伦妮娅　他父亲也是这样的脾气。

凡勒利娅　真是一个不同凡俗的孩子。

维吉利娅　一个小浑蛋，夫人。

凡勒利娅　来，放下你们的针线，今天下午我要你们陪我玩去。

维吉利娅　不，好夫人，今天我不出去。

凡勒利娅　不出去！

伏伦妮娅　偏要她出去。

维吉利娅　不，真的，请您原谅，在我的丈夫打仗没有回来以前，我绝不踏出门槛一步。

伏伦妮娅　胡说！你不应该这样毫无理由地把你自己关在家里。来，你必须去访问访问那位害病的好夫人。

维吉利娅　我愿意祝她早日恢复健康，为她诚心祈祷，可是我不能去。

伏伦妮娅　为什么呢，请问？

维吉利娅　不是因为偷懒，也不是因为我冷酷无情。

凡勒利娅　你要做珀涅罗珀第二吗？可是人家说，她在俄底修斯出去以后所纺的纱线，不过使伊塔刻充满了飞蛾一样的食客而已。来；我希望你手里的布也像你的手指一样有知觉，那么你因为心怀不忍，也许会不再用针去刺它了。来，你必须跟我们一块儿去。

维吉利娅　不，好夫人，原谅我，真的，我不想出去。

凡勒利娅　真的，你跟我去吧，我会告诉你关于尊夫的好消息。

维吉利娅　啊，好夫人，现在还不会就有好消息哩。

凡勒利娅　真的，我不是对你说笑话；昨天晚上他有信来。

维吉利娅　真的吗，夫人？

凡勒利娅　真的，不骗你；我听见一个元老说起。据说，伏尔斯人有一支军队开了过来，我们的主将考密涅斯已经带了一部分罗马军队前去迎敌了；尊夫和泰特斯·拉歇斯两人已经在他们的科利奥里城前扎下营寨，他们深信一定会在短时期内获得胜利。凭着我的名誉发誓，这是真的，所以请你陪我们去吧。

维吉利娅　请您多多原谅，好夫人，我以后什么都听从您就是了。

伏伦妮娅　让她去，夫人，照她现在这种样子，叫她同去也会扫我们的兴。

凡勒利娅　真的，我也是这样想。那么再见吧。来，好夫人。维吉利娅，请你还是把你的忧愁撵出门外，跟我们一块儿去吧。

维吉利娅　不，夫人，我真的不去。我愿您快乐。

凡勒利娅　那么好，再见。（与守门人同下）

第四场　科利奥里城前

旗鼓前导；马歇斯、泰特斯·拉歇斯、军官、兵士等上；一使者自对面上。

马歇斯　有人带消息来了；我可以打赌他们已经相遇了。

拉歇斯　我用我的马赌你的马，他们还没有相遇。

马歇斯　好，一言为定。

拉歇斯　算数。

马歇斯　喂，我们的元帅有没有跟敌人相遇？

使　者　他们已经彼此相望，可是还没有交锋。

拉歇斯　这匹好马是我的啦。

马歇斯　我向你买回来。

拉歇斯　不，我不愿把它出卖或是送人；可是我愿意借给你骑五十年。让我们招降这城市吧。

马歇斯　那两支军队离这儿有多远？

使　者　有一里半光景。

马歇斯　那么我们可以互相听见鼓角的声音了。战神啊，请你默佑我们马到功成，好让我们立刻转过头来，挥舞着我们热腾腾的利剑，去帮助我们战地上的友人！来，吹起喇叭来。

吹议和信号；二元老及余人等在城墙上出现。

马歇斯　塔勒斯·奥菲狄乌斯在你们城里吗？

元老甲　不，没有一个人比他更不把你放在心上了。听，我们的鼓声（远处鼓声）正在召唤我们的青年们杀出去；我们宁愿推倒我们自己的城墙，绝不让人家把我们蹂躏；我们的城门看上去虽然还是关得紧紧的，可是它们不过是用灯芯草拴住的，等会儿就会自己打开。你听，远远的地方！（远处号角声）那是奥菲狄乌斯；听，他正在向你们那七零八落的军队怎样的大施挞伐。

马歇斯　啊！他们在交战了！

拉歇斯　让他们喧呼的声音鼓起我们的勇气。来，梯子！

一队伏尔斯兵士上，自台前经过。

马歇斯 他们不怕我们，却从城里蜂拥而出。现在把你们的盾牌挡在胸前，鼓起你们比盾牌更坚强的心，努力杀敌吧！上去，勇敢的泰特斯；想不到他们竟会这样藐视我们，把我气出了一身汗。来啊，弟兄们，谁要是退缩不前，我就把他当作一个伏尔斯人，叫他死在我的剑锋之下。

号角声；罗马人败退；马歇斯怒骂着上。

马歇斯 愿南方的一切瘟疫都降在你们身上，你们这些罗马的耻辱！愿你们浑身长满毒疮恶病，在逆风的一里路之外就会互相传染，人家只要一闻到你们的气息就会远远厌避。你们这些套着人类躯壳的蠢鹅的灵魂！猴子都能打退的一群奴才也会把你们吓得乱奔乱窜！该死！大家都是受伤在背后；背上流着鲜红的血，脸却因为奔逃和恐惧而变成了灰白！提起勇气来，向他们反攻！否则凭着天上的神火起誓，我要丢下敌人，向你们作战了；留心着吧。上去；要是你们奋勇坚持，我们一定要把他们打回他们妻子的怀抱里去，就像他们现在把我们打回了我们的战壕一样。跟上来！

号角声；伏尔斯人及罗马人重上交战；伏尔斯人败退城内，马歇斯追至城门口。

马歇斯 现在城门开了；大家出力！命运打开它们，是为了追赶的人，不是为了逃走的人；看着我的样子，跟我来吧！（进城门）

兵士甲 简直是蛮干！我可不来。

兵士乙 我也不。（马歇斯被关在城内）

兵士丙 看，他们把他关在里面了。（号角声继续吹响）

众　人 他这回准要把命送了。

泰特斯·拉歇斯重上。

拉歇斯 马歇斯怎样啦？

众　人 他一定被杀了，将军。

兵士甲 他紧紧追赶那些逃走的敌人，一直追进了城里，突然他们把城门关上了，剩下他一个人在里面应付全城的敌人。

拉歇斯 啊，英勇的壮士！当他的无情的刀剑锋摧刃折的时候，他那血肉之躯依旧昂扬不屈。你被我们遗弃了，马歇斯；一颗像你的身体那么大的完整的红玉，也比不上你的珍贵。你是一个恰如凯图理想的军人，不但在挥舞刀剑的时候勇猛惊人，你的威严的怒容、你的雷鸣一样的声音，也会使敌人丧胆，就像整个世界在害着热病而战栗一样。

马歇斯被敌众围攻流血重上。

兵士甲 将军，看！

拉歇斯 啊！那是马歇斯！让我们把他救出来，要不就同他一起赴难。（众上前激战，同进城内）

第五场 科利奥里街道

若干罗马军士携战利品上。

兵士甲 我要把这带回罗马去。

兵士乙 我要把这带回去。

兵士丙 倒霉！我还以为这是银子哩。（众下。远处号角声继续不断）

马歇斯及泰特斯·拉歇斯上，一喇叭手随上。

马歇斯 看这些家伙倒是一分钟也不肯放松！垫子、铅的汤匙、小小的铁器、刽子手也懒得剥下来的死刑犯身上的囚衣，这些下贱的奴才仗也没有打完，就忙着收拾起来了。都是该死的东西！听，元帅在那边厮杀得多么热闹！我们也去助战去！我灵魂里痛恨的仇人，奥菲狄乌斯，正在那儿杀戮着我们的罗马人。勇敢的泰特斯，你分一部分军队在城里扫荡扫荡，我再带着那些有勇气的，立刻就去接应考密涅斯。

拉歇斯 将军，你在流着血；你已经战得太辛苦，该休息休息了。

马歇斯 不要恭维我；我还没有杀上劲来呢。再见。这一点点血可以鼓起我的勇气，有什么要紧；我要照这样子去和奥菲狄乌斯交战。

拉歇斯 但愿命运女神深深地爱恋着你。凭着她的无边的法力，使你敌人的剑每击不中！勇敢的将军，愿胜利伴随着你！

马歇斯 愿命运同样照顾着你！再见。

拉歇斯 英勇绝伦的马歇斯！（马歇斯下）去，在市场上吹起你的喇叭；召集全城的官吏，让他们明白我们的意旨。去！（各下）

第六场 考密涅斯营帐附近

考密涅斯率军队退却。

考密涅斯 弟兄们，休息一会儿；你们打得不错。我们没有失去罗马人的精神，既不愚蠢地做无益的牺牲，在退却的时候，也没有露出怯懦的丑态。相信我，诸位，敌人一定还要向我们进攻。当我们正在激战的时候，断断续续地可以听到从风里传来的我们友军和敌人激战的声音。罗马的神明啊！愿你们护佑他们的胜利，正像我们希望自己胜利一样；当我们含笑相遇的时候，一定会向你们呈献感谢的祭礼。

一使者上。

考密涅斯　你带什么消息来了？

使　者　科利奥里的市民从城里蜂拥而出，和拉歇斯、马歇斯两人的军队交战；我看见我们的军队被他们击退，就离开那儿了。

考密涅斯　你的话虽然是真，却不是好消息。那是多久以前的事？

使　者　一个多钟头了，元帅。

考密涅斯　一共不到一英里路，我们曾经听到过一阵短促的鼓声；你怎么一英里路要走一个钟头，到现在才把这消息送来？

使　者　伏尔斯人的探子跟住了我，我不得不绕圈子走了三四英里路；要不然的话，元帅，我在半点钟以前早就把我的消息带来了。

考密涅斯　那边来的是谁？看他的样子，浑身血迹。哎哟！他的神气有点儿像马歇斯；我从前也见过他这副模样的。

马歇斯　（在内）我来得太迟了吗？

考密涅斯　正像牧羊人听见雷声就知道它不是鼓声一样，我一听见马歇斯讲话的声音，就知道那不会是一个卑微的人在讲话。

马歇斯上

马歇斯　我来得太迟了吗？

考密涅斯　要是你身上染着的不是别人而是你自己的血，那你是来迟了。

马歇斯　啊！让我用我求婚时候一样坚强的手臂拥抱你，让我用花烛送我们进入洞房的时候那样喜悦的心拥抱你！

考密涅斯　战士中的英华！泰特斯·拉歇斯怎样啦？

马歇斯　他正忙得像一个法官一样：把有的人处死、有的人放逐、有的人罚款，有的赦免了，有的受到警告；科利奥里已经隶属于罗马的名义之下，像一头用皮带束住的摇尾乞怜的猎狗，不怕它逃到哪儿去了。

考密涅斯　告诉我说他们已经把你们击退的那个奴才呢？他到哪儿去了？叫他来。

马歇斯　不要责骂他，他并没有虚报事实。可是我们的那些士兵，死东西！他们还要护民官！他们见了比自己更不中用的家伙，也会逃得像耗子见了猫似的。

考密涅斯　可是你们怎么会得胜呢？

马歇斯　现在还有时间讲话吗？敌人呢？你们是不是已经占到优势？倘若不是，那么你们为什么停了下来？

考密涅斯　马歇斯，我们因为实力不及敌人，所以暂避锋芒，以退为进。

马歇斯　他们的阵地布置得怎样？你知道他们的主力是在哪一方面？

考密涅斯　照我的推测，马歇斯，他们的先锋部队是他们最信任的安息地方部队，统辖他们的将领就是他们全军希望所寄的奥菲狄乌斯。

马歇斯　为了我们过去并肩作战的历次战役，为了我们共同流过的血，为了我们永矢友好的盟誓，我请求你立刻派我去向奥菲狄乌斯和他的安息军队挑战；让我们不要坐失时机，赶快挺起我们的刀剑枪矛来，就在这一小时内和他们决一胜负。

考密涅斯　我虽然希望用香汤替你沐浴，用油膏敷擦你的伤痕，可是我绝不敢拒绝你的请求；请你自己选择一队最得力的人马带领前去吧。

马歇斯　最有胆量的，就是我要的人。我相信在这儿一定有喜欢像我身上所涂染的这种油彩的人；我相信在这儿一定有畏惧恶名甚于畏惧生命危险的人；我更相信在这儿一定有认为蒙耻偷生不如慷慨就义、祖国的荣誉胜过个人幸福的人；要是在你们中间有一个这样的人，或是有许多人都抱着这样的思想，就请挥起剑来，跟随马歇斯去。（众高呼挥剑，将马歇斯举起，脱帽抛掷）啊！只有我一个人吗？你们把我当作你们的剑吗？要是这不单单是形式上的表示，那么你们中间哪一个人不可以抵过四个伏尔斯人？哪一个人不可以举起坚强的盾牌，抵御伟大的奥菲狄乌斯？谢谢你们全体，可是我只要选择一部分人就够了；其余的必须静候号令，在别的战争里担起你们的任务来。现在请大家开步前进；四个人替我在一旁挑选哪些人是最胜任的。

考密涅斯　前进，弟兄们；用行动实践你们这一次雄壮的表示，你们将和我们分享一切。（同下）

第七场　科利奥里城门

泰特斯·拉歇斯在科利奥里布防完毕后，率兵士及鼓角等出城与考密涅斯及马歇斯会合，一副将及一探子随上。

拉歇斯　就是这样；各个城门都要用心防守，按照我的命令行事。要是我差人来，你就传令这些队伍开拔驰援，留少数人暂时驻守。要是我们在战场上失败了，这一个城也是守不住的。

副　将　不用为我们担心，将军。

拉歇斯　去，把城门关上。带路的人，来，领我们到罗马军队的阵地上去。（各下）

第八场　罗马 伏尔斯营地之间的战场

交战中的号角声；马歇斯及奥菲狄乌斯各自一门上。

马歇斯　我只要跟你厮杀，因为我恨你比恨一个背信的人还厉害。

奥菲狄乌斯　我也是同样恨你；没有一条非洲的毒蛇比你的名誉和狠毒更使我憎恨。站定你的脚跟。

马歇斯　谁要是先动脚跑的，让他做对方的奴隶而死去，死后永远不得超生！

奥菲狄乌斯　马歇斯，要是我逃走，你就把我当作一只兔子一样追猎。

马歇斯　塔勒斯，过去三小时以内，我独自在你们科利奥里城里奋战，所向无敌；你所看见我脸上所涂着的，不是我自己的血；你要是不服气的话，快来跟我拼命吧。

奥菲狄乌斯　即使你就是你们所夸耀的老祖宗赫克托自己，我今天也不放你活命。（二人交战，若干伏尔斯人趋前援奥菲狄乌斯，马歇斯奋勇战斗，将众伏尔斯人气喘吁吁赶下）你们这些多事的、没有勇气的东西，谁要你们来帮我，丢我的脸。（众下）

第九场　罗马营地

喇叭奏花腔。号角声；吹归营号；考密涅斯及罗马兵士一队自一门上，马歇斯以巾裹臂伤，率另一队罗马兵士自另一门上。

考密涅斯　要是我向你追叙你这一天来的工作，你一定不会相信你自己所干的事。可是我要回去向他们报告，让那些元老们的喜笑里掺杂着眼泪；让那些贵族们倾听、惊奇，终于赞叹；让那些贵妇们惊怖失色，欢喜战栗，要求再闻其详；让那些麻木不仁和顽固的平民一鼻孔出气、痛恨你的尊荣的护民官们也不得不违背他们的本心，说："感谢神明，我们罗马有这样一位军人！"

泰特斯·拉歇斯率所部兵士追随而至。

拉歇斯 啊，元帅，这儿才是一头骏马，我们都不过是些鞍鞯缰勒；要是你看见——

马歇斯 请你别说了。当我的母亲赞美我的时候，我就会心中不安，虽然她是有夸扬她自己骨肉的特权的。我所做的事情不过跟你们所做的一样，个人尽个人的能力；我们的动机也只有一个，大家都是为了自己的国家。谁只要恪尽他良心上的天职，他的功劳就应该在我之上。

考密涅斯 你的功劳是不能埋没的；罗马必须知道她自己的健儿的价值。隐蔽你的勋绩是比偷窃诽谤更重的罪恶。所以我请求你，为了表扬你自身，不是酬答你的辛劳，听我当着全军将士之前说几句话。

马歇斯 我身上的剑痕尚新，它们听见人家提起它们的时候，就会作痛的。

考密涅斯 若无人提起，这些剑痕会因为这种忘恩负义的行为而溃烂，直至死亡。在我们所缴获的无数强壮的战马之中，在我们从战地和城中所搜得的一切珍宝财物之中，我们把十分之一分送给你；你可以在当众分派的时候，凭你自己的意思挑选。

马歇斯 谢谢你，元帅；可是我不能同意让我的剑受人贿赂。恕我拒绝你的盛情；我愿意和参与这次战役的人分受同等的待遇。（喇叭奏长花腔；众高呼"马歇斯！马歇斯！"抛掷帽、枪；考密涅斯、拉歇斯脱帽立）愿这些被你们亵渎的乐器不再发出声音！当战地上的鼓角变成媚人的工具的时候，让宫廷和城市里都充斥着口是心非的阿谀趋奉吧！快别这样了！因为我没有洗净我的流血的鼻子，因为我打败了几个孱弱的家伙，这是这儿有许多弟兄都跟我同样干过的事，虽然没有人注意到他们；你们就把我这样过分地吹捧，好像我喜欢让我这一点儿微功薄能被掺和着谎话的赞美大加渲染似的。

考密涅斯 你太谦虚了；你不但蔑视我们对你的至诚的称颂，尤其对于你自己的美好的声名，也未免过于苛刻。请不要见怪，要是你会对你自己动怒，那么我们要把你当作一个危险人物一样，给你加上镣铐再放胆跟你辩论。让全世界知道，卡厄斯·马歇斯戴着这一次战争的桂冠，为了纪念他的勋劳，我送给他我这一匹全军知名的骏马，以及它所附带的一切装具；从今以后，为了他在科利奥里所建树的奇功，在我们全军欢呼声中，他将被称为卡厄斯·马歇斯·科利奥兰纳斯！让他永远光荣地戴上这一个名字！

众　人　卡厄斯·马歇斯·科利奥兰纳斯！（喇叭奏花腔；鼓角齐鸣）

科利奥兰纳斯　我要去洗个脸；等我把脸洗净以后，你们就可以看见我有没有惭愧的颜色。可是我谢谢你们。我准备跨上你的骏马，尽我所有的能力，永远保持着你们加于我的美名。

考密涅斯　好，我们回营去；在我们解甲安息以前，还要先去信罗马，报告我们的胜利。泰特斯·拉歇斯，你必须回到科利奥里，叫他们派代表到罗马去，为了彼此双方的利益，和我们商订议和的条款。

拉歇斯　是，元帅。

科利奥兰纳斯　天神要开始讥笑我了。我刚才拒绝了最尊荣的礼物，现在却不得不向元帅请求一个小惠。

考密涅斯　无论什么要求，我都可以允许你。你说吧。

科利奥兰纳斯　我从前曾经在科利奥里城里向一个穷汉借宿过一夜，他款待我非常殷勤。我看见他已经成为我们的俘虏，他见了我就向我高呼求助；可是因为那时奥菲狄乌斯在我的眼前，愤怒吞蚀了我的怜悯，我没有理会他；请您让我的可怜的房东恢复自由吧。

考密涅斯　啊！这是一个很好的请求！即使他是杀死我的儿子的凶手，我也要让他像风一样自由。泰特斯，把他放了。

拉歇斯　马歇斯，他的名字呢？

科利奥兰纳斯　天哪！我忘了。我很疲倦，嗯，我懒得记忆。我们这儿没有酒吗？

考密涅斯　我们回营去。你脸上的血也干了，我们应当赶快替你调理调理。来。（同下）

第十场　伏尔斯人营地

喇叭奏花腔；吹号筒。塔勒斯·奥菲狄乌斯流血上，二三兵士随上。

奥菲狄乌斯　我们的城市被占领了！

兵士甲　只要条件讲得好，它会还给我们的。

奥菲狄乌斯　条件！把自己的命运听任他人支配的一方，还会有什么好条件！马歇斯，我已经跟你交战过五次了，五次我都被你打败；要是我们相会的次数就像吃饭的次数一样多，我相信你也会每次把我打败的。天地为证，要是我再有机会当面看见他，不是我杀死他，就是他杀死我。我对他的敌视已经使我不能再顾全我的荣誉；因为我既不能堂堂正正地以剑对剑，用同等的力量取胜他，凭着愤怒和阴谋，也要设法叫他落在我的手里。

兵士甲 他简直就是魔鬼。

奥菲狄乌斯 比魔鬼还大胆，虽然没有那么狡猾。我的勇武精神在他的英名前已经相形见绌，一旦同他本人相遇，会彻底背离它的本性。不论在他睡觉、害病或是解除武装的时候，不论在圣殿或神庙里，不论教士的祈祷、献祭的时辰，这一切阻止复仇的障碍，都不能运用它们陈腐的特权和惯例，禁止我向马歇斯发泄我的憎恨。要是我在无论什么地方找到了他，即使他是在我自己的家里，在我的兄弟的保护之下，我也要违反好客的礼仪，在他的胸膛里洗我的凶暴的手。你们到城里去探听探听敌人占领的情形，以及将要到罗马去做人质的是哪一些人。

兵士甲 您不去吗？

奥菲狄乌斯 我在柏树林里等着，它就在磨房的南面；请你探到了外边的消息以后，就到那儿告诉我，让我可以决定应当怎样走我的路。

兵士甲 是，将军。（各下）

第 二 幕

第一场 罗马广场

米尼涅斯率两位护民官西西涅斯及勃鲁托斯上。

米尼涅斯 占卜的人告诉我，我们今晚将有消息到来。

勃鲁托斯 好消息还是坏消息？

米尼涅斯 这消息不是人民所希望听到的，因为他们对马歇斯没有好感。

西西涅斯 畜生也知道谁是他们的友人。

米尼涅斯 请问，狼欢喜什么？

西西涅斯 羔羊。

米尼涅斯 对了，因为它可以吃了它，正像那些饥饿的平民恨不得把尊贵的马歇斯吃下去一般。

勃鲁托斯 他真是头羔羊！叫吼起来却像一头熊。

米尼涅斯 他真是头熊！却过着羔羊一般的生活。你们两位都是老人家了；让我问你们一件事情，请你们告诉我。

西西涅斯 好，你说。

米尼涅斯 马歇斯究竟有什么了不得的缺点是你们二位自身没有的呢？

勃鲁托斯 任何缺点他都不缺少，所有的缺点他都齐备。

西西涅斯 尤其是骄傲。

勃鲁托斯 他的自负更可以凌越一切。

米尼涅斯 这可奇了。你们两位知道我们这城里的人，我是说我们贵族，怎样批评你们吗？

勃鲁托斯 他们怎样批评我们？

米尼涅斯 因为你们现在说起骄傲，你们不会生气吗？

勃鲁托斯 好，好，你说吧。

米尼涅斯　好，其实也没有什么大了不起；本来芝麻大一点小事也要惹得你们大发肝火。还是消消火气吧，但如果你们一定要发脾气就只管发吧，要发火就发个痛快，只要你们觉着痛快就好。你们怪马歇斯太骄傲吗？

勃鲁托斯　这不单是我们两人的意见。

米尼涅斯　我知道单单凭着你们两个人，是再也干不出什么大事情来的；你们的助手太多了，否则你们的行动就会变得非常简单；你们的能力太幼稚了，只好因人成事。你们说起骄傲；啊！要是你们能够转过眼睛来看看你们自己的背后，把你们自己反省一下！啊，要是你们能够！

西西涅斯　那便怎样呢？

米尼涅斯　那时候你们就可以看见一对全罗马最骄傲狂妄、无功受禄的官。换句话说，全罗马一对最大的傻瓜。

西西涅斯　米尼涅斯，谁都知道你是个怎么样的人。

米尼涅斯　谁都知道我是个喜欢说说笑话的贵族，也喜欢喝杯不掺水的热酒；人家说我有点先入为主，太容易大惊小怪；我喜欢作长夜之宴，不高兴日出而作；想到什么就要说出来，不让一些芥蒂留在心里。碰到像你们这样的两位不配称为立法人的政客，要是你们给我喝的酒不合我的口味，我就会向它扮鬼脸；要是你们所发表的高论，大部分都是些驴子叫，我也不敢恭维你们讲得不错；虽然人家要是说你们是两位尊严可敬的长者，我也只好不去跟他们争论，可是谁说你们长着很好的相貌的，就是说了一个大谎。二位既然自以为知道我是个怎么样的人，有没有在我的满脸皱纹里看到这些啊？即便谁都知道我是个怎么样的人，你们两个鼠目寸光的家伙又能从我身上看出什么毛病啊！

勃鲁托斯　算了，算了，我们知道你是个怎么样的人。

米尼涅斯　你们既不知道我，也不知道你们自己，什么都不知道。只要那些苦人们向你们脱帽屈膝，你们就觉得踌躇满志。你们费去整整的一个大好的下午，审判一个卖橘子的女人跟一个卖塞子的男人涉讼的案件，结果还是把这场三便士的官司宣布延期判决。当你们正在听两方辩论的时候，要是突然发起疝气痛来，你们就会像哑剧演员一样现出一脸的怪相，暴跳如雷，一面连声喊拿便壶来，一面斥退两方。好好一件案子，给你们越审越糊涂；纠纷没有解决，两下里只是挨你们骂了几声浑蛋。你们真是一对奇怪的宝货。

勃鲁托斯　算了，算了，大家都知道你在筵席上是一个嬉笑怒骂的好手，在议会里却是一个毫无用处的人物。

米尼涅斯　我们的教士们见了你们这种荒唐的家伙，也会忍不住把你们嘲笑。你们讲得最中肯的时候，那些话也不值得你们挥动你们的胡须；讲到你们的胡须，那么还不配塞在一个拙劣的椅垫或是驴子的驮鞍里。可是你们一定要说马歇斯是骄傲的；按照最低的估计，他也抵得过你们所有的那些老前辈合起来的价值，虽然他们中间有几个最有名的人物也许是世代相传的刽子手。晚安，两位尊驾；你们是那群畜类一般的平民的牧人，我再跟你们谈下去，我的脑子也要沾上污秽了；恕我失礼少陪啦。（勃鲁托斯、西西涅斯退至一旁）

伏伦妮娅、维吉利娅及凡勒利娅上。

米尼涅斯　啊，我的又美丽又高贵的太太们，月亮要是降下尘世；也不会比你们更高贵；请问你们这样热烈地在望着什么？

伏伦妮娅　正直的米尼涅斯，我的孩子马歇斯来了；为了天后朱诺的爱，让我们去吧。

米尼涅斯　哈！马歇斯回来了吗？

伏伦妮娅　是的，尊贵的米尼涅斯，他载着胜利的荣誉回来了。

米尼涅斯　让我向你脱帽致敬，（抛帽）朱庇特，我谢谢您。呵！马歇斯回来了！

维吉利娅　是的，他真的回来了。

伏伦妮娅　看，这儿是他写来的一封信。他还有一封信给政府，还有一封给他的妻子；我想您家里也有一封他写给您的信。

米尼涅斯　我今晚要高兴得把我的屋子都掀翻了。有一封信给我！

维吉利娅　是的，真的有一封信给您；我看见的。

米尼涅斯　有一封信给我！读了他的信可以使我七年不害病，在这七年里头，我要向医生撇嘴唇；比起这一味延年去病的灵丹来，药经里最神效的药方也只算江湖医生的草头方，只好胡乱给马儿治治病。他没有受伤吗？他每一次回来的时候，总是负着伤的。

维吉利娅　啊！不，不，不。

伏伦妮娅　啊！他是受伤的，感谢天神！

米尼涅斯　只要受伤不厉害，我也要感谢天神。他把胜利放进他的口袋里了吗？受了伤才更可以显出他的英雄气概。

伏伦妮娅　他把胜利高悬在额角上，米尼涅斯；他已经第三次戴着橡叶冠回来了。

米尼涅斯　他已经把奥菲狄乌斯痛痛快快地教训过了吗？

伏伦妮娅　泰特斯·拉歇斯信上说他们曾经交战过，可是奥菲狄乌斯逃走了。

米尼涅斯　还是逃了的好，不逃的话那可有他受的。就是把科利奥里城全部箱子装满金子给我，我也不愿意受他受过的那种教训。元老院有知不知道这一个消息？

伏伦妮娅　两位好夫人，我们去吧。是的，是的，是的，元老院已经得到元帅的来信，他把这次战争的全部功劳归在我的儿子身上。他这一次的战功的确比他以前各次的战功更要超过一倍。

凡勒利娅　真的，他们都说起关于他的许多惊人的作为。

米尼涅斯　惊人的作为！嘿，我告诉你吧，这些都是他凭着真本领干下来的呢。

维吉利娅　愿天神默佑那些话都是真的！

伏伦妮娅　真的！还会是假的不成？

米尼涅斯　真的！我可以发誓那些话都是真的。他什么地方受了伤？（向西西涅斯、勃鲁托斯）上帝保佑两位尊驾！马歇斯回来了；他有更多可以骄傲的理由啦。（向伏伦妮娅）他什么地方受了伤？

伏伦妮娅　肩膀上，左臂上；当他在民众之前站起来的时候，他可以把很大的伤疤公开展示哩。在击退塔昆的一役中间，他身上有七处受伤。

米尼涅斯　颈上一处，大腿上两处，我知道一共有九处。

伏伦妮娅　在这一次出征以前，他全身一共有二十五处伤疤。

米尼涅斯　现在是二十七处了；每一个伤口都是一个敌人的坟墓。（内欢呼声，喇叭奏花腔）听！喇叭的声音！

伏伦妮娅　这是马歇斯将要到来的预报。凡是他所到之处，总是震响着雷声；他经过以后，只留下一片汪洋的泪海；在他壮健的臂腕里躲藏着幽冥的死神；只要他一挥手，敌人们就丧失了生命。

喇叭奏花腔。考密涅斯及泰特斯·拉歇斯拥科利奥兰纳斯戴橡叶冠上，将校、兵士及一传令官随上。

传令官　罗马全体人民听着：马歇斯单身独力，在科利奥里城内奋战；他已经在那里赢得了一个光荣的名字，在卡厄斯·马歇斯之后，加附上科利奥兰纳斯的荣称。欢迎你到罗马来，著名的科利奥兰纳斯！（喇叭奏花腔）

众　人　欢迎你到罗马来，著名的科利奥兰纳斯！

科利奥兰纳斯　快别这样，我不喜欢这一套。请你们免了吧。

考密涅斯　看，将军，您的母亲！

科利奥兰纳斯　啊！我知道您为了我的胜利，一定已经祈祷过所有的神明。（跪下）

伏伦妮娅　不，我的好军人，起来；我的善良的马歇斯，尊贵的卡厄斯，还有你那个凭着功劳博得的新的荣名，那是怎样叫的？我必须称呼你科利奥兰纳斯吗？可是啊！你的妻子！

科利奥兰纳斯　我的静默的好人，愿你有福！你这样泪流满脸地迎接我的凯旋，要是一具棺材装着我的尸骨回来，你倒会含笑吗？啊！我的爱人，科利奥里的寡妇和失去儿子的母亲，她们的眼睛也是哭得像你一样的。

米尼涅斯　愿天神替你加上桂冠！

科利奥兰纳斯　你还活着吗？（向凡勒利娅）啊，我的好夫人，恕我失礼。

伏伦妮娅　我不知道应当转身向什么地方。啊！欢迎你们回来！欢迎，元帅！欢迎，各位将士！

米尼涅斯　十万个欢迎！我也想哭，也想笑；我的心又轻松又沉重。欢迎！谁要是不高兴看见你的，愿诅咒咬啮着他的心！你们是应当被罗马所眷爱的三个人；可是凭着人类的忠心起誓，我们的城市里却有几棵老山楂树，它们的口味是和你们不同的。可是欢迎，战士们！是荨麻我们就叫它荨麻，傻瓜终究是傻瓜。

考密涅斯　你说得有理。

科利奥兰纳斯　米尼涅斯，这是永远的真理。

传令官　站开，站开！

科利奥兰纳斯　（向伏伦妮娅、凡勒利娅）让我吻您的手，再让我吻您的。当我还没有回到自己家里去以前，我必须先去访问那些贵族们；他们不但给我欢迎，而且还给我新的光荣。

伏伦妮娅　我已经活到今天，看见我的愿望一一实现，我的幻想构成的美梦成为事实；现在只有一个愿望还没有满足，可是我相信我们的罗马一定会把它加在你的身上的。

科利奥兰纳斯　好妈妈，您要知道，我宁愿照我自己的意思做他们的仆人，而不愿高高在上做他们的主人。

考密涅斯　前进，到议会去！（喇叭奏花腔；吹号筒。众列队下；西西涅斯、勃鲁托斯趋前）

勃鲁托斯　所有的舌头都在讲他，眼光昏花的老头子也都戴了眼镜出来看他；饶舌的乳媪因为讲他讲得出了神，让她的孩子在一旁啼哭；灶下的丫头也把她最好的麻巾裹在她那油腻的颈上，爬上墙头去望他；马棚里、阳台上、窗眼里，一起给挤满了，屋顶上也都站满各色各样的人，大家争先恐后地想要看一看他的脸；难得露脸的祭司也在人丛里挤来挤去，跟人家占夺一个地位；蒙着面罩的太太奶奶们也让她们用心装扮过的香腮接受阳光的热吻。这样一种热闹的情形，简直就像把他当作了一尊天神的化身似的。

西西涅斯　我说，他这次一定有做执政官的希望。

勃鲁托斯　那么当他握权的时候，我们只好无所事事了。

西西涅斯　他初握政权，地位还不能巩固，可是他将要失去他已得的光荣。

勃鲁托斯　那就好了。

西西涅斯　你放心吧，我们所代表的平民，本来对他抱着恶感，只要为了些微细故，就会忘记他新得的光荣，凭着他这副骄傲的脾气，我相信他一定会干出一些不尽如人意的事来。

勃鲁托斯　我听见他发誓说，要是他被推为执政官，他绝不到市场上去，也不愿穿上表示谦卑的粗衣；他也不愿按照习惯，把他的伤痕袒露给人民看，从他们恶臭的嘴里求得同意。

西西涅斯　正是这样。

勃鲁托斯　他是这样说的。啊！要不是他俯从了绅士贵族们的请求，他宁愿放弃执政官的地位，也不会去干这样的事的。

西西涅斯　我但愿他坚持着这样的意思，把它见之实施。

勃鲁托斯　他大概会这么干的。

西西涅斯　要是真的这样，那么正像我们所希望的，他的崩溃一定无可避免了。

勃鲁托斯　他要是不倒，我们的权力也要动摇。我们必须让人民知道他一向对于他们怀着怎样的敌意；要是他掌握了大权，他一定要把他们当作骡马一样看待，压制他们的声诉，剥夺他们的自由；认为他们的行动和能力，是不适宜于处理世间的事务的，正像战争的时候用不到骆驼一样；豢养他们的目的，只是要他们担负重荷，要是他们在重负之下压得爬不起来，一顿痛打便是给他们的赏赐。

西西涅斯　只要给他一点刺激，他的傲慢不逊的脾气，一定会向人民发泄出来，正像促使一群狗去咬绵羊一样容易；那时候你这一番话就等于点在干柴上的一把烈火，那火焰可以使他的声名从此化为灰烬。

一使者上。

勃鲁托斯　有什么事？

使　者　请两位大人到议会里去。人家都以为马歇斯将要做执政官。我看见聋子围拢来看他，瞎子集拢去听他讲话；当他一路经过的时候，中年的妇女向他挥手套，年轻的姑娘向他挥围巾手帕；贵族们见了他，像对着乔武的神像似的鞠躬致敬，平民们见了他，都纷纷掷帽；欢声雷动；我从来没有见过这样的景象。

勃鲁托斯　我们到议会去吧。让我们一面用耳朵和眼睛留心着眼前的情势，一面用我们的心思计划未来的发展。

西西涅斯　那么请了。（同下）

第二场　罗马议会

二吏役上，为议会大厅铺坐垫。

吏　甲　来，来，他们快要来了。有多少人竞争执政官的位置？

吏　乙　他们说有三个人；可是谁都以为科利奥兰纳斯一定会当选。

吏　甲　他是个好男人；可是他太骄傲了，对于平民也没有好感。

吏　乙　老实说一句，有许多大人物尽管口头上拼命讨好平民，心里却一点不喜欢他们；也有许多平民喜欢了一个人，却不知道为什么要喜欢他，他们莫名其妙地爱他，也莫名其妙地恨他。所以科利奥兰纳斯对于他们的爱憎漠不关心，正可以表示他真正了解他们的性格；平民也可以从他那贵族气的漫不经心里看出这一点。

吏　甲　要是他对于他们的爱憎漠不关心，那么他既不会有心讨好他们，也不会故意冒犯他们；可是他对他们寻衅的心理，却比他们对他仇恨的心理更强，凡是可以表明他是他们的敌人的事实，他总是不加讳饰地表现出来。像这样有意装出敌视人民的态度，比起他所唾弃的那种取媚人民以求得他们欢心的手段来，同样是不足效法的。

吏 乙 他替国家立下了极大的功劳；他的跻登高位，绝不是容易获得，像那些毫无尺寸之功，单凭着一副向人民曲意奉迎的手段，滥邀爵禄的人们一样；他的荣誉彪炳在他们的眼前，他的功业铭刻在他们的心底，他们要是不作一声，否认这一切，那就是忘恩负义；要是颠倒是非，混淆黑白，那就是恶意中伤，会遭致世人谴责。

吏 甲 别讲他了；他是一个可尊敬的人。让开，他们来了。

喇叭奏花腔。侍卫官前导，众元老及护民官西西涅斯和勃鲁托斯、科利奥兰纳斯、米尼涅斯、考密涅斯（执政官）同上。西西涅斯和勃鲁托斯两人另坐一边，科利奥兰纳斯独自站立。

米尼涅斯 我们已经决定处置伏尔斯人的办法，并且决定召唤泰特斯·拉歇斯回来，剩下来要在这一次会议里决定的主要的问题，就是怎样酬谢我们这一位为国辛劳的英雄。所以，各位尊贵的元老，请你们要求现任执政官，也就是领导我们得到这一次胜利的主帅，略微向我们报告一些卡厄斯·马歇斯·科利奥兰纳斯成就的英勇的伟绩，让我们可以按照他的实际的功劳，向他表示我们的感谢，并且用适当的尊荣褒奖他。（科利奥兰纳斯坐）

元老甲 说吧，好考密涅斯；不要因为叙述起来太冗长而忽略了什么，宁可让我们觉得国家酬庸有功太菲薄，不要使我们觉得政府的爵禄失之过滥。（向两位护民官）两位人民的代表，请你们耐心静听，当我们决定了一个结果以后，还要有劳你们向民众传达我们的意见，征求他们善意的同情。

西西涅斯 我们这次为了一件高兴的事情集会，很愿意给我们这位英雄荣迁的。

勃鲁托斯 要是他能够把他一向对于人民的看法稍微改善一点，那么我们一定可以赞同。

米尼涅斯 不要说到题外去，我希望你还是不要开口的好。你们愿意听考密涅斯说话吗？

勃鲁托斯 当然愿意。可是我的劝告却要比您的责备恰当一些哩。

米尼涅斯 他喜爱你们的人民，可是不要硬叫他和他们睡在一个床上。尊贵的考密涅斯，说吧。（科利奥兰纳斯起立欲去）不，您坐下。

元老甲 坐下，科利奥兰纳斯，不要因为听到你自己所做的光荣的事情而惭愧。

科利奥兰纳斯　请诸位原谅，我宁愿让我的伤痕消失了影迹，不愿听人家讲起我得到它们时的情形。

勃鲁托斯　将军，我希望您不是因为听了我的话而不安于席的。

科利奥兰纳斯　不，可是往往打击使我停留，空言却使我逃避。你的话都是无关痛痒的。至于你的人民，我只能按照他们的价值来喜爱他们。

米尼涅斯　请坐下来吧。

科利奥兰纳斯　我宁愿在号角吹响的时候，让人家在太阳底下搔我的头颅，不愿呆坐着听人家把我的一些不足道的小事信口夸张。（下）

米尼涅斯　两位人民代表，你们现在已经看见他宁愿用他全身的力量去追求荣誉，不愿分出一小部分的精神来听人家的赞美，他怎么能够向你们那些一千个中间难得有一个好的芸芸众生浪费他的谀辞呢？说吧，考密涅斯。

考密涅斯　我的声音太微弱了，不够叙述科利奥兰纳斯的功绩。勇敢是世人公认为最大的美德，有勇的人是最值得崇敬的；要是我们可以这么说，那么我现在所要说起的这一个人，在全世界简直找不出一个可以和他抗衡的人物。当塔昆举兵向罗马侵犯的时候，他还只有十六岁，就已经在战场上崭露头角，表现他过人的神勇；我们当时的执政官亲眼看见那些鬑鬑多须的大汉被白皙韶秀的他追赶得没命奔逃。他跨过了一个被压倒在地上的罗马人的身体，当着执政官的面，手刃了三个敌人；塔昆也和他亲自对垒，被他打了下来。在那一天的战绩里，年轻他本来可以做一个怯懦不前的妇女，但他证明了自己是战场上顶勇敢的男子，为了旌扬他的功勋，他的额上被加上了橡叶的桂冠。他就这样从孺子变成了健儿，他就这样繁荣滋长，像大海一样奔腾向前，在前后十七次战役之中，战无不胜，攻无不克。讲到最近这一次在科利奥里城前和城中的鏖战，那么我可以说，我的言辞是无法给他适当的赞美的；他阻止了奔逃的败众，用他惊人的榜样，扫去了懦夫心中的恐惧；正像水草当着一艘疾驰的帆船一样，他的剑光挥处，人们不是降服就是死亡，谁要是碰着他的锋刃，再也没有活命的希望；从脸上到脚上，他浑身都染着血，他的每一个行动，都伴随着绝命的哀号；他一个人闯进了密布着死亡的城里，用他操纵着死生的铁手染红了城门，然后他又单身脱围而出，带着一队生力军，像一颗彗星似的向科利奥里突击。当他已经大获全胜，然而战争的喧声又开始刺激他的敏锐的感觉，于是他的惊人的精力又使他忘却了身体的疲劳，立刻再到战场上去，在那里他奔走驰突，杀人如麻，好像这是一场永无休止的掠夺一样；直到我们把城郊全部占领以后，他不曾有一刻站定喘息的时间。

米尼涅斯　了不得的英雄！

元老甲　我们所准备给他的光荣，他是受之无愧的。

考密涅斯　他拒绝我们分给他的战利品，把一切珍贵的宝物视同粪土；他的欲望比吝啬者的度量更小；行为的本身便是他给自己的报酬。

米尼涅斯　他是个高贵的人物；快去请他来。

元老甲　请科利奥兰纳斯来。

警　吏　他来了。

科利奥兰纳斯重上。

米尼涅斯　科利奥兰纳斯，元老们很愿意举你做执政官。

科利奥兰纳斯　我愿意永远为他们尽忠效命。

米尼涅斯　现在还有一步手续必须履行，您应该向人民说几句话。

科利奥兰纳斯　请你们宽免我这一项例行的手续，因为我不能披上粗布的长衣，裸露着身体，请求他们为了我的伤痕的缘故，接受我做他们的执政官。请你们不要让我干这种事吧。

西西涅斯　将军，人民必须表示他们的意见；他们也绝不愿变更规定的仪式。

米尼涅斯　不要激怒他们；您还是遵照着习惯，像前任的那些人一样，用合法的形式取得您的地位吧。

科利奥兰纳斯　要我扮演这一幕把戏，我一定要脸红，我看还是免了吧。

勃鲁托斯　（向西西涅斯旁白）你听见吗？

科利奥兰纳斯　向他们夸口，说我做过这样的事，那样的事，把应当藏匿起来的没有痛楚的伤疤给他们看，好像我受了这些伤，只是为了换得他们一声赞叹！

米尼涅斯　不要固执着这一点。两位护民官，请你们向民众传达我们的意志。愿我们尊严的执政官享有着一切快乐和光荣！

众元老　愿一切快乐和光荣降于科利奥兰纳斯！（喇叭奏花腔；除西西涅斯、勃鲁托斯外，均退场）

勃鲁托斯　你看他将怎样对待人民。

西西涅斯　但愿他们知道他的用心！他将要用一种鄙夷不屑的态度去请求他们，好像他从他们手里得到恩惠是一件耻辱。

勃鲁托斯　来，我们去把这儿的一切经过情形通知他们；我知道他们都在市场上等候着我们的消息。（同下）

第三场　同前大市场

若干市民上。

市民甲　要是他请求我们的同意，我们可不能拒绝他。

市民乙　我们想拒绝他就可以拒绝他。

市民丙　我们有权力拒绝他，可是我们没有权力运用这一种权力；因为要是他把他的伤痕给我们看，把他的功绩告诉我们，我们的舌头就应当替他的伤痕说话，告诉他他的伟大的功绩已经得到我们慷慨的嘉纳。忘恩负义是一种极大的罪恶，忘恩负义的群众是一个可怕的妖魔；我们都是群众中间的一分子，都要变成这妖魔身上的器官肢体了。

市民甲　我可以提出一个小小的例子，证明我们在人家眼里正是这样一个东西：有一次我们为了要求谷物而鼓噪起来的时候，他自己曾经破口骂我们是多头的群众。

市民丙　许多人都这样称呼我们，不是因为我们的头发有的是褐色的，有的是黑色的，有的是赭色的，有的是光秃秃的，而是因为我们的思想是这么分歧不一。我真的在想，要是我们个人所有的思想都从一个脑壳里发表出来，它们一定会有的往东，有的往西，有的往北，有的往南，四下里飞散开去。

市民乙　你是这样想着吗？你看我的思想会向哪一个方向飞？

市民丙　嘿，你的思想可不像别人的思想那样容易出来，因为它是牢牢地封住在一个木头的脑壳里的；可是要是它得到了自由，它一定会飞到南方去。

市民乙　为什么飞到南方去？

市民丙　到南方去迷失在一阵大雾里，它的四分之三溶解在恶臭的露水里，剩下的四分之一因为良心上过意不去，仍旧转回来，帮助你娶一个妻子。

市民乙　你老是这样开人家玩笑；开吧，开吧。

市民丙　你们都决定对他表示同意吗？可是那也没有关系，最后的结果是要取决于大多数的意见的。我说，要是他愿意同情民众，那么从来不曾有过一个比他更胜任的人了。

科利奥兰纳斯披粗衣与米尼涅斯同上。

市民丙 他来了，还披着一件粗布的长衣，留心他的举止。我们不要大家在一起，或者一个人，或者两个人三个人，分别跑到他站立的地方。他必须征求个别的同意；我们每一个人都有的各自的权利，可以用我们自己的嘴向他表示我们各自的同意。所以大家跟我来吧，让我指导你们怎样走过他的身旁。

众 人 很好，很好。（市民等同下）

米尼涅斯 啊，将军，您错了；您不知道最尊贵的人都做过这样的事吗？

科利奥兰纳斯 我应该怎么说？“求求你，先生，”哼！我不能让我的舌头发出这种乞怜的调子，“看，先生，我的伤痕！当你们那些同胞们听见了自己军中的鼓声而惊呼逃走的时候，我因为为国尽劳，受了这许多伤。”

米尼涅斯 哎哟，天哪！您不能那样说。您必须请求他们想起您的功劳。

科利奥兰纳斯 想起我的功劳！哼！我宁愿他们把我忘记，就像他们忘记了牧师的教诲一样。

米尼涅斯 您会把事情弄坏的。我走了。请您好好对他们说话。（下）

科利奥兰纳斯 叫他们把脸洗一洗，把他们的牙齿刷干净。（米尼涅斯下）好，有一对来了。

二市民上。

科利奥兰纳斯 先生，你们知道我为什么站在这儿吗？

市民甲 我们知道，将军，告诉我们您到这儿来的缘故。

科利奥兰纳斯 因为我自己的功劳。

市民乙 您自己的功劳！

科利奥兰纳斯 嗯，却不是我自己的意志。

市民甲 怎么不是您自己的意志？

科利奥兰纳斯 不，先生，我从来不愿意向穷人乞求。

市民甲 您必须明白，要是我们给了您什么东西，我们是希望从您身上得到一点好处的。

科利奥兰纳斯 好，那么我要请问，向你们讨一个执政官官做要多少价钱？

市民甲 那价钱就是您必须恭恭敬敬地请求。

科利奥兰纳斯 恭恭敬敬！先生，我请求你们，让我做执政官官吧；你们要是想看我的伤痕，我愿意在隐僻一点的地方给你们看。请你们给我同意吧，先生；你们怎么说？

市民乙　您可以得到我们的同意，尊贵的将军。

科利奥兰纳斯　一言为定，先生。我已经讨到两个尊贵的同意了。谢谢你们的布施；再见。

市民甲　可是这有点儿古怪。

市民乙　要是已经出口的话可以收回，可是那也算了。（二市民下）

其他二市民上。

科利奥兰纳斯　我请求你们，现在我已经按照习惯，披上这一件衣服了，你们能够允许我做执政官吗？

市民丙　您虽然有功国家，可是深孚众望。

科利奥兰纳斯　请教？

市民丙　您鞭笞罗马的敌人，也鞭笞罗马的友人；您对于平民一向没有好感。

科利奥兰纳斯　您应该格外敬重我，因为我没有滥卖人情。先生，为了博取人民的欢心，我愿意向我这些发誓同生死的同胞们献媚，这是他们所认为温良恭顺的行为。既然他们所需要的，只是我的脱帽致敬，不是我的竭忠尽瘁，那么我可以学习一套卑躬屈膝的本领，尽量向他们装腔作势；那就是说，先生，我要学学那些善于笼络人心的贵人，谁要是喜欢这一套的，我可以大量奉送。所以我请求你们，让我做执政官吧。

市民丁　我们希望您是我们的朋友，所以愿意给您诚心的赞助。

市民丙　您曾经为国家受了许多伤。

科利奥兰纳斯　你们既然已经知道，我也用不到袒露我的身体向你们证明。我一定非常珍重你们的盛意，不再来麻烦你们了。

市民丁　愿天神给您快乐，将军！（同下）

科利奥兰纳斯　最珍贵的同意！宁可死，宁可挨饿，也不要向别人求讨我们所应得的报酬。为什么我要穿起这身毡布的外衣站在这儿，向每一个路过的人乞讨不必要的同意？习惯逼着我这样做；习惯怎样命令我们，我们就该怎样做，陈年累世的灰尘让它堆在那儿不加扫拭，高积如山的错误把公道正义完全障蔽。与其扮演这样的把戏，还不如爽快把国家尊贵的名位赏给愿意干这种事的人。我已经演了半本，待我憋着这口气，演完了那下半本吧。又有几个同意来了。

其他三市民上。

科利奥兰纳斯 你们的同意！为了你们的同意我和敌人作战；为了你们的同意我经历十八次战争，受到二十多处创伤；为了你们的同意，我干下许多大大小小的事情。我要做执政官；请你们给我同意吧。

市民戊 他曾经立过大功，必须让他得到每一个正直人的同意。

市民己 那么让他做执政官吧。愿天神给他快乐，使他成为人民的好友！

众 人 阿门，阿门。上帝保佑你，尊贵的执政官！（众市民等下）

科利奥兰纳斯 尊贵的同意！

米尼涅斯偕勃鲁托斯、西西涅斯重上。

米尼涅斯 这已经可以了。这两位护民官将会向您宣布您已经得到人民的同意，现在您必须立刻到元老院去，接受正式的任命。

科利奥兰纳斯 事情完了吗？

西西涅斯 您已经按照惯例履行了请求同意的手续；人民已经接受了您，他们就要再召集一次会议，通过您的任命。

科利奥兰纳斯 什么地方？就在元老院吗？

西西涅斯 就在那儿，科利奥兰纳斯。

科利奥兰纳斯 我可以把这些衣服换下来吗？

西西涅斯 您可以，将军。

科利奥兰纳斯 我就去换衣服；让我认识了我自己的本来面目以后，再到元老院来。

米尼涅斯 我陪您去。你们两位也跟我们一起走吗？

勃鲁托斯 我们还要在这儿等候民众。

西西涅斯 再见。（科利奥兰纳斯，米尼涅斯下）他现在已经拿稳了。 从他的脸色看起来，他心里好像在火一样烧着呢。

勃鲁托斯 他用一颗骄傲的心穿着他的卑贱的衣服。请你打发这些民众吧。

众市民重上。

西西涅斯 啊，各位朋友！你们已经选中了这个人吗？

市民甲 他已经得到我们的同意。

勃鲁托斯 我们祈祷神明，但愿他不要辜负你们的好意。

市民乙 阿门。照我的愚见观察，他在请求我们同意的时候，仿佛在讥笑我们。

市民丙 不错，他简直在辱骂我们。

市民甲 不，他说起话来总是这样子的，他没有讥笑我们。

市民乙 除了你一个人之外，我们中间每一个人都说他用诬蔑的态度对待我们。他应该把他的功劳的印记，他为国家而留下的伤痕给我们看。

西西涅斯 啊，我相信他一定会给你们看的。

众 人 不，不，谁也没有看见。

市民丙 他说他有许多伤痕，可以在隐避一点的地方给我们看。他这样带着轻蔑的神气挥舞着他的帽子，“我要做执政官，”他说，“除非得到你们的同意，传统的习惯不会容许我；所以我要请求你们同意。”当我们答应了他以后，他就说，“谢谢你们的同意，谢谢你们最珍贵的同意；现在你们已经给我同意，我也用不着你们了。”这不是讥笑是什么？

西西涅斯 为什么你们要么愚不可及，要么像孩子一样友善可欺，听出来了，还是同意了？

勃鲁托斯 你们不会凭着你们所受的教训对他说，当他还没有掌握权力、不过是政府里一个地位卑微的仆人的时候，他就是你们的敌人，老是反对着你们的自由和你们在这共和国里所享有的特权吗？你们不会对他说，现在他登上了秉持国家大权的地位，要是他仍旧怀着恶意，继续做平民的死敌，那么你们现在所表示的同意，不将要成为你们自己的诅咒吗？你们应当对他说，他的伟大的功业，既然可以使他享有他所要求的地位而无愧色，但愿他的仁厚的天性，也能够想到你们现在所给他的同情的赞助，而把他对你们的敌意变成友谊，永远做你们慈爱的执政官。

西西涅斯 你们照这样对他说了以后，就可以触动他的心性，试探他的真正的意向；也许他会给你们善意的允诺，那么将来倘有需要的时候，你们就可以责令他履行旧约；也许那会激怒他的暴戾的天性，因为他是不能容忍任何拘束的，这样引动了他的恼怒，你们就可以以他的恶劣脾气为理由，拒绝他担任执政官。

勃鲁托斯 你们看，他在需要你们好感的时候，会用这样公然诬蔑的态度向你们请求，难道你们没有想到当他有权力压迫你们的时候，他这种诬蔑的态度不会变成公然的伤害吗？怎么，你们胸膛里难道都是没有心的吗？或者你们的舌头会反抗理智的判断吗？

西西涅斯 你们以前不是曾经拒绝过向你们请求的人吗？现在他并没有请求

你们，不过把你们讥笑了一顿，你们却会毫不迟疑地给他同意吗？

市民丙 他还没有经过正式的确认，我们还可以拒绝他。

市民乙 我们一定要拒绝他；我可以号召五百个人反对他的就任。

市民甲 好，就是一千个人也不难，还可以叫他们个人拉些朋友来充数。

勃鲁托斯 你们立刻就去，告诉你们那些朋友，说他们已经选了这样一个执政官，他将会剥夺他们的自由，限制他们发言的权利，把他们当作狗一样看待，虽然为了要它们吠叫而豢养，可是往往因为它们吠叫而把它们痛打。

西西涅斯 让他们集合起来，重新作一次郑重的考虑，一致撤回你们愚昧的选举。把他的骄傲和他从前对于你们的憎恨竭力向他们提出；也不要忘记他是用怎样轻蔑的态度穿着那件谦卑的衣服，当他向你们请求的时候，他是怎样讥笑着你们；可是你们因为心存忠厚，只想到他的功劳，所以他那从深深的憎恨里表现出的放肆无礼的举止，也就被你们忽略过去了。

勃鲁托斯 把过失推在我们两人——你们的护民官身上，说都是我们一定要你们选举他。

西西涅斯 你们可以说，你们是在我们的命令之下选举他，不是出于你们自己的真意；你们的心里因为存着不得已的见解，而不是因为觉得应该这样做，所以才会违背着本心，而赞同他做执政官。把一切过失推在我们身上。

勃鲁托斯 对了，不要宽恕我们。说我们向你们反复讲说，他在多么年轻的时候就已经开始为国家出力；他已经服务了多么长久；他的家世是多么高贵；纽玛的外孙，继伟大的霍斯提力斯君临罗马的安格斯·马歇斯，就是从他们家里出来的；替我们开渠通水的坡勃律斯和昆塔斯也是那一族里的人；做过两任监察官的森索利纳斯是他的先祖。

西西涅斯 因为他的出身这样高贵，他自己又立下这许多功劳，应该可以使他得到一个很高的位置，所以我们才把他向你们举荐；可是你们把他过去的行为和现在的态度都观察之后，认为他始终是你们的敌人，所以决定撤回你们一时疏忽的同意。

勃鲁托斯 你们坚持说，你们的同意只是因为受到我们的怂恿；把民众召集起来后，你们立刻就到议会里来。

众 人 我们一定这样做，我们大家都懊悔选他。（众市民下）

勃鲁托斯　让他们去闹；与其等待更稳妥的机会，不如冒险鼓动起这一场叛变。要是照着他的脾气，他果然因为他们的拒绝而发起怒来，那么我们正可以加以利用。

西西涅斯　到议会去。来，我们必须趁着大批的民众没有赶到以前先到那儿，免得被人家看出他们是受我们的煽动。（同下）

第 三 幕

第一场 罗马街道

吹号筒；科利奥兰纳斯、米尼涅斯、全体贵族、考密涅斯、泰特斯·拉歇斯及众元老同上。

科利奥兰纳斯 那么，塔勒斯·奥菲狄乌斯又发兵来了吗？

拉歇斯 是的，阁下，所以我们应当格外迅速地部署起来。

科利奥兰纳斯 这么说，伏尔斯人还是没有屈服，随时准备着向我们趁机进攻。

考密涅斯 执政官阁下，他们已经筋疲力尽，在我们这一辈人里，大概不会再看见他们的旗帜飘扬了。

科利奥兰纳斯 你看见奥菲狄乌斯吗？

拉歇斯 在我们的保卫之下，他曾经来看过我；他咒骂伏尔斯人，因为他们这样卑怯地举城纳降。现在他退到安息地方去了。

科利奥兰纳斯 他说起我吗？

拉歇斯 说起的，阁下。

科利奥兰纳斯 怎么说？说些什么？

拉歇斯 他说他跟您剑对剑地会过多少次；在这世上，您是他最切齿痛恨的一个人，他说他不惜荡尽他的财产，只要能够找到一个机会把您打败。

科利奥兰纳斯 他住在安息地方吗？

拉歇斯 是的。

科利奥兰纳斯 我希望有机会到那边去找他，让我们把彼此的仇恨发泄一个痛快。欢迎你回来！

西西涅斯及勃鲁托斯上。

科利奥兰纳 斯看！这两个是护民官，平民大众的喉舌；我看不起他们，因为他们擅作威福，简直到了叫人忍无可忍的地步。

西西涅斯 不要走过去。

科剌奥兰纳斯　嘿！那是什么意思？

勃鲁托斯　前面有危险，不要过去。

科剌奥兰纳斯　为什么有这样的变化？

米尼涅斯　怎么一回事？

考密涅斯　他不是已经由贵族平民双方通过了吗？

勃鲁托斯　考密涅斯，他没有。

科利奥兰纳斯　这难道是儿戏吗？

元老甲　两位护民官，让开！他必须到市场上去。

勃鲁托斯　人民对他非常愤怒。

西西涅斯　站住，否则大家都要卷进一场骚动里了。

科利奥兰纳斯　你们不是他们的牧人吗？他们会把刚才说出口的话当场否认，这样的人也可以让他们有发言的权利吗？你们管些什么事情？你们既然是他们的嘴巴，为什么不把他们的牙齿管住？你们没有指使他们吗？

米尼涅斯　安静点儿，安静点儿。

科利奥兰纳斯　这是一场蓄意的行动，全是阴谋的结果，它的目的是要拘束贵族的意志。要是我们容忍这一种行为，我们就只好和那些既没有能力统治，又不愿被人统治的人们生活在一起了。

勃鲁托斯　不要说这是一个阴谋。人民高呼着说您讥笑了他们，说您在不久以前施放谷物的时候，曾经口出怨言，辱骂那些为人民请命的人，说他们是时势的趋附者，谄媚之徒，卑鄙的小人。

科利奥兰纳斯　这是大家早就知道的。

勃鲁托斯　他们有的人还不知道。

科利奥兰纳斯　那么是你后来告诉他们的吗？

勃鲁托斯　怎么！我告诉他们！

科利奥兰纳斯　你是很可以干这种事的。

勃鲁托斯　总能比您干得好一点。

科利奥兰纳斯　那么我为什么要做执政官呢？凭着那边天上的云起誓，让我也像你们一样没有寸尺之功，跟你们一起做个护民官吧！

西西涅斯　您把悻悻之情表现得太露骨了，人民正是为了这个缘故才激动起来的。您现在已经迷失了道路，要是您想达到您的目的地，您必须用温和一点的态度向人家问路，否则您不但永远做不到一个尊贵的执政官，就是跟他并肩做一个护民官，也是一样办不到的。

米尼涅斯 让我们安静一点。

考密涅斯 人民一定被人利用、受人指使。这样的阴谋诡计不应该在罗马发生；科利奥兰纳斯因功受禄，也不该在他坦荡的大路上遭遇这种用卑鄙手段设置的障碍。

科利奥兰纳斯 向我提起谷物的事情！那个时候我是这样说的，我可以把它重说一遍——

米尼涅斯 现在不用说了。

元老甲 在这样意气相争的时候，还是不用说了吧。

科利奥兰纳斯 我一定要说。我的高贵的朋友们，请你们原谅。这种反复无常、腥臊恶臭的群众，我不愿恭维他们，让他们认清楚自己的面目吧。我要再说一遍，我们因为屈尊降贵，与他们降身相伍，已经亲手播下了叛乱、放肆和骚扰的祸根，要是再对他们姑息纵容，那么这种莠草更将滋蔓横行，危害我们元老院的权力；我们不是没有道德，更不是没有力量，可是我们的力量已经送给一群乞丐了。

米尼涅斯 好，别说下去了。

元老甲 请您不要再说下去了。

科利奥兰纳斯 怎么！不再说下去！我曾经不怕外力的凭陵，为国家流过血，现在我更要大声疾呼，直到声嘶力竭，我要警告你们留意那些你们所厌恶、畏惧、唯恐沾染却又正在竭力招引上身的麻疹。

勃鲁托斯 您讲起人民的时候，好像您是一位膺惩罪恶的天神，忘记了您也是跟他们具有同样弱点的凡人。

西西涅斯 我们应当让人民知道他所说的一切。

米尼涅斯 怎么，怎么？他一时气愤的语言吗？

科利奥兰纳斯 一时气愤！即使我像午夜的睡眠一样善于忍耐，凭着乔武起誓，我也不会改变我这一种意思！

西西涅斯 您这一种意思必须让它留着毒害自己，不能让它毒害别人。

科利奥兰纳斯 必须让它留着！你们听见这个侏儒群中的高个子的话吗？你们注意到他那斩钉截铁的“必须”两个字吗？

考密涅斯 这是僭越。

科利奥兰纳斯 “必须！”啊，善良而无智的贵族！你们这些庄重而鲁莽的元老们，为什么你们会允许这条多头的水蛇选举一个官吏，让它代替这怪物发言，凭着他的专横的“必须”两字，他会大胆宣布他要把你们的水流向沟渠决注，把你们的河道侵为己有？他一旦大权在握，你们也只好因为自己的愚昧而向他俯首屈膝；他现在还没有得逞，所以快快从你们危险的宽容中间觉醒过来吧！你们是有见识的人，不要像一般愚人一样行事，你们要是缺少见识，那就准备和他们平起平坐吧！要是他们做了元老，你们便要变成平民；当他们的声音和你们的声音混合在一起的时候，因为他们是大多数的缘故，你们将要完全为他们所掩盖，受他们所支配。他们可以选择他们自己的官长，就像这家伙一样，凭他的“必须”，他的迎合民心的“必须”两字，就可以和最尊严的元老们对抗。凭着乔武本身起誓，执政官们将会因此而失去了他们的身份；当两种权力彼此对峙的时候，混乱就会乘机而起，我一想到这种危机，心里就感到极大的痛苦。

考密涅斯　好，到市场上去吧。

科利奥兰纳斯　谁授权执政官，使他散发仓库中的存谷，像从前希腊的情形？

米尼涅斯　得了，得了，别提起那句话啦。

科利奥兰纳斯　虽然在希腊人民有更大的权力，可是我说，他们这一种举动，无异于养成反叛的风气，酿成了国家的瓦解。

勃鲁托斯　嘿，人民可以同意让说这种话的人当执政官吗？

科利奥兰纳斯　我可以说出比他们的同意更好的理由来。他们知道这些谷物不是他们名分中的报酬，十分清楚他们从来不曾为它付出过一丝劳力。当国家危急存亡的关头要他们出征的时候，他们懒得连城门也不肯走出；一到了战场，他们只有在叛变内讧这一类行动上表现了最大的勇气；像这样的功绩，是不该把谷物白白分给他们的。他们常常用莫须有的罪名指斥元老院，难道我们因为受到了他们那样的指斥，所以才会做这样慷慨的施舍吗？好，给了他们又怎样呢？这些多头怪物会感激元老院的好意吗？他们的行动就可以代替他们的语言：“我们提出要求，我们是大多数，他们畏惧我们，所以答应了我们的要求。”这样我们贬抑了我们自己的地位，让那些乌合之众把我们的谨慎称为恐惧；他们的胆子越来越大，总有一天会打开了元老院的锁，让一群乌鸦飞进来向鹰隼乱啄。

米尼涅斯　够了，够了。

勃鲁托斯　够了，已经说得太多了。

科利奥兰纳斯　不，再听我说下去。无论天上人间，一切可以凭着发誓的东西，愿它们为我的结论作证！元老贵族与平民两方面的权柄，一部分因为确有原因而轻视着另一部分，那一部分却毫无理由地侮辱着这一部分；身份、名位和智慧不能决定可否，却必须取决于无知的大众的一句是非，这样的结果必至于忽略了实际的需要，让轻率的狂妄操纵着一切；正当的目的受到阻碍，一切事情都是无目的地胡作非为。所以，我请求你们，要是你们是出于谨慎而不是恐惧，你们爱护国家的基础甚于惧怕它的变化，你们喜欢光荣甚于长生，愿意用危险的药饵向一个别无生望的病体做冒险地一试，那么赶快拔去群众的舌头吧；让他们不要去舐那将要毒害他们的蜜糖。你们要是受到耻辱，是非也要从此不明，政府将要失去它所应有的健康，因为它被恶势力所统治，一切善政都要无法推行。

勃鲁托斯　他已经说得很多了。

西西涅斯　他说的全然是叛徒的话；他必须受叛徒的处分。

科利奥兰纳斯　你这卑鄙的家伙！遭唾弃的东西！人民要这无足轻重的护民官干什么呢？因为信任了他们，人民才不再服从比他们地位更高的元老院。在叛乱的动荡年代，权宜之计虽无合理却也成为了法律，那时他们才被选为护民官，可是在正常时期，就让一切按正理而行，把他们的权力推落尘埃吧。

勃鲁托斯　公然的叛逆！

西西涅斯　这还是个执政官吗？不。

勃鲁托斯　喂！警官呢？把他逮捕起来。

一警吏上。

西西涅斯　去，叫民众来；（警吏下）我用人民的名义亲自逮捕你，宣布你是一个企图政变的叛徒，公众幸福的敌人；我命令你不得反抗，跟我去听候处分。

科利奥兰纳斯　滚开，老山羊！

众元老　我们可以替他担保。

考密涅斯　老人家，放了手。

科利奥兰纳斯　滚开，坏东西！否则我要把你的骨头一根根摇下来。

西西涅斯　诸位市民，救命啊！

一群市民及若干警吏上。

米尼涅斯　两方面彼此客气一点。

西西涅斯　这个人要夺去你们一切的权力。

勃鲁托斯　抓住他，警官们！

众市民　打倒他！打倒他！

元老乙　武器！武器！武器！（围绕科利奥兰纳斯忙作一团，狂呼）

众　人　护民官！贵族们！市民们！喂！西西涅斯！勃鲁托斯！科利奥兰纳斯！市民们！静！静！静！且慢！住手！静！

米尼涅斯　事情将要闹成怎样呢？我气都喘不过来啦。这一场乱子可不小。我话都说不出来啦。你们这两位护民官！科利奥兰纳斯，忍耐些！好西西涅斯，说句话吧。

西西涅斯　听我说，诸位民众，静下来！

众市民　让我们听我们的护民官说话，静下来！说，说，说。

西西涅斯　你们快要失去你们的自由了，马歇斯将要夺去你们的一切；马歇斯，就是刚才你们选举他做执政官的。

米尼涅斯　哎哟，哎哟，哎哟！这不是去熄火，明明是火上加油。

元老甲　他要把我们这城市拆为平地。

西西涅斯　没有人民，还有什么城市？

众市民　对了，有人民才有城市。

勃鲁托斯　我们得到全体的同意，就任人民的长官。

众市民　你们继续是我们的长官。

米尼涅斯　他们也不会放弃这一个地位。

考密涅斯　他们要把城市拆毁，把屋宇摧为平地，把井然有序的一切埋葬在瓦砾中。

西西涅斯　这一种罪名应该判处死刑。

勃鲁托斯　让我们执行我们的权力，否则让我们失去我们的权力。我们现在奉人民的意旨，宣布马歇斯应该立刻受死刑的处分。

西西涅斯　抓住他，把他押送到大帕岩上，推下山谷里去。

勃鲁托斯　警官们，抓住他！

众市民　马歇斯，赶快束手就缚！

米尼涅斯　听我说一句话，两位护民官，请你们听我说一句话。

警　吏　静，静！

米尼涅斯　请你们做祖国的真正的友人，像你们表面上所装的一样；什么事情都可以用温和一点的手段解决，何必这样武力从事？

勃鲁托斯　要是病症凶险，只有投下猛药才可见效，谨慎反会误了大事。抓住他，把他押到山岩上去。

科利奥兰纳斯 不，我宁愿死在这里。（拔剑）你们中间有的人曾经看见我怎样跟敌人争战；来，你们现在自己也来试一试看。

米尼涅斯 放下那柄剑！两位护民官，你们暂时退下去。

勃鲁托斯 抓住他！

米尼涅斯 帮助马歇斯，帮助他，你们这些有义气的人；帮助他，年轻的和年老的！

众市民 打倒他！打倒他！（在纷乱中，护民官、警吏及民众均被打退，下）

米尼涅斯 去，回到你家里去，快去！否则一切都完了。

元老乙 您快去吧。

科利奥兰纳斯 站住！我们的朋友跟我们的敌人一样多。

米尼涅斯 难道我们一定要跟他们打起来吗？

元老甲 天神保佑我们不要有这样的事！尊贵的朋友，请你回家去，让我们设法挽回局势吧。

米尼涅斯 这是我们身上的一个痈疮，你不能替你自己医治；请你快去吧。

考密涅斯 来，跟我们一块儿去。

科利奥兰纳斯 我希望他们是一群野蛮人，不是罗马人；虽然这些畜生生在罗马，长大在朱庇特神庙的宇下，可是他们却跟野蛮人没有分别——

米尼涅斯 去吧，不要把你的满脸义愤放在你的唇舌上。

科利奥兰纳斯 要是堂堂正正地交锋起来，我一个人可以打败他们四十个人。

米尼涅斯 我自己也可以抵挡他们中间的一对头脑，那两个护民官。

考密涅斯 可是现在众寡悬殊，当一幢房屋坍下的时候而不知道趋避，这一种勇气是被称为愚笨的。您还是趁着那群乱民没有回来以前赶快走开吧；他们的愤怒就像横决的流水会把他们曾负载的一切倾覆。

米尼涅斯 请您快去吧。我要试一试我这老年人的智慧对于那些没有头脑的东西是不是有点需要，无论如何，这事情总要想法子弥补过去。

考密涅斯 走吧，走吧。（科利奥兰纳斯及考密涅斯下）

贵族甲 这个人把他自己的前途葬送了。

米尼涅斯 他的天性太高贵了，不适宜于这一个世界。他不肯恭维涅普图努斯的三叉戟的雄威，或是乔武的雷霆的神力。他的心就在他的口头，想到什么一定要说出来。他一动了怒，就会忘记世上有一个死字。（内喧声）听他们闹得多厉害！

贵族乙 我希望他们都去睡觉！

米尼涅斯　我希望他们都给我跳下台伯河里！好厉害！他就不能对他们说句好话吗？

勃鲁托斯及西西涅斯率乱民上。

西西涅斯　要把全城的人吃掉、让他一个人称霸的那条毒蛇呢？

米尼涅斯　两位尊贵的护民官！

西西涅斯　我们必须用无情的铁手，把他推下大帕岩去，他已经公然反抗法律，所以法律也无须再向他执行什么审判的手续，他既然藐视群众，就叫他认识认识群众的力量。

市民甲　我们要让他明白，尊贵的护民官是人民的喉舌，我们是他们的手臂。

众市民　我们一定要让他明白。

米尼涅斯　诸位，诸位！

西西涅斯　静些！

米尼涅斯　有话可以商量，何必吵成这个样子？

西西涅斯　先生，你怎么也会帮助他逃走了？

米尼涅斯　听我说，我知道这位执政官的长处，我也可以举出他的短处。

西西涅斯　执政！什么执政官？

米尼涅斯　科利奥兰纳斯执政。

勃鲁托斯　他！执政！

众市民　不，不，不，不，不。

米尼涅斯　要是两位护民官和你们这些善良的民众允许我，我要请求说一两句话，你们如果觉得不中听也不过是耽误了一会儿工夫。

西西涅斯　那么简简单单地说吧，因为我们已经决定除去这个恶毒的叛徒。把他驱逐出境会引起未来的祸患；留在国内，我们都要死在他手里；所以我们决定就在今晚把他处死。

米尼涅斯　我们的闻名于世的罗马对于她的有功儿女的爱护，是记录在天神的册籍里的，要是现在她像一头灭绝天性的母兽一样，吞食了她自己的子女，善良的神明一定不能容许！

西西涅斯　他是一颗必须割去的疮疖。

米尼涅斯　啊！他是一段生着疮疖的肢体，割去了会致人死命，治愈它却很容易。他对罗马做了些什么事，你们要把他处死呢？他杀死我们的敌人，为他的祖国而流血，我敢说一句，他所失去的血，是比他身上所有的血更多的；他的剩下的血，要是现在再被他的国人取去，那么无论下这样毒手的人，或是容忍这种事情发生的人，都要永远在后世留下一个可耻的烙印了。

西西涅斯　这些全然是胡说八道话。

勃鲁托斯　一派歪论，当他爱他的国家的时候，他的国家也尊重他。

米尼涅斯　再敏捷的腿脚一旦害了坏疽，它以前好处也会被忘记。

勃鲁托斯　我们不想再听你说下去。追到他家里去，把他拖出来。他是一种能够传染的恶病，不要让他的流毒沾到别人身上。

米尼涅斯　再听我说一句话，只有一句话。你们现在的行动，都是出于一时的气愤，就像纵虎出山一样，当你们自悔的时候，再要把笨重的铅块系在虎脚上也来不及了。与其鲁莽行事，不如循序渐进；否则他也不是没有人拥护的，要是因此而引起内战，那么伟大的罗马要在罗马人自己手里毁了。

勃鲁托斯　要是这样的话——

西西涅斯　你还说什么？我们不是已经领略到他是怎样的服从命令吗？我们的警官不是已经遭他痛打？我们自己不是也遭他反抗过了吗？来！

米尼涅斯　请你们想到这一点：他自从两手能够拔剑的时候起，就一直在战场中长大，不曾受到温文尔雅的语言上的训练；他说起话来，总是把美谷和糠麸不加分别地同时倾吐。你们要是允许，我可以到他家里去，向他陈说利害，叫他接受用和平的手段、合法的方式进行的裁判。

元老甲　两位尊贵的护民官，这是最人道的办法。你们原来的方式太残酷了，而且也不知道将会引起怎样的结果。

西西涅斯　尊贵的米尼涅斯，那么请您接受人民的委托，去把他传来。各位朋友，放下你们的武器。

勃鲁托斯　不要回去。

西西涅斯　在市场上集合，我们在那边等着你们。要是您不能把马歇斯带来，我们就实行原来的办法。

米尼涅斯　我一定会叫他来。（向众元老）请你们陪我去一趟。他一定要来，否则事情会越弄越糟的。

元老甲　我们去找他吧。（同下）

第二场　罗马科利奥兰纳斯家中一室

科利奥兰纳斯及贵族等上。

科利奥兰纳斯　让他们大家来扯我的耳朵，让他们把我用车轮辗死、马蹄踏死，或是堆十座山在大帕岩上，把我推下看不见底的深谷；我还是用这样一副态度对待他们。

贵族甲　这正是您的过人之处。

科利奥兰纳斯　我不明白为什么我的母亲也不再赞同我了。她平日总是叫他们做下贱的布衣，生来只配追逐蝇头小利的家伙；在决定国事的大会上他们只能脱帽呆立，当我们当中的一员挺身而出，纵论兴亡、言战言和时，他们只有张大了嘴巴，静静聆听。

伏伦妮娅上。

科利奥兰纳斯　我正在说起您。您为什么要我温和一点？难道您要我违反我的本性吗？您应该说，我现在的所作所为，正可以表现我的真正的骨气。

伏伦妮娅　啊！儿啊，儿啊，儿啊，我希望你不要在基础巩未固以前，就丢失了你手中的权力。

科利奥兰纳斯　不要再说下去了。

伏伦妮娅　你要不是这样有意显露你的锋芒，仍不失为一个豪杰之士；在他们还有力量阻挠你的时候，你要是少向他们矜夸一些意气，也可以少碰到一些逆意的事情。

科利奥兰纳斯子　让他们上吊去吧！

伏伦妮娅　是的，我还希望让他们在火里烧死。

米尼涅斯及元老等上。

米尼涅斯　好啦，好啦；您太粗暴了，太粗暴了！您非得回去把局势弥补弥补不可。

元老甲　此外，没有办法了；您要是不愿意这样做，我们的城市就要分裂而灭亡了。

伏伦妮娅　请你接受劝告吧。我有一颗跟你同样刚强的心，可是我还有一个头脑，教我把我的愤怒用在更适当的地方。

米尼涅斯　说得好，尊贵的夫人！倘不是因为遭到这样非常的变化，为了挽回大局起见，不得不出此下策，那么我也要披甲持枪，绝不忍受这样的耻辱，让他向群众屈身的。

科利奥兰纳斯　我必须怎么办？

米尼涅斯　回去见那两个护民官。

科利奥兰纳斯　好，还有呢？还有呢？

米尼涅斯　为了您的失言道歉。

科利奥兰纳斯　向他们道歉！我不能向神明道歉；难道我必须向他们道歉吗？

伏伦妮娅　你太固执了；在危急的时候，一个人是应当通达的。我听你说过，在战争中间，荣誉和权谋就像亲密的朋友一样不可分离；假定这句话是真的，那么请你告诉我，在和平的时候，它们倘若不能交相为用，是不是能够独立存在？

科利奥兰纳斯　行了！行了！

米尼涅斯　问得好。

伏伦妮娅　要是你们在战争中间，为了达到你们的目的起见，不妨采用权谋，示人以诈，而这样的行为对于荣誉并无损害，那么在和平的时候，万一也像战时一样需要着权谋，为什么它就不能和荣誉并行不悖呢？

科利奥兰纳斯　为什么您要强迫我接受这种理由？

伏伦妮娅　因为你现在必须去向人民说话；不是照着你自己的意思说话，却要去向他们说一些和你的本心完全不符的话。为了避免把自己的命运做孤注，为了避免流许多的血，你可以用温和的词句招抚一个城市，那么向人民说这样的话，对于你的荣誉又有什么损害呢？要是我的财产和我的亲友处于生死存亡的关头，需要我用欺诈的手段保全他们，我就会毅然去干那样的事，并不以为有什么可耻，我是代表你的妻子、儿子和这些元老贵族而向你进这番忠言的，可是你却宁愿向那些无知的群众怒目横眉，不愿向他们稍假辞色，去博取他们的欢心和爱戴——那些维持你的荣誉和地位所必需的保障。

米尼涅斯　尊贵的夫人！来，跟我们去，说两句好话，也许你不但可以缓和当前的危险，并且可以弥补过去的错误。

伏伦妮娅　我的孩子，请您现在就去见他们，把这帽子拿在手里，你的膝盖吻着地上的砖石，摇摆着你的头，克制你的坚强的心，让它变得像摇摇欲坠的、烂熟的桑子一样谦卑，在这种事情上，行为往往胜于雄辩，愚人的眼睛是比他们的耳朵聪明得多的。你可以对他们说，你是他们的战士，因为生长在干戈扰攘之中，不懂得博取他们好感所应有的礼节，可是从此以后，当你握权在位的日子，你一定会为他们鞠躬尽瘁。

米尼涅斯 您只要照她这两句话说过以后，他们的心就是您的了。因为他们的原谅是有求必应的，正像他们说废话一样不费事。

伏伦妮娅 请你听从我们的劝告，去吧，虽然我知道你宁愿在火焰的深谷里追逐你的敌人，也不愿在卧室之中向他献媚。考密涅斯来了。

密涅斯上

考密涅斯 我已经到市场上去过。您现在必须联结强力的援助，否则就得用温和的态度保全您自己，或者暂时出走，躲避他们的锋芒。所有的民众都激怒了。

米尼涅斯 只有谦恭的语言才可以挽回形势。

考密涅斯 要是他能够勉力抑制他的性子，我想这是个办法。

伏伦妮娅 他必须这样做，非这样做不可。请你说你愿意这样做，立刻就去吧。

科利奥韭纳斯 我必须去向他们露我的秃脑袋吗？我必须用我的无耻的舌头，把一句谎话加在我的高贵的心上吗？好，我愿意。可是这一个计策倘若失败，他们就要把这个马歇斯的体肤磨成齑粉，迎风抛散了。到市场上去！你们现在逼着我去扮演这样一个角色，它的耻辱是我终身不能洗刷的。

考密涅斯 来，来，我们愿意帮您的忙。

伏伦妮娅 好儿子，你曾经说过，当初你因为受到我的奖励，所以才会成为一个军人，现在请你再接受我的奖励，扮演一次你从来没有扮过的角色吧。

科利奥兰纳斯 好，那么我就去。滚开，我的高傲的脾气，让一个娼妓的灵魂占据住我的身体！让我那和战鼓竞响的巨嗓变成像太监一样尖细、像催婴儿入睡的处女的歌声一样轻柔的声音！让我的颊上挂起了奸徒的巧笑，让学童的眼泪蒙蔽了我的目光！让乞儿的舌头在我的嘴唇之间掀动，我那跨惯征鞍的罩甲的膝盖，像接受布施一样向人弯曲！不，我不愿意；我怕我会失去对我自己的尊敬，我的这一行动也许会教给我的精神一种无法摆脱的卑鄙。

伏伦妮娅　随你的便。我向你请求，比之你向他们请求，对于我是一个更大的耻辱。一切都归于毁灭吧！宁可让你的母亲感觉到你的骄傲，不要让她因为你的危险的倔强而担忧，因为我用像你一样豪壮的心讪笑着死亡。你愿意怎么办就怎么办；你的勇敢是从我身上得来的，你的骄傲却是你自己的。

科利奥兰纳斯　请您宽心吧，母亲，我就到市场上去；不要责备我了。我要像一个江湖术士一样骗取他们的欢心，当我回来的时候，我将被罗马的一切手艺人所喜爱。看，我去了。替我致候我的妻子。我一定要做一个执政官回来，否则你们再不要相信我的舌头也会向人谄媚。

伏伦妮娅　照你的意思做吧。（下）

考密涅斯　去！护民官在等着您。准备好一些温和的回答；因为我听说他们将要向您提出一些比现在他们加在您身上的更严重的罪状。

米尼涅斯　记好“温和”两个字。

科利奥兰纳斯　让我们去吧；不管他们捏造我什么罪状，我都会用我的荣誉答复他们。

米尼涅斯　是的，可是要温和点儿。

科利奥兰纳斯　好，那么就温和点儿。温和！（同下）

第三场　罗马大市场

西西涅斯及勃鲁托斯上。

勃鲁托斯　我们说他企图独裁专政，用这一点作为他的最大的罪名；要是他在这一点上能够饰辞自辩，我们就说他敌视人民，并且说他把从安息人那里得到的战利品都中饱私囊了。（一警吏上）

勃鲁托斯　啊，他来不来？

警　吏　他就来了。

勃鲁托斯　什么人陪着他？

警　吏　年老的米尼涅斯和那些一向袒护他的元老们。

西西涅斯　你有没有把我们得到的票数记录下来？

警　吏　我已经记在这儿了。

西西涅斯　你有没有按照部族征询他们的意见？

警　吏　我已经分别征询过了。

西西涅斯　快把民众立刻召集到这儿来；当他们听见我说“凭着民众的权利和力量，必须如此如此”的时候，不论是死刑、罚款或是放逐，我要是说“罚款”，就让他们跟着我喊“罚款”；我要是说“死刑”，就让他们跟着我喊“死刑”。

警　吏　我一定这样吩咐他们。

西西涅斯　当他们开始呼喊的时候，叫他们不停地喊下去，大家乱哄哄地高声鼓噪，要求把我们的判决立刻执行。

警　吏　很好。

西西涅斯　叫他们留心我们的说话行事，不要退缩让步。

勃鲁托斯　去干你的事吧。（警吏下）一下子就激起他的怒气。他一向惯于征服别人，爱闹别扭；一受了拂逆，就不能控制自己的性子，那时候他心里想到什么便要说出口来，我们就可以看准他这个弱点置他于死地。

西西涅斯　好，他来了。

科利奥兰纳斯、米尼涅斯、考密涅斯及元老、贵族等上。

米尼涅斯　请您温和点儿。

科利奥兰纳斯　好，就像一个马夫似的，为了一点的赏钱，愿意替无论哪个恶徒奔走。但愿尊荣的天神们护佑罗马的安全，让贤德的君子做我们的执法者！在我们的中间播撒爱的种子，使我们宏大的神庙里充满了和平的气象，不要使我们的街道为战争所扰乱。

元老甲　阿门，阿门。

米尼涅斯　好一个高尚的愿望！

警吏率市民等重上。

西西涅斯　过来，民众。

警　吏　听你们的护民官说话；肃静！

科利奥兰纳斯　先听我说几句话。

西西涅斯

勃鲁托斯　好，说吧。喂，静下来！

科利奥兰纳斯　你们就在此刻宣布我的罪状吗？一切必须在这儿决定吗？

西西涅斯　我要请你答复，你是不是愿意服从人民的公意，承认他们的官吏的权力，当你的罪案成立以后，甘心接受合法的制裁？

科利奥兰纳斯　我愿意。

米尼涅斯　听着！各位市民，他说他愿意。想一想，他立过多少的战功；想一想他身上的伤痕，就像墓地上的坟茔一样多。

科利奥兰纳斯　那些不过是荆棘抓破的伤痕，这点点的创痏，也不过供人一笑罢了。

米尼涅斯　再想一想，他说的话虽然不合一个市民的身份，可是却不失为军人的谈吐；不要把他粗暴的口气认作恶意的言辞，那正是他的军人本色，不是对你们的敌视。

考密涅斯　好，好，别说了。

科利奥兰纳斯　为了什么原因，我已经得到全体同意当选执政官以后，你们又立刻撤销原议，给我这样的羞辱？

西西涅斯　回答我们。

科利奥兰纳斯　好，说吧，我是应该回答你们的。

西西涅斯　你企图推翻一切罗马相传已久的政制，造成个人专权独裁的地位，所以我们宣布你是人民的叛徒。

科利奥兰纳斯　怎么！叛徒！

米尼涅斯　不，温和点儿，你答应过的。

科利奥兰纳斯　地狱底层的烈火把这些人民吞了去！说我是他们的叛徒！你这害人的护民官！在你的眼睛里藏着两万个死亡，在你的两手中握着两千万种杀人的毒计，在你说谎的舌头上含着无数杀人的阴谋，我要用向神明祈祷一样坦白的声音，向你说："你说谎！"

西西涅斯　民众，你们听见他的话吗？

众市民　把他送到山岩上去！把他送到山岩上去！

西西涅斯　静！我们不必再把新的罪名加在他的身上；你们亲眼看见他所做的事，亲耳听见他所说的话；殴打你们的官吏，辱骂你们自己，用暴力抗拒法律，现在他又公然藐视那些凭着他们的权力审判他的人，像这样罪大恶极的行为，已经应处最严重的死刑了。

勃鲁托斯　可是，他既然为罗马立过功劳……科利奥兰纳斯　你们还要讲什么功劳？

勃鲁托斯　我提起这一点，因为我知道你的功劳。

科利奥兰纳斯　你！

米尼涅斯　你怎样答应你的母亲的？

考密涅斯　你要知道——

科利奥兰纳斯　我不要知道什么。让他们宣判把我投身在高峻的大帕岩下，放逐，鞭打，每天给我吃一粒谷，监禁起来，我也不愿用一句好话的代价购买他们的慈悲，更不愿为了乞讨他们的布施而抑制我的雄心，向他们道一声早安。

西西涅斯　因为他不但在思想上，而且在行动上不断敌对人民，企图剥夺他们的权力，到现在他居然胆敢在尊严的法律和执法的官吏之前，行使暴力反抗的手段，所以我们用人民的名义，秉持着我们护民官的职权，宣布从即时起，把他放逐出我们的城市，要是以后他再进入罗马境内，就要把他投身在大帕岩下。用人民的名义，我说，这判决必须执行。

众市民　这判决必须执行！这判决必须执行！把他赶出去！把他放逐出境！

考密涅斯　听我说，各位人民大众！

西西涅斯　他已经受到判决，没有什么说的了。

考密涅斯　让我说句话，我自己也曾当过执政官，我可以向罗马公开展示她的敌人加在我身上的伤痕；我重视祖国的利益，甚于自己的生命和我所珍爱的儿女；要是我说——

西西涅斯　我们知道你的意思，说什么？

勃鲁托斯　不必多说，他已经被认作人民和祖国的敌人而放逐了，这判决必须执行。

众市民　这判决必须执行！这判决必须执行！

科利奥兰纳斯　你们这些狂吠的贱狗！我痛恨你们的气息，就像痛恨腐恶的沼泽的臭味一样；我轻视你们的好感，就像厌恶腐烂的、露骨的尸骸一样。我放逐了你们；让你们无所依傍地永远留在这里吧！让每一句轻微的谣言震动你们的心，你们敌人帽上羽毛的摇闪，就会把你们扇进绝望的深渊！永远保留着把你们的保卫者放逐出境的权力吧，直到你们自己的愚昧使得人家不费一刀一枪，便把你们化为最微贱的俘虏！由于你们，对于这座城市，我现在只有蔑视，我离你们远去！这世界上还有别的地方。（科利奥兰纳斯、考密涅斯、米尼涅斯、元老、贵族等同下）

警　吏　人民的仇敌已经去了，已经去了！

众市民　我们的敌人被放逐了！他去了！好！好！（众欢呼，掷帽）

西西涅斯　去，把他赶出城门，像他从前驱逐你们一样驱逐他，尽量发泄你们的愤怒，让他也难堪难堪。让一队卫士护卫我们通过全城。

众市民　来，来，让我们把他赶出城门！来！神明保佑我们尊贵的护民官！来！（同下）

第 四 幕

第一场 罗马城门前

科利奥兰纳斯、伏伦妮娅、维吉利娅、米尼涅斯、考密涅斯及罗马青年贵族上。

科利奥兰纳斯 算了，别哭了，就这样分手吧；那多头的畜生把我撞走了。哎，母亲，您从前的勇气呢？您常常说，患难可以考验一个人的品格；非常的境遇方才可以显出非常的气节；波平浪静的海面，所有的船只都可以并驱竞胜；命运的铁拳击中要害的时候，只有大智大勇的人才能够处之泰然:；您常常用那些格言教训我，锻炼我的坚强不屈的志气。

维吉利娅 天啊！天啊！

科利奥兰纳斯 不，妇人，请你——

伏伦妮娅 愿赤色的瘟疫降临在罗马各色人民的身上，使百工商贾同归于尽！

科利奥兰纳斯 怎么，怎么，怎么！当我离开他们以后，他们将会追念我的好处。不，母亲，您从前不是常常说，要是您做了赫拉克勒斯的妻子，您一定会替他完成六件艰巨的工作，减轻他一半的辛劳吗？请您仍旧保持这一种精神吧。考密涅斯，不要懊丧；再会！再会，我的妻子！我的母亲！我一定还要干一番事业。你年老而忠心的米尼涅斯，你的眼泪比年轻人的眼泪更辛酸，它会伤害你的眼睛的。我的旧日的主帅，我曾经瞻仰过您那刚强坚毅的气概，您也看见过不少可以使人心肠变硬的景象，请您告诉这两个伤心的妇人，为了不可避免的打击而悲痛，是一件多么痴愚的事情。我的母亲，您知道您一向把我的冒险作为您的安慰，请您相信我，虽然我像一条孤独的龙一样离此而去，可是我将要使人们在谈起我栖息的沼泽时，就会豁然变色。您的儿子除非误中奸谋，否则一定会有扬眉吐气的一天。

伏伦妮娅 我的长子，你要到哪儿去呢？让考密涅斯陪你走一程吧；跟他商量一个妥当的方策，不要盲冲瞎撞，去试探前途的危险。

科利奥兰纳斯 天神啊！

考密涅斯 我愿意陪着你走一个月，跟你决定一个安身的地方，好让我们彼此互通声息；要是有机会可以设法召你回来的话，我们也可以不至于在茫茫的世界上到处寻找一个莫明踪迹的人，万一时过境迁，大好的机会又要蹉跎过去了。

科利奥兰纳斯 再会吧，你已经有一把的年纪，饱受战争的辛苦，不要再跟一个筋骨壮健的人去跋涉风霜了。我只要请你送我出城门。来，我的亲爱的妻子，我最亲爱的母亲，我的深情厚义的朋友们，当我出去的时候，请你们用微笑向我道别。请你们来吧。只要我尚在人世，你们一定会听到我的消息；而且你们所听到的，一定还是跟我原来的为人一样。

米尼涅斯 那正是每一个人所乐意听见的。来，我们不用哭泣。要是我能够从我衰老的臂腿上减去七岁年纪，凭着善良的神明发誓，我一定要寸步不离地跟着你。

科利奥兰纳斯 把你的手给我，来。（同下）

第二场 罗马城门附近的街道

西西涅斯和勃鲁托斯及一警吏上。

西西涅斯 叫他们大家回家去；他已经去了，我们也不必追他。贵族们很不高兴，他们都是袒护他的。

勃鲁托斯 现在我们已经表现出我们的力量，事情既已了结，我们不妨在言辞之间装得谦恭一点。

西西涅斯 叫他们回家去；说他们重要的敌人已经去了，他们已经恢复了往日的力量。

勃鲁托斯 打发他们个人回家。（警吏下）

伏伦妮娅、维吉利娅及米尼涅斯上。

勃鲁托斯 他的母亲来了。

西西涅斯 让我们避开她。

勃鲁托斯 为什么？

西西涅斯 他们说她发了疯了。

勃鲁托斯 她们已经看见我们，您尽管走吧。

伏伦妮娅 啊！你们来得正好。愿神明把所有的灾祸降在你们身上，报答你们的好意！

米尼涅斯　静些，静些！不要这样高声嚷叫。

伏伦妮娅　我倘不是泣不成声，一定要让你们听听。不，我要嚷给你们听听。（向勃鲁托斯）你想逃走吗？

维吉利娅　（向西西涅斯）你也别走。我多希望我也能向我丈夫说这样的话。

西西涅斯　你们是男人？

伏伦妮娅　是的，傻瓜；那是丢脸的事吗？听这傻瓜说的话。我的父亲不是一个男人吗？你果然有这样狐狸般的狡狯，会把一个替罗马立过多少汗马功劳的人放逐出去吗？

西西涅斯　哎哟，苍天在上！

伏伦妮娅　为了罗马的利益，他挥舞他英勇的剑，那次数比你说过的聪明话还要多。我要告诉你；你还是去吧；不，你给我站住；但愿我的儿子在阿拉伯，你和你那一族里的人都跪在他的面前，他手里举起宝剑——

西西涅斯　那又怎么样呢？

维吉利娅　那又怎么样！他要斩草除根，不留下一个孽种在世上。

伏伦妮娅　全都是些杂种私生子！好人，他为了罗马受过多少伤！

米尼涅斯　来，来，别闹了。

西西涅斯　要是他能够贯彻为国献身的初衷，不把自己辛苦换来的光荣亲手撕毁，那就好了！

勃鲁托斯　我也希望他这样。

伏伦妮娅　“我也希望他这样”！都是你们煽动这些乱民，这帮猫狗般的畜生，他们不能认识他的价值，正像我不能了解上天不让世间知道的神秘一样。

勃鲁托斯　请你让我们去吧。

伏伦妮娅　现在，先生，请你给我滚吧。你们已经干了一件了不得的好事。在你们未走之前，再听我说一句话：正像朱庇特的神庙不能和罗马最卑陋的屋子相比一样，被你们放逐出去的我的儿子，这位夫人的丈夫，就是他，你们看见了没有？比起你们这些东西来，真是天壤之别。

勃鲁托斯　好，好，我们失陪啦。

西西涅斯　为什么我们要待在这儿，跟一个疯婆子缠个不休呢？（二护民官下）

伏伦妮娅　把我的祈祷带了去吧。我但愿天神们什么事也不做，只替我实现我的诅咒！要是我能够每天遇见他们一次，那么我心头的悲哀也许可以倾吐一空。

米尼涅斯 您已经骂得他们很痛快；凭良心说，您没有冤屈了他们。你们愿意赏光到舍间吃晚饭吗？

伏伦妮娅 愤怒是我的食物，我一肚子都是气恼，吃不下东西了。来，我们走吧。不要这样呜呜咽咽地哭个不停，看着我的样子，我们在愤怒的时候，应当保持天后般的尊严。来，来，来。

米尼涅斯 唉，唉，唉！（同下）

第三场 罗马安息间的大路

一罗马人及一伏尔斯人上，相遇。

罗马人 先生，我认识您，您也认识我；您的大名我想是阿德里安。

伏尔斯人 正是，先生。不瞒您说，我可忘记您了。

罗马人 我是个罗马人，可是我所干的事却跟您一样，是跟罗马人作对的。您现在认识我了吗？

伏尔斯人 尼凯诺吗？不是。

罗马人 正是，先生。

伏尔斯人 我上次看见您的时候，您的胡子比现在多一点，可是您的声音可以证明您的确是他。罗马有什么消息？我得到了伏尔斯当局的命令，叫我到罗马去找您，您现在免了我一天的路程了。

罗马人 罗马曾经发生惊人的叛变；人民跟元老、贵族们作对。

伏尔斯人 曾经发生！那么现在已经解决了吗？我们的政府却不是这样想；他们正在积极准备用兵，想要趁他们争执得十分激烈的时候向他们突袭。

罗马人 火焰大体已经熄灭，可是一件微细的琐事就可以使它重新燃烧起来。因为那些贵族们对于科利奥兰纳斯被放逐非常痛心，一有机会，就准备剥夺人民的一切权力，把那些护民官永远罢免。我可以告诉你，未烬的余火正在那儿吐出熊熊的火焰，猛烈爆发的时期已经不远了。

伏尔斯人 科利奥兰纳斯被放逐了！

罗马人 被放逐了，先生。

伏尔斯人 尼凯诺，您带了这一个消息去，他们一定十分欢迎。

罗马人 他们现在的机会很好。人家说，诱奸有夫之妇，最好趁她和丈夫反目的时候下手。你们那位英勇的塔勒斯·奥菲狄乌斯这一下可以大逞威风了，因为他的最大的敌手科利奥兰纳斯已经被他的祖国所摈弃。

伏尔斯人 这是不用说的。我很幸运今天凑巧碰见了您；现在我的任务已了，让我陪着您高高兴兴地回去吧。

罗马人 我现在就可以开始把许多罗马的怪事讲给您听，一直讲到晚餐的时候为止；这些事情，都是对于他们的敌人有利的。您说你们已经有一支军队准备出发了吗？

伏尔斯人 一支很雄壮的军队；所有将士已经征齐入伍，整装待发，命令发出以后，一小时之内就可以出发。

罗马人 我很高兴听见他们已经准备好了；我想我去见了他们以后，就可以催促他们立刻举事。好，先生，今天能够碰见您，真是一件幸事，我很愿意做您的同行的伴侣。

伏尔斯人 您省了我一趟跋涉，先生；能够跟您一路同行，真是我的莫大的荣幸。

罗马人 好，我们一块儿去吧。（同下）

第四场 安息奥菲狄乌斯家门前

科利奥兰纳斯微服化妆蒙面上。

科利奥兰纳斯 这安息倒是一个很好的城市。城啊，是我使你的妇女们成为寡妇。这些富丽大厦的后嗣，有许多人我曾经听见他们在我的战阵中间呻吟倒地。所以不要认出我，免得你的妇人们用唾涎唾我，你的小儿们投石子打我，使我在琐小的战争中间死去。

一市民上。

科利奥兰纳斯 请了，先生。

市 民 请了。

科利奥兰纳斯 请您指点我伟大的奥菲狄乌斯住在什么地方。他是在安息吗？

市 民 是的，今天晚上他在家里宴请政府中的贵人。

科利奥兰纳斯 请问他的家在哪里？

市 民 就是在您面前的这一所屋子。

科利奥兰纳斯 谢谢您，先生。再见。（市民下）啊，变化无常的世事！刚才还是誓同生死的朋友，两个人的胸膛里好像只有一颗心，睡眠、饮食、工作、游戏，都是彼此相共，亲爱得分不开来，一转瞬之间，为了些微的争执，就会变成不共戴天的仇人。同样，切齿痛恨的仇敌，他们在梦寐之中也念念不忘地钩心斗角、互谋倾陷，为了一个偶然的机会，一些微不足道的琐事，也会变成亲密的友人，彼此携手合作。我现在也正是这样，我痛恨我自己生长的地方，我的爱心已经移向了这个仇敌的城市。我要进去；要是他把我杀死，那也并不是有悖公道的行为；要是他对我曲意优容，那么我愿意为他的国家尽力。（下）

第五场　罗马奥菲狄乌斯家中厅堂

内乐声；仆甲上。

仆　甲　酒，酒，酒！他们都在干些什么事！我想我们那些伙计都睡着了。（下）

仆乙上。

仆　乙　戈得斯呢？主人在叫他。戈得斯！（下）

科利奥兰纳斯上。

科利奥兰纳斯　好一间屋子！好香的酒肉味道！可是我却不像一个客人。

仆甲重上。

仆　甲　朋友，你要什么？你是哪儿来的？这儿没有你的地方；出去。（下）

科利奥兰纳斯　因为我是科利奥兰纳斯，他们这样款待我是理所当然的。

仆乙重上。

仆　乙　朋友，你是哪儿来的？管门的难道不生眼睛，会放这种家伙进来吗？出去出去！

科利奥兰纳斯　走开！

仆　乙　走开！你自己走开！

科利奥兰纳斯　你想找麻烦？

仆　乙　你这样放肆吗？我就去叫人来跟你说话。

仆丙上；仆甲重匿上。

仆　丙　这家伙是什么人？

仆　甲　我从来没有见过这样古怪的家伙，我没有法子叫他出去。请你去叫主人出来。

仆　丙　朋友，你到这儿来干么？谢谢你，快出去吧。

科利奥兰纳斯　我只要站在这儿，我不会弄坏你们的火炉。

仆　丙　你是什么人？

科利奥兰纳斯　一个绅士。

仆　丙　一个穷得出奇的绅士。

科利奥兰纳斯　正是，你说得不错。

仆　丙　谢谢你，穷绅士，到别处去吧，这儿没有你的地方。喂，滚出去。

科利奥兰纳斯　你管你自己的事。去，吃你的残羹冷炙去。（将仆丙推开）

仆　丙　怎么，你不肯去吗？请你去告诉主人，他有一个奇怪的客人在这儿。

仆　乙　好，我就去告诉他。（下）

仆　丙　你住在什么地方？

科利奥兰纳斯　在苍天之下。

仆　丙　在苍天之下！

科利奥兰纳斯　是的。

仆　丙　那是在什么地方？

科利奥兰纳斯　在鹞子和乌鸦的城里。

仆　丙　在鹞子和乌鸦的城里！这个蠢驴！那么你是和乌鸦住在一起的吗？

科利奥兰纳斯　不；我并不伺候你的主人。

仆　丙　怎么？你要纠缠我们主人？

科利奥兰纳斯　对。要是纠缠你们主妇那才糟呢！我叫你唠叨，叫你唠叨，回到酒席上伺候去吧。滚！（将仆丙打走）

奥菲狄乌斯及仆乙上。

奥菲狄乌斯　这家伙在什么地方？

仆　乙　这儿，老爷。倘不是恐怕惊吵了里面的各位老爷，我早就把他当狗一样打得半死了。

奥菲狄乌斯　你是从哪儿来的？你要什么？你叫什么名字？为什么不说话？说吧，朋友，你叫什么名字？

科利奥兰纳斯　（取下面巾）塔勒斯，要是你还不认识我，看见了我的脸也想不起我是什么人，那么我必须自报姓名了。

奥菲狄乌斯　你叫什么名字？（众仆退后）

科利奥兰纳斯　我的名字在伏尔斯人的耳中是不好听的，你听见了会觉得刺耳。

奥菲狄乌斯　说，你叫什么名字？你有一副凌然不可侵犯的容貌，你的脸上有一种威严；虽然你的装束这样破旧，却不像是一个庸庸碌碌的人。你叫什么名字？

科利奥兰纳斯　准备皱起你的眉头来吧。你还没有认出我吗？

奥菲狄乌斯　我不认识你。你的名字呢？

科利奥兰纳斯　我的名字是卡厄斯·马歇斯，我曾经把极大的伤害和灾祸加在你和一切伏尔斯人的身上；我的姓氏科利奥兰纳斯就是最好的证明。艰苦的战役、重大的危险、为我那负恩的国家所流的血，结果只是换到了这一个空洞的姓氏，这只能勾起你对我的怨恨的姓氏；只有这名字还留着。残酷猜忌的人民，得到了我们那些怯懦的贵族的默许，已经一致遗弃了我，抹杀了我一切的功绩，让那些奴才们把我轰出了罗马。这一种不幸的遭遇，使我今天来到你的家里；不要误会我，以为我想来向你求恩乞命，因为要是我怕死的话，我就应该远远地躲开你；我只是因为出于气愤，渴想报复那些放逐我的人，所以才到这儿来站在你的面前。要是你也有一颗复仇的心，想要为你自己和你的国家洗雪耻辱，现在就是你的机会到了，你正可以利用我的不幸，达到你自己的目的，因为我将要用地狱中一切饿鬼的怨怼，来向我的腐败的祖国作战。可是你要是没有这样的胆量，也不想追求远大的前程，那么一句话，我也已经厌倦于人世，愿意伸直我的颈项，听任你的宰割，让你一泄这许多年来郁积在心头的怨恨；你要是不杀我，你就是个傻瓜，因为我一向是你的死敌，曾经在你祖国的胸前溅下了无数吨的血。要是让我活在世上，对于你永远是一个耻辱，除非你能够跟我合作。

奥菲狄乌斯　啊，马歇斯，马歇斯！你所说的每一个字，已经从我心里扫除了旧日的怨恨，不再存留一些芥蒂。就是朱庇特从那边的云中宣示神圣的诏语，说“这是真的”，我也不会相信他甚于相信你，高贵无比的马歇斯。让我用我的手臂围住你的身体；我这样拥抱着我的剑，热烈而真诚地用我的友谊和你比赛，正像我过去雄心勃勃地和你比赛着勇力一样。我告诉你，我曾经热恋着我的妻子，为她发过无数挚情的叹息；可是我现在看见你，高贵的英雄！我的狂喜的心，比我第一次看见我的恋人成为我的新妇，跨进我的门槛的时候还要跳跃得厉害。嗨，战神，我对你说，我们已经有一支军队准备行动；我已经再度下了决心，一定要打落你的盾牌，即使牺牲自己的一条手臂，也是甘心的。你曾经打败我十二次，每天晚上我都做着和你交战的梦；在我的睡梦之中，我们常常一起倒在地上，争着解开彼此盔上的扣子，拳击着彼此的咽喉，等到梦醒以后，已经没来由地累得半死了。尊贵的马歇斯，即使我们和罗马毫无仇恨，只是因为你被他们放逐了出来，我们也会动员一切十二岁以上七十岁以下的男子，把战争的汹涌的洪流倒向罗马忘恩的心脏。来啊！进去和我们那些善意的元老们握握手，他们现在正要向我告别；他们虽然还没有想到要把罗马吞并，可是已经准备向你们的领土进攻了。

科利奥兰纳斯　感谢神明！

奥菲狄乌斯　所以，沉鸷雄毅的将军，要是你愿意为了报复自己的仇恨而做我们的前导，我可以分我的一半军力归你指挥；你既然对于自己国中的虚实了如指掌，就可以凭着你自己的经验决定进军的方策；或者直接向罗马本城进攻，或者在僻远的所在猛力骚扰，让他们在灭亡以前，先受到一些惊恐。可是进来吧，让我先介绍你见见几个人，他们会帮你如愿以偿。一千个欢迎！我们已经尽释前嫌，变成了一心一德的友人。把你的手给我；欢迎！（科利奥兰纳斯、奥菲狄乌斯同下，仆甲、仆乙上前）

仆　甲　真是意想不到的变化！

仆　乙　我可以举手为誓，我还想用棍子打他呢；可是我心里总觉得他是不能凭他的衣服判断他是个什么人的。

仆　甲　他的臂膀多么结实！他用两个指头把我拨来拨去，就像拈弄一个陀螺似的。

仆　乙　我看着他的脸，就知道他有一点不同凡俗的地方；我觉得他的脸上有一种……我不知道应该怎么说。

仆　甲　他的确是这样，；看上去好像……我早就知道他有一点不是我所窥测得到的地方。

仆　乙　我可以发誓，我也是这样想；他简直就是世界上最稀有的人物。

仆　甲　我想是的，可是他是比你所知道的一个人更伟大的军人。

仆　乙　谁？我的主人吗？

仆　甲　是谁也不用提了。

仆　乙　我的主人一个人可以抵得过像他这样的六个人。

仆　甲　不，那也不见得；我看还是他了得。

仆　乙　哼，那可不能这么说；讲到保卫城市，我们大帅的本领是超人一等的。

仆　甲　是的，就是进攻起来也不弱呢。

仆丙上。

仆　丙　奴才们哪！我可以告诉你们好多消息，你们这些浑蛋东西。

仆 甲

什么，什么，什么？讲给我们听听。

仆 丙 在所有国家之中，我顶不愿做一个罗马人；我宁可做一个判了死罪的囚犯。

仆 乙 为什么？为什么？

仆 丙 嘿，刚才来的那个人，就是常常打败我们大帅的那个卡厄斯·马歇斯呢。

仆 甲 你为什么说“打败我们的大帅”？

仆 丙 我并不说“打败我们的大帅”；可是他一向是他的劲敌。

仆 乙 算了吧，这里又没有外人；我们的大帅总是败在他手里，我常常听见他自己这样说。

仆 甲 说句老实话，我们的大帅实在打不过他；在科利奥里城前，他曾经把他像切肉一样宰着呢。

仆 乙 要是他喜欢吃人肉，也许还会把他煮熟了吃下去哩。

仆 甲 还是讲讲你的新闻吧。

仆 丙 嘿，他在里边受到那样的礼遇，好像他就是战神的儿子一样；坐在食桌的上首；那些元老们有什么问题问他的时候，总是脱下帽子站在他的面前。我们的大帅自己也把他当作一个情人似的敬奉，握着他的手好像那是一件圣物，翻起了眼白听他讲话。可是最要紧的消息是，我们的大帅已经只剩半截了，还有那半截，因为全体在座诸人的要求和同意，已经给了那个人了。他说他要去把看守罗马城门的人扯着耳朵拖出来；他要斩除挡住他的路的一切障碍，使他的所过之处都成为一片平地。

仆 乙 他一定会做得到的。

仆 丙 做得到！他当然做得到；因为你看，他虽然有许多敌人，也有许多朋友；那些朋友在他沮丧失势的时候，却不敢自称为他的朋友，不敢出来露面。

仆 甲 沮丧失势？怎么讲？

仆 丙 可是他们要是看见他再振声威，就会像雨后的兔子一样从他们的洞里钻出来，环绕在他的身边了。

仆 甲 可是什么时候出兵呢？

仆 丙 明天、今天、立刻。今天下午你们就可听见鼓声，这是他们宴会中的一个余兴，在他们擦干嘴唇以前就要办好。

仆　乙　啊，那么我们就可以热闹起来啦。这种和平不过锈了铁，增加了许多裁缝，让那些没事做的人编些歌曲唱唱。

仆　甲　还是战争好，我说；它胜过和平就像白昼胜过黑夜一样。战争是活泼的、清醒的、热闹的、兴奋的；和平是麻木不仁的、平淡无味的、寂无声息的、昏睡的、没有感觉的。和平所产生的私生子，比战争所杀死的人更多。

仆　乙　正是这样。要是战争可以比作一个强奸妇女的暴徒，和平可以说是一个偷香窃玉的行家。

仆　甲　是啊，它让男人们互相仇恨。

仆　丙　因为和平时期男人之间不再需要互相帮助了。我愿意用我的钱打赌：还是战争好。我希望看见罗马人像伏尔斯人一样贱。他们都从席上起来了，他们都从席上起来了。

众　仆　进去，进去，进去，进去！（众下）

第六场　罗马广场

西西涅斯和勃鲁托斯上。

西西涅斯　我们没有听见他的消息，也不必怕他有什么图谋。人民现在已经由狂乱的状态回复到安宁平静，他也无能为力了。我们已经使他的朋友们惭愧，因为一切进行得如此顺利，他们是宁愿看见纷争的群众在街道上闹事，虽然那样对于他们自身也是同样有害，而不愿看见我们的百工商贾们安居乐业、歌舞升平的。

米尼涅斯上。

勃鲁托斯　我们总算在关键时刻没有示弱。这是米尼涅斯吗？

西西涅斯　正是他，正是他。啊！他近来变得和气多啦。您好，老人家！

米尼涅斯　你们两位都好！

西西涅斯　您那科利奥兰纳斯除了他的几个朋友以外，没有什么人因为他的不在而惋惜。我们的共和政府依然存在，即使他对它再不高兴一些，也会继续存在下去的。

米尼涅斯　一切都很好，要是他的态度能够缓和一些，事情一定会更好的。

西西涅斯　他在什么地方？你听见人家说起吗？

米尼涅斯　不，我没有听到什么；他的母亲和他的妻子也没有听到他的消息。

市民三四人上。

众市民　天神保佑你们两位！

西西涅斯　各位朋友，你们都好。

勃鲁托斯　你们大家都好，你们大家都好。

市民甲　我们自己、我们的妻子儿女，都应该跪下来为你们两位祈祷。

西西涅斯　愿你们都能享受幸福繁荣的生活！

勃鲁托斯　再见，好朋友们，我们希望科利奥兰纳斯也像我们一样爱你们。

众市民　神明保佑你们！

勃鲁托斯　再见，再见。（市民等下）

西西涅斯　这才是太平盛世的光景，比从前这些人在街上到处奔走、叫嚣扰乱的时候好得多啦。

卡厄斯·马歇斯　在战阵上是一员能将；可是太傲慢，太目空一世，太野心勃勃，太自负了。（换行）西西涅斯　他只想由他一个人称王称霸，用不着别人的帮助。

米尼涅斯　我倒不是这样想。

西西涅斯　要是他果然当了执政官，我们现在就要发现他是这样一个人而后悔不及了。

勃鲁托斯　幸亏神明默护，不让他当选，罗马去掉了这个人，可以从此安宁了。

一警吏上。

警　吏　两位尊贵的护民官，据一个给我们关在牢里的奴隶说，伏尔斯人派了两支军队，已经开进了罗马领土，毁灭他们所碰到的一切，存心要来向我们挑起一场恶战。

米尼涅斯　那一定是奥菲狄乌斯；当罗马有马歇斯挺身保卫的时候，他就像一只缩头的蜗牛，不敢钻出壳来张望一眼，现在他听见马歇斯已经被放逐出去，又要把他的角伸出来了。

西西涅斯　得啦，您何必提起马歇斯呢？

勃鲁托斯　去把这个造谣惑众的家伙抽一顿鞭子。伏尔斯人绝不敢来侵犯我们。

米尼涅斯　绝不敢！我们有过去的记录可以证明他们会干这样的事；在我的一生之中，已经看到过三次同样的例子了。可是你们在处罚这家伙以前，应该把他问清楚，他从什么地方听到这句话，免得屈打了一个把确实消息报告你们、叫你们预防祸事的好人。

西西涅斯　不劳指教，我知道绝不会有这种事。

勃鲁托斯　不可能的。

一使者上。

使　者　贵族们都急急忙忙地到元老院去了，他们不知听到了什么消息，一个个脸色都变了。

西西涅斯　都是这个奴才。去把他鞭打示众，完全是他造谣生事。

使　者　是的，大人，这奴隶的话已经有人证实；而且还有更可怕的消息。

西西涅斯　什么更可怕的消息？

使　者　许多人都在那里公开传说，我也不知道他们从哪儿听来的，说是马歇斯已经和奥菲狄乌斯联合，带领一支军队来攻打罗马了；他发誓为自己复仇，把罗马人无论老幼，一起杀尽。

西西涅斯　会有这样的事！

勃鲁托斯　完全是谣言，他们想用这样的话煽惑那些懦弱的人，让他们希望善良的马歇斯回来。

西西涅斯　正是这个诡计。

米尼涅斯　这恐怕未必；他跟奥菲狄乌斯是势不两立的仇人，决没有调和的可能。

另一使者上。

使者乙　请各位大人到元老院去。卡厄斯·马歇斯由奥菲狄乌斯辅佐，已经率领了一支声势浩大的军队，向我们的领土进犯了；他们一路过来势如破竹，到处纵火焚烧，掠夺一空。

考密涅斯上。

考密涅斯　啊！你们干的好事！

米尼涅斯　什么消息？什么消息？

考密涅斯　你们已经帮助你们的敌人来强奸你们自己的女儿，使全城的屋顶都坍塌在你们的头顶上，亲眼看你们的妻子被人污辱。

米尼涅斯　什么消息？什么消息？

考密涅斯　你们的神庙化为灰烬，你们所依赖的特权压缩得只剩锥孔一样大小。

米尼涅斯　请你把消息告诉我吧。哼，你们干的好事！请问什么消息？假如马歇斯和伏尔斯人联合起来 …

考密涅斯 假如！他就是他们的神。他领导着他们的那副气概，好像凭着造化的本领，也造不出他这样一个顶天立地的男儿一样；他们跟随着他来攻击我们这些小儿，也像孩子们追捕夏天的蝴蝶、屠夫们杀戮苍蝇一样有把握。

米尼涅斯 你们干的好事，你们和你们那些穿围裙的家伙！你们那样看重那些手艺人的话，那些吃大蒜的人们吐出来的气息！

考密涅斯 他将要荡平你们的罗马。

米尼涅斯 就像赫拉克勒斯从树上摇落一只烂熟的果子一样容易。你们干的好事！

勃鲁托斯 可是这是真的吗？

考密涅斯 还会不真实吗？等着看吧，你们的脸色都要吓白了。各处属地都望风响应，欣然脱离我们的羁縻；企图抵抗的，都被讥笑为勇敢的愚夫，因为不自量力而覆亡。谁能责怪他的不是呢？你们的敌人和他的敌人都知道他是一个不可轻视的人。

米尼涅斯 我们全都完了，除非这位英雄大发慈悲。

考密涅斯 谁去求他开恩呢？护民官是不好意思向他求情的；人民不值得受他怜悯，正像豺狼不值得受牧人怜悯一样；至于他的要好的朋友们，要是他们向他说"照顾照顾罗马吧"，那么他们也就和他所憎恨的人一个鼻孔出气，也就是他的仇敌了。

米尼涅斯 不错，要是他在我的家里放起火来，我也没有脸向他说，"请您住手。"你们干的好事，你们和你们那些手段！

考密涅斯 你们使罗马发生空前的战栗，它从来没有像今天这样濒于绝望的境地。

勃鲁托斯 不要说这是我们的错处。

米尼涅斯 怎么！那么是我们的错处吗？我们都是敬爱他的，可是像一群畜生和懦怯的贵族似的，让你们那群贱民为所欲为，把他轰出了城。

考密涅斯 可是我怕他们又要用高声的叫喊迎接他进来了。塔勒斯·奥菲狄乌斯，人类中间第二个令人畏惧的名字，像他的部属一样服从他的号令。罗马倘要抵抗他们，除了准备与城俱亡以外，已经力竭计穷、无法防御了。

一群市民上。

米尼涅斯　这群东西来了。奥菲狄乌斯也和他在一起吗？当你们抛掷你们恶臭油腻的帽子，鼓噪着把科利奥兰纳斯放逐的时候，你们使罗马的空气变为污浊。现在他来了；每一个兵士头上的每一根头发，都会变成惩罚你们的鞭子；你们过去不是抛掷帽子送他流亡吗？好，现在他要把你们的头颅一个一个砍下来，报答你们的同意。算了，要是他把我们一起烧成了一个炭块，也是活该。

众市民　真的，我们听见了可怕的消息。

市民甲　拿我自己来说，当我说把他放逐的时候，我也说这是一件很惋惜的事。

市民乙　我也是这样说。

市民丙　我也这样说。说句老实话，我们中间有许多人都是这样说。我们所干的事，都是为了大众的利益。虽然我们同意他的放逐，可是那也并不是我们的本意。

考密涅斯　你们都是些好东西，你们都同意！

米尼涅斯　你们干的好事，你们和你们那帮愚民！我们要不要到议会里去？

考密涅斯　啊，是，是，不去又有什么，事情好做？（考密涅斯、米尼涅斯同下）

西西涅斯　各位！你们回家去吧；不要着急。这两个人是一党，他们虽然面子上装得很害怕，心里却愿真有这样的事。回去吧，不要露出惊慌的样子来。

市民甲　但愿神明照顾我们！来，朋友们，我们回去吧。我们把他放逐的时候，我早就说我们做了一件错事。

市民乙　我们大家都这样说。可是走吧，我们回去吧。（众市民下）

勃鲁托斯　我不喜欢这种消息。

西西涅斯　我也不喜欢。

勃鲁托斯　我们到议会去吧。要是有人能够证明这消息是个谣言，我愿意把我一半的家产给他！

西西涅斯　我们走吧。（同下）

第七场　离罗马不远的营地

奥菲狄乌斯及其副将上。

奥菲狄乌斯　他们仍旧向那罗马人纷纷投降吗？

副　将　我不知道他有一种什么魔力，可是他们简直把他当作食前的祈祷、席上的谈话和餐后的谢恩一般一刻不离口。您的声名，主帅，在这次战役中已经相形见绌，甚至于您自己的部下也冷淡了对您的信仰。

奥菲狄乌斯　我现在也没有法子，虽然可以用计策排挤他，可是那会影响到军事的进行。当我第一次拥抱他的时候，我想不到他在我的面前也会倨傲到这个样子；可是这也是他天性如此，改变不过来的脾气，我也只好原谅他了。

副　将　可是主帅，为您着想，我倒希望这次您没有和他负起共同的责任，或者您自己统率全军，或者让他独自主持一切。

奥菲狄乌斯　我很懂得你的意思。你等着看吧，等到我跟他最后清算的日子，怕他不跌翻在我的手里。虽然看上去好像他的行事非常光明正大，对伏尔斯政府也十分尽忠，作战的时候像龙一样勇猛，一拔出剑来就可以克敌制胜，他自己因此沾沾自喜，一般凡俗的眼光也莫不以为如此；。可是他还有一件事情忘记了没有做，在我们最后清算的日子，它将要使我们两人中间有一个人牺牲。

副　将　请教主帅，您看来他会不会把罗马征服？

奥菲狄乌斯　凡是他途经的城市，他还没有围城，城门已经大开。罗马的元老和贵族们都是他的朋友；护民官不是军人；他们的人民会鲁莽地把他放逐，也会鲁莽地收回成命。我想他对于罗马，就像白鹭对于鱼类一样，天性中自有一种使人俯首就范的力量。本来他是他们的一个忠勇的仆人，可是他不能使他的荣誉维持不坠。也许因为他的一帆风顺的命运，使他沾上骄傲的习气，损坏了他的完善的人格；也许因为他见事不明，不善于利用他自己的机会；也许因为本性难移，适宜于顶盔披甲，未必适宜于雍容揖让，刚严严肃本来是治军的正道，他却用来对待和平时期的民众；这几种原因他虽然并不完全犯着，可是每一种都犯着几分，只要犯了其中之一，就可以使他为人民所畏惧，因此而被他们憎恨以至于放逐。正像一个璧宝亡身的人一样，他的功劳一经出口，就会被它自己所噎死。所以我们的美德是随着时世而变更价值的，世人的称颂比刻石树碑更能播扬英雄的业绩。一个火焰驱走另一个火焰，一枚钉打掉另一枚钉；权利因权利而转移，强力被强力所屈服。来，我们去吧。卡厄斯，当你握有整个罗马的时候，你是一个最贫穷的人；那时候你就在我的手掌之中

了。（同下）

第五幕

第一场　罗马广场

米尼涅斯、考密涅斯、西西涅斯和勃鲁托斯及余人等上。

米尼涅斯　不，我不去。你们已经听见他从前的主将怎么说了，他对于他的爱护是无微不至的。我虽然是他的父辈，可是那又有什么用呢？你们把他放逐出去，还是你们去向他央求，在他营帐之前一里路的地方俯伏下来，膝行而进，请他大发慈悲吧。不，他既然不愿听考密涅斯的话，那么我还是安住家里的好。

考密涅斯　他假装不认识我。

米尼涅斯　你们听见了吗？

考密涅斯　可是从前他却用我的名字称呼我。我向他提起我们过去的交情，我们在一起流过的血；可是无论我叫他科利奥兰纳斯或者其他的名字，他都不应一声；他仿佛是一个无名无姓的东西，等着用罗马城中的烈火替他自己熔铸出一个名字来。

米尼涅斯　哼，好，你们干得好事！一对护民官毁了美丽的罗马，降低了炭价，不朽的功绩！

考密涅斯　我对他说，宽恕人家所不能宽恕的，是一种多么高贵的行为；他却回答我，一个国家向它所处罚的罪人求恕，是一件多么无聊的事。

米尼涅斯　很好，他当然要说这样的话啦。

考密涅斯　我叫他想想他自己的亲戚朋友；他回答我说，他等不及把他们从一大堆恶臭发霉的糠屑中间选择出来；他说他不能为了不忍烧去一两粒谷子的缘故，而永远忍受着难堪的气味。

米尼涅斯　为了一两粒谷子的缘故！我就是这样一粒谷子；他的母亲、妻子，他的孩子，还有这位好男人，我们都是这样的谷粒；你们是发霉的糠屑，你们的臭味已经熏到月亮上去了。为了你们的缘故，我们也只好同归于尽！

西西涅斯　不，请您不要恼怒；要是您不肯在这样危急的时候帮助我们，那么您也不要在我们的患难之中责备我们，可是我们相信，要是您愿意替您的祖国请命，那么凭着您的巧妙的口才，一定可以使我们那位同国之人放下干戈，比我们所能召集的军队更有力量。

米尼涅斯　不，我不愿多管闲事。

西西涅斯　请您去这一趟吧。

米尼涅斯　我干得了什么事呢？

勃鲁托斯　只要您去向马歇斯试一试您对他的交情能不能为罗马做一点事。

米尼涅斯　好；要是马歇斯理也不理我，就像他对待考密涅斯一样对待我，那便怎样呢？要是我在他的无情的冷淡之下抱着满怀的懊恼失望而归，那可怎么办呢？

西西涅斯　无论此去成功失败，您的好意总会得到罗马的感谢。

米尼涅斯　好，我愿意去一试；我想他会听我的话的。可是他对考密涅斯咬紧嘴唇，哼呀哈的，却叫我担着老大的心事。也许考密涅斯没有看准适当的时间，那个时候他还没有吃过饭；一个人在腹中空虚，血液没有温暖的时候，往往会噘起嘴生气，别人不大容易得到他的布施，他更不容易宽恕别人的过失；可是当我们把酒食填下了脏腑，使全身的血管增加热力以后，我们的灵魂就要比未进食以前温柔得多了。所以我要留心看着他，等他餐罢以后，方才向他提出我的请求，竭力说得他回心转意。

勃鲁托斯　您已经知道用怎样的途径激发他的善良本性，我们相信您一定不会有错。

米尼涅斯　好，不论结果如何，我要试一试再说。成功失败，不久就可以见个分晓。（下）

考密涅斯　他绝不会听他的话。

西西涅斯　不听他？

考密涅斯　我告诉你，他坐在黄金的椅上，他的眼睛红得像要把罗马烧起来一般，他的冤仇就是监守他的恻隐之心的狱吏。我跪在他的面前，他淡淡地说了一声“起来”，用他的无言的手把我挥走。他准备做的事，他用书面告诉了我，他不愿做的事，他已经立誓在先，绝无改变。所以一切希望都已归于无有了，除非他的母亲和妻子去向他当面哀求；听说她们已经准备前去求他保全他的祖国了，所以让我们就去恳促她们赶快动身吧。（同下）

第二场 罗马城前的伏尔斯人营地

二守卒立岗位前；米尼涅斯上。

守卒甲 站住！你是什么地方来的？

守卒乙 站住！回去！

米尼涅斯 你们这样尽职，很好；可是对不起你们，我是一个政府官吏，要来见科利奥兰纳斯说话。

守卒甲 从什么地方来的？

米尼涅斯 从罗马来的。

守卒甲 你不能通过；你必须回去。我们主将有令，凡是从罗马来的人，一概不见。

守卒乙 等你看见你们的罗马被烈焰拥抱的时候，你再来跟科利奥兰纳斯说话吧。

米尼涅斯 我的好朋友们，要是你们曾经听见你们的主将说起罗马和他在罗马的朋友们，那么我的名字一定接触过你们的耳朵，我是米尼涅斯。

守卒甲 很好，回去吧；你的名字不能让你在这儿通行无阻。

米尼涅斯 我告诉你吧，朋友，你的主将是我的好朋友；我曾经是记载他的善行的一卷书，人家可以从我的嘴里读到他的无比的名声，因为我对于我的朋友们的好处总是极口称扬的，尤其是他，我有时候因为说溜了嘴，就像一个球碰到了光滑的地面一样，会不知不觉地夸张过分，越过了限定的界线。所以，朋友，你必须让我通过。

守卒甲 先生，即使您为他说过的谎话，就跟您自己说过的话一样多，即使说谎是一件善事，您也不能在这儿通过。所以您还是回去吧。

米尼涅斯 朋友，请你记好我的名字是米尼涅斯，一向都是站在你主将一边的。

守卒乙 不管你替他扯过多少的谎，我奉着他的命令，却必须老实告诉你，你不能通过。所以你回去吧。

米尼涅斯 你知道他已经吃过饭了没有？我一定要等他饭后方才跟他说话。

守卒甲 你是一个罗马人，是不是？

米尼涅斯 我是罗马人，你的主将也是罗马人。

守卒甲 那么，你应当像他一样痛恨罗马。你们把保卫罗马的人逐出门外，在一阵群众的狂暴的愚昧中，把你们的干盾给了你们的敌人，现在你们却想用老妇人的不费力的呻吟、你们女儿的童贞的手掌或是像你这样一个老朽的瘫痪的说项，来抵御他的复仇的怒焰吗？你们想要用像这样微弱的呼吸，来吹灭将要焚毁你们城市的烈火吗？不，你完全想错了。所以赶快到罗马去，准备引颈就戮吧。你们的劫难已经无可避免，我们的主将发誓不再宽恕你们。

米尼涅斯　哼，要是你的长官知道我在这儿，他一定会对我以礼相待的。

守卒乙　算了吧，我的长官不认识你。

米尼涅斯　我是说你的主将。

守卒甲　我的主将不知道有你这样一个人。回去，走，否则我要叫你流出你身上所有的两三滴血了；回去回去。

米尼涅斯　不，不，朋友，朋友！　　科利奥兰纳斯及奥菲狄乌斯上。

科利奥兰纳斯　什么事？

米尼涅斯　现在，伙计，我也不要麻烦你替我传报了。你现在就可以知道我是一个被人尊敬的人；一个卑微的哨兵，是不能挡住我不让我看见我的孩儿科利奥兰纳斯的。你只要看他怎样款待我，就可以猜想得到你是不是将要上绞架，或者受到其他欣赏起来更长久，受苦得更惨烈的死刑了；现在你给我留心看着，想一想你的未来的遭遇而晕过去吧。（向科利奥兰纳斯）愿荣耀的天神们每时每刻护佑着你，像你的米尼涅斯老爹一样眷爱你！啊，我的孩子！我的孩子！你在准备用火烧我们；看，我要用我眼睛里的泪水把它浇熄。他们好容易劝我到这儿来；可是我因为相信除了我自己以外，再也没有别人可以说动你，所以就让叹息把我吹出了城门，来求你宽恕罗马，和你的等待命运的同胞们。愿善良的神明们缓和你的愤怒，要是你还有几分气恼未消，请你发泄在这个奴才的身上吧，他像一块石头一样，挡住了，我，不让我见你。

科利奥兰纳斯　去！

米尼涅斯　怎么！去！

科利奥兰纳斯　我不知道什么妻子、母亲、儿女。我现在替别人做着事情，虽然是为自己报仇，可是我的行动要受伏尔斯人的支配。讲到我们过去的交情，那么还是让它在无情的遗忘里冷淡下去，不要用同情的怜悯唤起它的记忆吧。所以你去吧；你们的城门经不起我大军的一击，我的耳朵也不会被你们的呼吁所打动。可是为了我们的友谊，把这拿去吧；（以信交米尼涅斯）这是我写给你的，我本想叫人送给你。还有一句话，米尼涅斯，我不要听你说话。奥菲狄乌斯，这个人是我在罗马的好朋友，可是你看我怎样对待他！

奥菲狄乌斯 您的意志很坚决。（科利奥兰纳斯、奥菲狄乌斯同下）

守卒甲 先生，您的大名是米尼涅斯吧？

守卒乙 这一个名字是一道很有法力的符咒。您知道哪一条路是回家去的。

守卒甲 您有没有听见我们因为不让大驾通过，挨了怎样一顿痛骂吗？

守卒乙 为了什么理由您说我要晕过去呢？

米尼涅斯 整个世界和你们的主将都不在我的心上。至于像你们这种东西，那么我简直不知道世上有你们的存在，你们是太渺小了。自己愿意死的人，不怕别人把他杀死。让你们的主将去大施威风吧。讲到你们，那么愿你们一辈子做个没出息的小兵，愿你们的困苦与日俱增！你们叫我去，我也要对你们说，滚开！（下）

守卒甲 他不是一个等闲之辈。

守卒乙 我们的主将是个好汉，他是岩石，是风吹不折的橡树。（同下）

第三场 科利奥兰纳斯营帐

科利奥兰纳斯、奥菲狄乌斯及余人等上。

科利奥兰纳斯 我们明天将要在罗马城前扎下我们的大军。我的从征的助手，你必须向伏尔斯贵族们报告我怎样坚决地执行我的任务的情形。

奥菲狄乌斯 您只知道履行他们的意旨，充耳不闻罗马人民的呼吁，不让一句低声的私语进入您的耳中。即使那些自信和您交情深厚，绝不会遭您拒绝的朋友，也不能不失望而归。

科利奥兰纳斯 最后来的那位老人家，就是我使他怀着一颗碎裂的心回去的那位，爱我胜如父亲，他简直把我像天神一样崇拜。他们把最后的希望寄托在他身上，叫他来向我说情。我虽然用冷酷的态度对待他，可是为了顾念往日的交情起见，仍旧向他提出最初的条件，那是他们所已经拒绝，现在也无法接受的。我不曾向他们做过什么让步；以后要是他们再派什么人来向我请求，无论是政府方面的使者，或是私人方面的朋友，我都一概不去理会他们。（内呼声）嘿！这是什么呼声？难道我刚发了誓，就有人来引诱我背誓吗？我一定不。

维吉利娅、伏伦妮娅各穿丧服，率小马歇斯、凡勒利娅及侍从等上。

科利奥兰纳斯 我的妻子走在最前面；跟着她来的就是塑成我这躯体的高贵的模型，她的手里还挽着她的嫡亲的孙儿。可是去吧，感情！一切天性中的伦常，都给我毁灭了吧！让倔强成为一种美德。那屈膝的敬礼，还有那可以使天神背誓的鸽子一样温柔的眼光，它们的代价是什么？我要是被温情所融化，那么我就要变成和别人同样的软弱了。我的母亲向我鞠躬了，好像俄林波斯山也会向一个土丘低头恳求一样；我的年幼的孩儿也露着求情的脸色，使伟大的天性不禁喊出："不要拒绝他！"让伏尔斯人耕耘着罗马的废壤，把整个意大利夷为田亩吧；我绝不做一头服从本能的呆鹅，我要漠然无动于衷，就像我是我自己的创造者，不知道还有什么亲族一样。

维吉利娅 我的主，我的丈夫！

科利奥兰纳斯 我现在不是用我在罗马时候的那双眼睛看着你了。

维吉利娅 悲哀改变了我们的容貌，所以您才会这样想。

科利奥兰纳斯 像一个愚笨的伶人似的，我现在已经忘记了我所扮演的角色，将要受众人的耻笑了。我的最亲爱的，原谅我的残酷吧；可是不要因此而向我说："原谅我们的罗马人。"啊！给我一个像我的放逐一样久长、像我的复仇一样甜蜜的吻吧！善妒的天后可以为我证明，爱人，我这一个吻就是上次你给我的，我的忠心的嘴唇一直为它保持着贞操。天啊！我是多么饶舌，忘记了向全世界最高贵的母亲致敬。母亲，您的儿子向您下跪了！（跪）我应该向您表示不同于一般儿子的最深的敬意。

伏伦妮娅 啊！站起来受我的祝福；让坚硬的石块做我的膝垫，我现在跪在你的面前，颠倒向我的儿子致敬了。（跪）

科利奥兰纳斯 这是什么意思？您向我下跪！向您有罪的儿子下跪！那么让硗瘠的海滨的石子向天星飞射，让作乱的狂风弯折凌霄的松柏，去打击赤热的太阳吧；一切不可能的事都会变成可能，一切不会实现的奇迹都会变成轻易的工作了。

伏伦妮娅 你是我的战士；你这雄伟的躯体上一部分是我的心血。你认识这位夫人吗？

科利奥兰纳斯 坡勃力科拉的尊贵的姊妹，罗马的明月；她的贞洁有如从最皎白的雪凝冻而成，悬挂在狄安娜神庙檐下的冰柱；亲爱的凡勒利娅！

伏伦妮娅 这是你自己的一个小小的缩影，（指小儿）等他长大成人以后，他就会完全像你一样。

科利奥兰纳斯 愿至高无上的乔武允许战神以义勇的精神启发你的思想，让你不会屈服于耻辱之下，在战争中间做一座伟大的海标，耐受一切风浪的袭击，使那些望着你的人都能得救！

伏伦妮娅 跪下来，孩子。

科利奥兰纳斯 我的好孩子！

伏伦妮娅 他，你的妻子，这位夫人，以及我自己，现在都来向你请求了。

科利奥兰纳斯 请您不要说下去；或者在您没有向我提出什么要求以前，先记住这一点：我所立誓绝不允许的事情，如不能答应你们，不可认为是拒绝。不要叫我撤回我的军队，或者再向罗马的工匠屈服；不要对我说我在什么地方太不近人情；也不要想用你们冷静的理智浇熄我的复仇的怒火。

伏伦妮娅 啊！别说了，别说了。你已经拒绝我们一切的要求，因为我们除了你所已经拒绝的以外，更没有什么其他的要求了；可是我们还是要向你请求，那么要是你拒绝了我们，我们就可以归怨于你的忍心。所以，听我们说吧。

科利奥兰纳斯 奥菲狄乌斯，还有你们这些伏尔斯人，请你们听好；因为凡是从罗马来的语言，我都要公诸于众。（坐）您的要求是什么？

伏伦妮娅 即使我们沉默不言，你也可以从我们的衣服和容态上看出我们自从你被放逐以后，过着怎样的生活。请你想一想，我们到这儿来，是比世间所有的妇女更不幸万分，因为我们看见了你，本来应该眼睛里荡漾着喜悦，心坎里跳跃着欣慰，可是现在却悲泣流泪，忧惧战栗；母亲、妻子、儿子，都要看着她的孩子、她的丈夫和他的父亲亲手挖出他祖国的心脏来。你的敌意对于可怜的我们是无上的酷刑，你使我们不能向神明祈祷，那本来是每一个人所能享受的安慰。因为，唉！我们虽然和祖国的命运是不可分的，可是我们的命运又是和你的胜利不可分的，我们怎么能为我们的祖国祈祷呢？唉！我们倘不是失去我们的国家，我们亲爱的保姆，就是失去你，我们在国内唯一的安慰。无论哪一方得胜，虽然都符合我们的愿望，可是总免不了一个悲惨的结果：我们不是看见你像一个通敌的叛徒一般，戴上镣铐牵过市街，就是看见你意气风发地践踏在祖国的废墟上，高举着胜利的旗帜，因为你已经勇敢地溅了你妻子和儿女的血。至于我自己，那么，孩子，我不愿等候命运宣判战争的最后胜负；要是我不能把你劝服，使你放弃了陷一个国家于灭亡的行动而采取一种兼利双方的途径，那么相信我，我绝不让你侵犯你的国家，除非先从你生身母亲的身上践踏过去。

维吉利娅 我替您生下这个孩子，您现在也必须从我的身上践踏过去。

小马歇斯 我可不让他踏；我要逃走，等我长大了，我也要打仗。

科利奥兰纳斯 看见孩子和女人的脸，容易使人心肠变软。我已经坐得太久了。（起立）

伏伦妮娅 不，不要就这样离开我们。要是我们的请求，是要你为了拯救罗马人的缘故而毁灭你所效力的伏尔斯人，那么你可以责备我们不该损害你的信誉；不，我们的请求只是要你替双方和解，伏尔斯人可以说："我们已经表示了这样的慈悲。"罗马人也可以说："我们已经接受了这样的恩典。"同时两方面都向你欢呼称颂："祝福你替我们缔结和平！"你知道，我的伟大的儿子，战争的结果是不能确定的，可是这一点却可以确定：要是你征服了罗马，你所获得的利益，不过是一个永远伴着唾骂的恶名；历史上将要记载："这个人本来是很英勇的，可是他在最后一次的行动里亲手涂去了他的名字，毁灭了他的国家，他的名字永受后世的憎恨。"你为什么不说话呢？你以为一个高贵的人，是应该不忘旧怨的吗？媳妇，你说话呀，他不理会你的哭泣呢。你也说话呀，孩子，也许你的天真会比我们的理由更能使他感动。没有一个人对他母亲的关系，比他对我更密切了；可是他现在却让我像一个用脚镣锁着的囚人一样叨叨絮语，对我置若罔闻。你从来不曾对你亲爱的母亲表示过一点孝敬；她却像一头痴心爱着它头胎雏儿的母鸡似的，把你教养成人，送你献身疆场，又迎接你满载着光荣归来。要是我的请求是不正当的，你尽可以挥斥我回去；否则你就是不忠不孝，天神将要降祸于你，因为你不曾向你的母亲尽一个人子的义务。他转过身去了；跪下来，让我们用屈膝羞辱他。附属于他那科利奥兰纳斯的姓氏上的，只有骄傲，没有一点怜悯。跪下来；完了，这是我们最后的哀求；我们现在要回到罗马去，和我们的邻居们死在一起。不，看着我们吧。这个小孩不会说他要些什么，只是陪着我们下跪举手，他代替我们呼吁的理由，比你拒绝的理由有力得多。来，我们去吧。这人的母亲是伏尔斯人，他的妻子在科利奥里，这孩子也不过同他有几分相像而已。可是请你给我们一个答复；我要等我们的城市在大火中焚烧以后，方才停止我的声音，那时候我也没有什么好说了。

科利奥兰纳斯 （握伏伦妮娅手，沉默）啊，母亲，母亲！您做了一件什么事啦？看！天都裂了开来，神明在俯视这一场悖逆的情景而讥笑我们了。啊，我的母亲！母亲！啊！您替罗马赢得了一场幸运的胜利；可是相信我，啊！相信我，被您战败的您的儿子，却已经遭遇着严重的危险了。可是让它来吧。奥菲狄乌斯，虽然我不能帮助你们战胜，可是我愿意为双方斡旋和平。好奥菲狄乌斯，要是你在我的地位，你会听你的母亲这样说话，而不答应她吗？

奥菲狄乌斯 我心里非常感动。

科利奥兰纳斯 我敢发誓你一定受到感动。将军，要我的眼睛里流下同情的眼泪来，可不是一件容易的事呢。可是，好将军，你们想要缔结怎样的和平，请你告诉我；我自己并不到罗马，仍旧跟着你们一起回去；请你帮助我促成这一个目的吧。啊，母亲！妻子！

奥菲狄乌斯 （旁白）我很高兴你已经使慈悲和荣耀两种观念在你的心里互相抵触了；我可以利用这一个机会，恢复我以前的地位。（诸妇人向科利奥兰纳斯作手势示意）

科利奥兰纳斯 （对伏伦妮娅和维吉利娅）好，那慢慢再说。我们先在一起喝杯酒；你们可以带一个比语言更确实的证据回去，那是我们在同样情形之下也会照样签署的。来，跟我们进去。夫人们，罗马应该为你们建造一座庙宇；意大利所有的刀剑和她的联合的军力，都不能缔结这样的和平。（同下）

第四场 罗马广场

米尼涅斯及西西涅斯上。

米尼涅斯 你看见那边庙堂上的基石吗？

西西涅斯 看见了又怎样？

米尼涅斯 要是你能够用你的小指头把它移动，那么也许有几分希望，罗马的妇女们，尤其是他的母亲，可以把他说服。可是我说，再也不会有什么希望了。我们只是在伸着头颈等候人家来切断我们的咽喉。

西西涅斯 难道在这样短短的时间里，一个人会改变得这样厉害吗？

米尼涅斯 毛毛虫和蝴蝶是大不相同的，可是蝴蝶就是从毛毛虫变化而成的。

这马歇斯已经从一个人变成一条龙了；他已经生了翅膀，不再是一个爬行的东西了。

西西涅斯　他本来是很孝敬他的母亲的。

米尼涅斯　他本来也很爱我；可是他现在就像一匹八岁的马，完全忘记他的母亲了。他脸上那股凶相，可以使熟葡萄变酸；他走起路来，就像一辆战车开过，把土地都震陷了；他的眼光可以穿透甲胄；他的说话有如丧钟，哼一声也像大炮的雷鸣。他坐在尊严的宝座上，好像只有亚历山大才可以和他对抗。他的命令一发出，事情就已经办好。他全然是一个天神，只缺少永生和一个可以雄踞的天庭。

西西涅斯　要是你说得不错，那么他还缺少天神应有的慈悲。

米尼涅斯　我不过照他的本相描写他。你看着吧，他的母亲将会从他那儿带些什么慈悲来。他要是会发慈悲，那么雄虎身上也会有乳汁了；我们这不幸的城市就可以发现这一个真理，这一切都是为了你们的缘故！

西西涅斯　但愿神明护佑我们！

米尼涅斯　不，神明在这种事情上是不会护佑我们的。当我们把他放逐的时候，我们就已经冒犯了神明；现在他回来杀我们的头，神明也不会可怜我们。

一使者上。

使　者　先生，您要是爱惜性命，赶快逃回家里躲起来吧。民众已经把你们那一位护民官捉住，把他拖来拖去，大家发誓说要是那几位罗马妇女不把好消息带回来，就要把他撕成碎片。

另一使者上。

西西涅斯　有什么消息？

使者乙　好消息！好消息！那几位夫人已经得到胜利，伏尔斯军队撤退了，马歇斯也去了。罗马从来不曾有过这样欢乐的日子；就是击退塔昆的时候，也不及今天这样高兴。

西西涅斯　朋友，你能够确定这句话是真的吗？全然是正确的吗？

使者乙　正像我知道太阳是一团火一样正确。您究竟躲在什么地方，才会不相信这句话呢？放心了的民众穿过大街小巷，比潮水冲过桥孔还快。你听！（喇叭、箫鼓声同时并奏，内欢呼声）喇叭、号筒、弦琴、横笛、手鼓、铙钹，还有欢呼的罗马人，使太阳都跳起舞来了。您听！（内欢呼声）

米尼涅斯　这果然是好消息。我要去迎接那几位夫人。这位伏伦妮娅抵得过全城的执政官、元老和贵族，比起像你们这样的护民官来，那么盈海盈陆的护民官，也抵不上她一个人。你们今天祷告得很灵验；今天早上我还不愿出一个铜子来买你们一万条喉咙哩。听，他们多么快乐！（乐声、欢呼声继续）

西西涅斯　第一，你带了这样好消息来，愿神明祝福你。第二，请你接受我的感谢。

使者乙　先生，我们大家都应该感谢上天。

西西涅斯　她们已经进城了吗？

使者乙　快要进城来了。

西西涅斯　我们也去迎接她们，凑凑热闹。（欲去）

伏伦妮娅、维吉利娅、凡勒利娅等由两位元老及贵族簇拥上，自台前穿过。

元老甲　看我们的女恩人，罗马的生命！召集你们的部族，赞美神明，燃起庆祝的火炬来；在她们的面前散布鲜花；用欢迎他母亲的呼声，代替你们从前要求放逐马歇斯的鼓噪，大家喊，“欢迎，夫人们，欢迎！”

众　人　欢迎，夫人们，欢迎！（鼓角各奏花腔；众下）

第五场　科利奥里广场

塔勒斯·奥菲狄乌斯及侍从等上。

奥菲狄乌斯　你们去通知城里的官员们，说我已经到了；把这封信交给他们，叫他们读了以后，就到市场上去，我要在那边当着他们和民众，证明这信里所写的话。我所控告的那个人，现在大概也进了城，他也想在民众之前用语言替他自己辩解；你们快去吧。（侍从等下）

奥菲狄乌斯的党羽三四人上。

奥菲狄乌斯　非常欢迎！

党徒甲　我们的主帅安好？

奥菲狄乌斯　别提啦，我正像一个被自己的布施所毒害、被自己的善心所杀死的人。

党徒乙　主帅，要是您仍旧希望我们帮助您实行原来的计划，我们一定愿意替您解除您的重大的危险。

奥菲狄乌斯　现在我还不能说，我们必须在明白人民的心理以后，再决定怎么办。

党徒丙 当你们两人继续对立的时候，人民的喜怒也不会有一定的方向；可是你们中间无论哪一个人倒下以后，另一个人就可以为众望所归。

奥菲狄乌斯 我知道；我必须找到一个振振有辞的借口，方才可以对他作无情地抨击。他是我提拔起来的人，我用自己的名誉担保他的忠心；可是他这样跻登贵显以后，就用谄媚的露水灌溉他的新栽的树木，引诱我的朋友们归附他，为了这一个目的，他才有意抑制他的粗暴倔强、不受拘束的性格，装出一副卑躬屈节的态度。

党徒丙 主帅，他在候选执政官的时候，因为过于傲慢而落选。

奥菲狄乌斯 那正是我要说起的事：他因为得罪了罗马的民众，被他们放逐出境，他就到我的家里来，向我伸颈就戮；我收容了他，使他成为我的同僚，一切满足他的要求；甚至于为了帮助他完成他的目的起见，让他在我的部队中间自己挑选最勇壮的兵士；我自己也尽力协助他，和他分任劳苦，却让他一个人收到名誉。我这样挫抑着自己，非但毫无怨尤，而且还自以为成人之美，是一件值得自傲的事。直到后来，我仿佛变成了他的下属，而不是他的同僚了；他对我老是露出不屑的神气，好像我是一个贪利之徒一样。

党徒甲 他正是这样，主帅；全军都觉得非常奇怪。后来我们向罗马长驱直进，满以为这次一定可以大获全胜。奥菲狄乌斯 正是。为了这一次的事情，我也一定要把他亲手扑杀。单单几滴像谎话一样不值钱的女人的眼泪，就会使他出卖了我们在这次伟大的行动中所抛掷的血汗和劳力。他非死不可，他的没落才是我出头的机会。可是听！（鼓角声，夹杂人们高呼声）

党徒甲 您走进您自己的故乡，就像一名前导，不曾有一个人欢迎您回来；可是他回来的时候，那喧哗的声音却把天都震破了。

党徒乙 那些健忘的傻瓜们，不想到他曾经杀死他们的子女，拼命张开他们卑贱的喉咙来向他称颂。

党徒丙 所以您应该趁他没有为自己辩白，凭着他的利嘴鼓动人心以前，就让他死在您的剑下，我们一定会帮助您。等他死了以后，您就可以用您自己的话宣布他的罪状，即使他有天大的理由，也只好和他的尸体一同埋葬了。

奥菲狄乌斯 不要说下去，官员们来了。

城中众官员上。

众　官　您回来了，欢迎得很！

奥菲狄乌斯　我不值得受各位这样的欢迎。可是，各位大人，你们有没有用心读过我写给你们的信？

众　官　我们已经读过了。

官　甲　并且很觉得痛心。他以前所犯的种种错误，我想未始不可以从宽处分；可是他这样越过一切的界限，轻轻地放弃了我们厉兵秣马去谋取的利益，擅作主张，和一个濒于屈膝的城市缔结休战的条约，这是绝对不可容忍的。

奥菲狄乌斯　他来了，你们可以听听他怎么说。

科利奥兰纳斯上，旗鼓前导，一群市民随上。

科利奥兰纳斯　祝福，各位大人！我回来了，仍旧是你们的兵士，仍旧像我去国的时候一样对自己的祖国没有一点眷恋，一心一意接受你们伟大的命令。让我报告你们知道，我已经顺利地执行我的使命，用鲜血打开了一条大道，直达罗马的城前。我们这次带回来的战利品，足足抵偿出征费用的三分之一而有余。我们已经缔结和约，使安息人得到极大的光荣，但是对罗马人也并不过于难堪。这儿就是已经由罗马的执政官和贵族签字，并由元老院盖印核准的我们所议定的条件，现在我把它呈献给各位了。

奥菲狄乌斯　不要读它，各位大人。对这个叛徒说，他已经越权滥用你们的权力，罪在不赦了。

科利奥兰纳斯　叛徒！怎么？

奥菲狄乌斯　是的，叛徒，马歇斯。

科利奥兰纳斯　马歇斯！

奥菲狄乌斯　是的，马歇斯，卡厄斯·马歇斯。你以为我会在科利奥里用你那个盗窃得来的名字科利奥兰纳斯称呼你吗？各位执政官的大臣，他已经不忠不信地辜负了你们的托付，为了几滴眼泪的缘故，把你们的罗马城放弃在他的母亲和妻子的手里。听着，我说罗马是“你们的城市”。他破坏他的盟誓和决心，就像拉断一绞烂丝一样，也没有咨询其他将领的意见，就这样痛哭呼号地牺牲了你们的胜利；他这种卑怯的行动，使孩儿们也代他羞愧，勇士们都面面相觑，愕然失色。

科利奥兰纳斯　你听见了吗，战神玛斯？

奥菲狄乌斯　不要提起天神的名字，你这善哭的孩子！

科利奥兰纳斯　嘿！

奥菲狄乌斯　我的话就是这样。

科利奥兰纳斯　你这漫天说谎的家伙，我的心都气得快要胀破了。孩子！啊，你这奴才！恕我，各位大人，这是我第一次迫不得已的骂人。请各位秉公判断，痛斥这狗的妄言。他身上还留着我鞭笞的痕迹，他自知将带着这痕迹下坟墓，他心中最清楚他所说尽是一派谎言。

官　甲　两个人都不要闹，听我说话。

科利奥兰纳斯　把我斩成片段吧，伏尔斯人；成人和儿童们，让你们的剑上都沾着我的血吧。孩子！说谎的狗！要是你们的历史上记载的是实事，那么你们可以翻开来看一看，我曾经怎样像一头闯入鸽棚的鹰似的，在科利奥里城里单拳独掌，把你们这些伏尔斯人打得落花流水。孩子！

奥菲狄乌斯　嘿，各位大人；你们愿意让这个亵渎神圣、大言不惭的狂徒当着你们的耳目之前，夸耀他的盲目的侥幸，使你们回想到你们的耻辱吗？

众党徒　杀死他，杀死他！

民　众　撕碎他的身体！立刻杀死他！他杀死我的儿子！我的女儿！他杀死我的族兄玛克斯！他杀死我的父亲！

官　乙　静下来，喂！不许行暴；静下来！这人是一个英雄，他的名誉广播在世间。他对于我们所犯的罪行，必须用合法的手续审判。站住，奥菲狄乌斯，不要扰乱治安。

科利奥兰纳斯　啊！要是我的剑在手头，即使有六个奥菲狄乌斯，或者他的所有的党徒都在我的面前，我也一定要结果他的性命！

奥菲狄乌斯　放肆的恶徒！

众党徒　杀，杀，杀，杀，杀死他！（众党徒拔剑杀科利奥兰纳斯，科利奥兰纳斯倒地；奥菲狄乌斯立于科利奥兰纳斯尸体上）

众　官　住手，住手，住手，住手！

奥菲狄　乌斯各位朋友，听我说话。

官　甲　啊，塔勒斯！

官　乙　你已经做了一件将要使勇士们悲泣的事了。

官　丙　不要踏在他的身上。各位朋友，静下来。收好你们的剑。

奥菲狄乌斯　各位大人，这次暴行完全是他自己向我们挑衅的结果，等大家平静下来我会告诉诸位此人的存在对于你们是多么大的危险，现在我们已经除去这一个祸患，你们应该引为莫大的幸事。请你们把我传到你们的元老院里去质询吧，我愿意呈献我自己做你们的忠仆，或者受你们最严厉的处分。

官 甲 把他的尸体搬走；你们大家为他悲泣，用最隆重的敬礼表示哀思吧。

官 乙 他自己的急躁，免去了奥菲狄乌斯大部分的责任。事情已经到这个地步，我们还是商量善后的处置吧。

奥菲狄乌斯 我的愤怒已经消失，我感到深深的悔恨。把他抬起来；让三个重要的军人帮着抬他的尸体，我自己做那第四个。鼓手，在你的鼓上敲出沉痛的节奏来；把你们的钢矛倒拖在地上行走。虽然他在这城里杀死了许多人的丈夫儿女，使他们至今吞声饮泣，可是他必须有一个光荣的葬礼。大家帮着我。（众抬科利奥兰纳斯尸体同下；奏丧礼讲行曲）